Pactos Ousados

Lorraine Heath

Pactos Ousados

Tradução
Daniela Rigon

HARLEQUIN
Rio de Janeiro, 2024

Copyright © 2008 by Jan Nowasky. Todos os direitos reservados.
Copyright da tradução © Daniela Rigon por Editora HR LTDA. Todos os direitos reservados.

Título original: In Bed with the Devil

Todos os direitos desta publicação são reservados à Casa dos Livros Editora LTDA. Nenhuma parte desta obra pode ser apropriada e estocada em sistema de banco de dados ou processo similar, em qualquer forma ou meio, seja eletrônico, de fotocópia, gravação etc., sem a permissão dos detentores do copyright.

COPIDESQUE	Thaís Lima
REVISÃO	Thaís Carvas e Júlia Pateo
DESIGN DE CAPA	Renata Vidal
PROJETO GRÁFICO E DIAGRAMAÇÃO	Mayara Menezes
CRÉDITOS DAS IMAGENS	Adobe Stock (DESIGN BOX, garrykillian, Manoel, suwi19)

CIP-Brasil. Catalogação na Publicação
Sindicato Nacional dos Editores de Livros, RJ

H348p

Heath, Lorraine
    Pactos ousados / Lorraine Heath ; [tradução Daniela Rigon]. -
1. ed. - Rio de Janeiro : Harlequin, 2024.
    384 p. ; 21 cm.   (Os órfãos de St. James ; 1)

    Tradução de: In bed with the devil

    ISBN 978-65-5970-414-9

    1. Romance inglês. I. Rigon, Daniela. II. Título. III. Série.

24-92099
CDD: 823
CDU: 82-31(410.1)

Índice para catálogo sistemático:
1. Romance inglês   823
Bibliotecária responsável: Gabriela Faray Ferreira Lopes - Bibliotecária - CRB-7/6643

Harlequin é uma marca licenciada à Editora HR Ltda. Todos os direitos reservados à Editora HR LTDA.

Rua da Quitanda, 86, sala 601A - Centro,
Rio de Janeiro/RJ - CEP 20091-005
Tel.: (21) 3175-1030
www.harpercollins.com.br

Para a tia Jean

Obrigada por sempre estar presente.

Prólogo

Do diário de Lucian Langdon

Dizem que meus pais foram assassinados nas ruas de Londres por uma gangue de bandidos. Não lembro de nada, mas sempre achei que deveria recordar de algo.

Afinal, em tese eu estava lá, mas só se eu realmente for aquele quem o mundo acha que sou.

O conde de Claybourne.

Não é nada agradável estar sempre duvidando da própria identidade. Costumo estudar o retrato do meu pai pendurado sobre a enorme lareira na grande biblioteca da minha casa em Londres e catalogar as semelhanças em nossa aparência.

O cabelo preto como a fuligem que forra o interior de uma chaminé.

Os olhos do mesmo tom do estanho usado em portões e cercas mais baratos.

O nariz aristocrático, fino e afiado como uma lâmina. Embora esta semelhança possa ser mera ilusão da minha parte. É difícil dizer se nossos narizes são realmente parecidos, já que quebrei o meu quando era bem jovem em uma situação na qual quase morri. Sempre considerei que minhas fugas das garras da morte eram obra de Jack Dodger, que se oferecia como alvo para tudo o que era direcionado a mim. E ele sofria em dobro. Não que a gente fale disso.

Quando se cresce nas ruas de Londres, você aprende que existem coisas das quais as pessoas nunca falam.

Foram meus olhos que convenceram o velhote que dizia ser meu avô de que eu era de fato o neto dele.

— Você tem os olhos dos Claybourne — disse ele com convicção.

E sou o primeiro a admitir que olhar para os olhos daquele homem era quase como me ver em um espelho, mas ainda assim parecia um detalhe banal demais para ser considerado em uma decisão tão importante.

Eu tinha 14 anos na época e estava preso, aguardando ser julgado por homicídio. Devo confessar que foi um momento bastante fortuito para ser declarado um futuro lorde do reino, pois o sistema judicial não se opunha a enforcar jovens considerados problemáticos. E eu era considerado bem problemático. Levando em conta as circunstâncias do meu encarceramento, não tenho dúvidas de que estava prestes a ser enviado para a prisão de Newgate, e que depois iria direto para a forca. Como eu gostava de viver, estava determinado a fazer o que fosse necessário para escapar da corda.

· 8 ·

Fui criado sob a tutela de Feagan, um homem que gerenciava nosso notório antro de crianças ladras, então eu era muito bom em enganar pessoas, em fingir que me lembrava de coisas das quais eu não fazia ideia. Durante um interrogatório bastante intenso, observado de perto pelos inspetores da Scotland Yard, eu fiz minha melhor encenação, e o velhote não apenas me declarou seu neto, como apelou à Coroa para que levasse em consideração as circunstâncias infelizes de minha vida e tivesse leniência. Afinal, eu tinha testemunhado o assassinato dos meus pais, fora sequestrado e vendido como um quase escravo. Era compreensível que eu tivesse um péssimo comportamento, não? Mas, se eu voltasse para sua guarda, ele jurou me colocar de volta no caminho certo para ser um nobre cavalheiro. O pedido dele foi atendido.

Então, me vi percorrendo um caminho muito diferente — e muito mais difícil — que eu esperava, sempre procurando por algo familiar, pela evidência de que eu realmente pertencia a meu novo mundo. Quando virei adulto, minha aparência indicava apenas um aristocrata.

Mas, em meu coração, eu ainda era um rebelde.

Londres, 1851

Todos sabem que não se deve falar do diabo para não atrair sua fervorosa atenção. E, por isso, poucos da aristocracia falavam de Lucian Langdon, o conde de Claybourne.

No entanto, enquanto lady Catherine Mabry esperava sob a escuridão da meia-noite perto da casa dele, ela não podia negar que ficara fascinada com o "Conde Diabo" desde que ele ousara aparecer em um baile sem ser convidado.

O conde não dançou ou falou com ninguém, mas circulou pelo salão como se estivesse julgando cada um dos presentes, e no fim tivesse decidido que todos ali eram lamentavelmente inadequados.

Catherine achou especialmente angustiante quando ele a encarou por um ou dois segundos a mais do que era apropriado. Ela não se encolheu nem desviou o olhar — embora quisesse muito fazer as duas coisas —, mas o encarou com toda a audácia inocente que uma jovem de 17 anos poderia ter.

Sentiu um gostinho de satisfação quando o conde desviou primeiro, mas não antes daqueles olhos estranhamente prateados começarem a escurecer — como se tivessem sido aquecidos pelo ardor do suposto inferno de onde aquele homem viera.

Poucos acreditavam que ele era o herdeiro legítimo, mas ninguém ousava questionar o fato. Afinal, todos sabiam que ele era bastante capaz de cometer um assassinato. Ele nunca negou que havia matado o filho e anterior herdeiro do conde.

Naquela noite no baile, era como se todos os convidados tivessem prendido a respiração ao mesmo tempo, esperando para ver quando Langdon poderia atacar, sobre quem poderia descontar sua insatisfação, porque era bastante óbvio que ele não era um homem que gostava de comemorações. A única suposição possível para sua presença ali era algum propósito nefasto, pois certamente nenhuma dama ousaria arriscar sua reputação dançando com ele, e nenhum cavalheiro arriscaria ver sua respeitabilidade questionada ao conversar por vontade própria com aquele homem em um local tão público.

Mas o sujeito apenas andou pelo salão como se estivesse procurando alguém e, ao não conseguir encontrar tal pessoa, decidira que o resto não valia a pena.

Aquilo irritara Catherine mais que tudo.

Para sua imensa vergonha, ela desejou desesperadamente dançar com ele, estar em seus braços e olhar mais uma vez para os olhos prateados e tórridos que, cinco anos depois, continuavam a assombrar seus sonhos.

Ela cobriu a cabeça com o capuz da capa de pelica, tentando se aquecer enquanto a névoa úmida engrossava, e estudou a residência do conde mais de perto, em busca de algum sinal que indicasse que ele estava em casa. Talvez seu fascínio pelo homem não fosse saudável. Na verdade, ela tinha certeza de que não era.

Catherine não sabia dizer com precisão o que a atraía nele, apenas que estava irremediavelmente enfeitiçada. De forma clandestina, sem que sua família soubesse, ela até ousou enviar convites a Claybourne — usando um criado fiel — para seus bailes e jantares, depois daquele primeiro encontro. No entanto, o conde não se dera ao trabalho de reconhecer a ousadia dela e aparecer em algum dos eventos.

Até onde Catherine sabia, ele nunca mais fora a outra festa depois daquele baile. Como o conde não era bem-vindo na maioria das casas da nobreza, ela ficara bastante ofendida por ele ter rejeitado suas tentativas de incluí-lo em sua vida, embora tivesse que admitir que suas razões eram bastante egoístas e não muito respeitáveis.

Mas Catherine não tinha mais o luxo de tentar atraí-lo com convites dourados. Estava bastante determinada a ter uma palavrinha com aquele homem e, se isso não fosse acontecer na segurança de um salão de baile lotado, então ela o faria dentro da privacidade da casa dele.

Sentiu um arrepio e tentou atribuí-lo ao frio da neblina em vez de sua própria covardia. Estava escondida nas sombras havia algum tempo, e a umidade parecia ter se infiltrado em seus ossos. Se não entrasse naquela casa logo, estaria tremendo tanto que não conseguiria passar a impressão que desejava. Não poderia de jeito nenhum parecer que estava receosa de se aproximar dele, ou certamente ganharia apenas seu desdém — e isso não resolveria o problema dela.

Cautelosa, olhou ao redor. Era tarde da noite e a cidade estava em silêncio. De forma ameaçadora.

Não havia ninguém por perto para vê-la se aproximando da casa, ninguém para saber de sua escandalosa visita no meio da noite. Sua reputação permaneceria intacta. Ainda assim, ela hesitou. Uma vez que desse o primeiro passo por aquele caminho, não haveria como voltar atrás, mas Catherine não tinha outra escolha.

Com determinação renovada, marchou pela rua, temendo que sua reputação permanecesse a única coisa intocada pelo Conde Diabo antes de a noite acabar.

Ninguém jamais ousaria afirmar que Lucian Langdon, o conde de Claybourne, era um covarde. No entanto, ao sentar-se à mesa de jogo, ele sabia a verdade. Só estava ali porque não tinha coragem de pedir a mão da adorável Frannie Darling em casamento. Ele fora ao Salão do Dodger com o objetivo de finalmente pedir-lhe para se casar com ele, mas, pouco antes de chegar à porta do escritório onde ela cuidava da contabilidade de Jack Dodger, Luke decidiu fazer um rápido desvio pelas mesas de jogo. Só para dar às mãos a oportunidade de pararem de tremer e à mente a chance de ensaiar mais uma vez o discurso que vinha praticando.

E seis horas se passaram.

Poderia culpar a demora pelo fato de estar vencendo, mas ele sempre vencia...

As cartas da nova rodada foram dadas, e ele olhou rapidamente as suas. Não eram as cartas que lhe garantiam a vitória, e sim sua capacidade de determinar com precisão a mão dos outros cavalheiros.

O conde de Chesney arregalava os olhos de leve quando recebia uma mão boa, como se tivesse sido pego de surpresa por sua boa sorte. Nesta rodada, no entanto, seus olhos piscaram normalmente. O visconde Milner não parava de reorganizar as cartas em sua mão, nunca satisfeito com o resultado. O conde de Canton tinha a mania de tomar um gole de conhaque quando gostava de suas cartas, mas seu copo permaneceu intocado. O duque de Avendale se endireitava na cadeira como se estivesse pronto para atacar os ganhos quando achava que a vitória estava a seu alcance. Mas, quando incerto, se largava no assento, e naquele momento parecia estar prestes a escorregar direto para o chão. Uma mão terrivelmente ruim, que ele sem dúvida pensava que poderia resolver com um blefe.

O jogo continuou, com cada um apostando ou passando. Quando a última rodada acabou, os outros jogadores soltaram sons de frustração quando Claybourne recolheu seus ganhos e os adicionou à pilha de fichas que já descansava à sua frente.

— Creio, senhores, que vou encerrar por hoje — disse ele, levantando-se.

Um rapaz, trajando o famoso uniforme roxo do Dodger, correu para o lado dele com uma tigela de cobre e a segurou na borda da mesa para que Claybourne a enchesse com seus ganhos abundantes.

— Ora, Claybourne, isso não é nada esportivo da sua parte — disse Avendale. — Você deveria pelo menos nos dar uma oportunidade de reconquistar nosso dinheiro.

Claybourne pegou a tigela do rapaz e lhe deu uma moeda de agradecimento. O menino, que provavelmente não tinha mais que 8 anos, fez uma pequena mesura e saiu apressado.

— Eu dei muitas horas desta noite como chance, senhores. Será mais fácil vocês ganharem alguma coisa se eu for embora. Acreditem em mim.

Os cavalheiros resmungaram um pouco, mas Claybourne sabia que eles não estavam tristes de vê-lo partir. Ele os deixava desconfortáveis — o que era recíproco, mas este era um segredo seu. Ao contrário daqueles sujeitos, Claybourne nunca demonstrava suas emoções, pensamentos ou sentimentos, nem mesmo para Frannie. Ela não devia ter ideia do quão profundo era o carinho dele por ela.

O conde parou na cabine de transações e trocou suas fichas por dinheiro de verdade, diminuindo o peso da tigela.

Ao percorrer o clube de jogos, percebeu que Frannie já devia ter ido se deitar e que teria que esperar mais um dia para confessar seus sentimentos. No entanto, ao se aproximar dos fundos do clube, viu que a porta do escritório dela ainda estava aberta. Era provável que Jack estivesse lá. O homem dormia menos que Claybourne. Mas e se não fosse Jack? Claybourne poderia acabar logo com esse assunto incômodo. Então ele andou pelo corredor e espiou pela fresta da porta...

E lá estava Frannie. A linda Frannie. O cabelo ruivo preso em um coque apertado, o salpicado de sardinhas em seu nariz e bochechas quase invisíveis sob o brilho da lamparina na mesa atrás da qual ela estava sentada, marcando números diligentemente em uma coluna. Seu vestido tinha uma gola alta, abotoada até o queixo, e as mangas compridas deixavam apenas as mãos visíveis. Ela estava franzindo a testa. Quando se tornasse esposa dele, não teria preocupações.

Frannie olhou para cima e soltou um gritinho, colocando uma mão sobre o peito.

— Meu Deus, Luke, que susto! Há quanto tempo você está aí me espionando?

— Não o suficiente — respondeu laconicamente, entrando na sala com uma confiança que não sentia. Ele colocou a tigela sobre a mesa. — Para você e seu orfanato.

O orfanato era um lugar que Frannie estava montando com a esperança de facilitar a vida de crianças abandonadas. Ela o encarou com olhos desconfiados.

— São ganhos ilícitos?

— Mas é claro.

Ela pegou a tigela e sorriu para ele. A curva travessa de seus lábios o atingiu como sempre, fazendo-o sentir como se tivesse levado um soco no estômago.

— Então aceitarei de bom grado e farei coisas boas com esse dinheiro, para absolvê-lo de seus pecados — falou ela em um tom engraçadinho, mas a tristeza estava evidente em seus olhos.

— Ninguém pode absolver meus pecados, Frannie, você sabe disso — afirmou o conde, acenando com a mão para impedi-la de sequer tentar discutir com ele sobre o assunto. Então sentou-se na cadeira acolchoada em frente à mesa dela. — Por que está acordada a esta hora?

— É inacreditável a quantidade de trabalho necessária para inventariar as finanças de Jack. Os lucros são espantosos.

— Ele sempre diz que, para morrer rico, é preciso investir no vício.

— Bem, ele sem dúvida morrerá rico, e de certa forma isso é bem triste. Ele deveria gastar o dinheiro em algo que lhe traz prazer.

— Acho que Jack sente prazer em tirar dinheiro de riquinhos.

Seu antigo modo de falar informal reapareceu. Era sempre fácil deixar a fachada de nobre de lado quando estava com Frannie, já que eles compartilhavam as mesmas origens.

— Mas ele está feliz? — perguntou ela.

— E algum de nós está?

Os olhos dela se encheram de lágrimas.

— Desculpe, Frannie...

Ela ergueu a mão.

— Está tudo bem. Ando meio emotiva, só isso. Embora não possa afirmar que estou feliz, acredito que estou contente.

Aquela era a oportunidade perfeita para prometer que ele a faria feliz para todo o sempre. Mas, de repente, aquele escritório parecia um lugar nada romântico para o pedido de casamento. O que dera nele para pensar em pedir a mão de Frannie ali? O local do pedido deveria ser tão memorável quanto o próprio pedido...

Amanhã, pensou. *Vou pedi-la em casamento amanhã*. Pigarreando, ele se levantou.

— Bem, já é tarde. É melhor eu ir.

Frannie lhe deu outro sorriso de lado.

— Foi muito gentil de sua parte vir me visitar. — Ela tocou na tigela de cobre cheia de dinheiro. — Agradeço a contribuição.

— Eu daria mais, um dinheiro honesto, se você aceitasse.

— Você já fez mais que o suficiente por mim, Luke.

Mais uma vez, parecia a oportunidade perfeita para dizer que ele não tinha feito quase nada do que planejara fazer por ela. Mas as palavras ficaram presas na garganta. Por que sua língua se negava a funcionar direito sempre que estava prestes a confessar seus sentimentos para Frannie? Seria porque ele não tinha mesmo um coração? Apenas um buraco negro que refletia a escuridão de sua alma?

Confessar algo para ela deveria ser a coisa mais fácil do mundo, afinal, os dois sabiam o pior da vida um do outro. Mas por que era tão mais fácil compartilhar isso do que algo que deveria ser a melhor coisa de todas?

Ele deu um passo para trás.

— Devo voltar aqui amanhã.

— Ótimo. Contarei como pretendo usar esse dinheiro que você me deu.

— Use-o como quiser, Frannie. Não há restrição alguma, e você não me deve explicações.

— Você nunca se sentiu muito confortável perto de órfãos, não é?

— Como assim? Todos os meus melhores amigos são órfãos.

— O bando de larápios do Feagan. Somos um grupo estranho, não?

— Só porque superamos as circunstâncias da nossa juventude e somos todos muito bem-sucedidos.

— Tudo graças ao seu avô. Ele acolheu a todos nós quando acolheu você.

— Se é que ele era meu avô...

— Como você ainda duvida disso?

Claybourne quase disse a verdade, mas ela certamente não gostaria nada da mentira que ele tinha certeza de que estava vivendo. Então, em vez disso, abriu um sorriso que esperava ser charmoso.

— Boa noite, Frannie. Sonhe com os anjos.

Já ele só tinha pesadelos quando deitava a cabeça no travesseiro...

Saiu do escritório antes que ela exigisse uma resposta. Sua vida antiga era algo que não gostava nem um pouco de relembrar. Às vezes, era até estranho querer se casar com alguém que tivera um papel tão importante e presente em seu passado. Ele nunca conseguiria fugir do passado com Frannie ao seu lado, mas talvez fosse capaz de enfrentá-lo melhor.

Estava quase saindo para a rua pela porta da frente quando ouviu:

— Você me deve cinco pratas, Luke.

Ele se virou e viu Jack Dodger andando em sua direção com um sorriso confiante.

— Não tem como você saber disso — afirmou Luke quando Jack parou em sua frente.

— Então você pediu a Frannie em casamento?

Luke suspirou enquanto tirava a carteira de dentro do paletó e entregava a Jack o valor solicitado.

— Eu nunca deveria ter contado minhas intenções para você.

— Errado. Você nunca deveria ter aceitado a minha aposta de que não conseguiria fazer o pedido — apontou Jack, guardando o dinheiro. — Quer levar uma das minhas garotas para casa para ser consolado?

Ele deu uma piscadinha, e Luke amaldiçoou Jack por tentá-lo e amaldiçoou a si mesmo por achar tão difícil resistir à tentação. Ele nunca precisara dos serviços de uma das garotas de Jack.

— Não vou deixar Frannie me ver saindo com uma delas.

— Posso pedir para ela sair pelos fundos. Frannie nunca vai saber.

— E você acha que as mulheres não conversam entre si?

— Elas são muito discretas. É uma exigência minha.

Luke pensou e negou com a cabeça.

— Não, não vou arriscar fazê-la duvidar dos meus sentimentos.

— Por acaso está dizendo que está em celibato todos esses anos?

— É claro que não. Mas, assim como suas garotas, também sou muitíssimo discreto.

O Dodger não era o único lugar que oferecia companhia feminina. Além disso, era menos provável que Frannie ouvisse falar dos casos de Luke se ele os tivesse longe dali. Ele até tivera uma amante por um tempo, mas os dois se separaram quando Luke decidiu que era hora de pedir a mão de Frannie.

— Pelo amor de Deus, homem. Frannie trabalha aqui, ela sabe que homens têm necessidades.

— Não vou fazer com que ela se pergunte sobre as minhas necessidades. Quem sabe você entenderia isso se gostasse de alguém.

— Prefiro pagar pelas minhas mulheres. É o melhor para não ter mal-entendidos.

E, na experiência de Luke, nenhuma paixão de verdade também.

— Então, mesma aposta amanhã? — perguntou Jack.

— Naturalmente.

— Faz quase um ano que você decidiu fazer isso. Eu não gosto de ficar rico às custas dos meus amigos, então resolva isso amanhã, está bem?

— Se você não gosta, então pare de fazer essas malditas apostas!

— Você sabe que tenho um fraco por elas — afirmou Jack, sorrindo. — E é quase impossível ganhar de você no carteado.

— Amanhã. Vou fazer o pedido amanhã — disse Luke com convicção renovada.

Jack lhe deu tapinhas no ombro.

— Traga mais cinco pratas por precaução.

Luke precisou se segurar para não dar um soco no rosto de Jack. Mas, assim como Frannie tinha uma dívida com Luke, ele tinha uma dívida com Jack que nunca poderia pagar.

O conde saiu para a rua enevoada e sentiu uma dor imediata nos ossos — um lembrete de muitas noites dormindo no frio. Em sua casa, ele mantinha todos os cômodos insuportavelmente quentes só porque podia. Já que passara toda a juventude sem muito conforto, fazia questão de aproveitar agora, e tinha ganhado fama de ser excêntrico, extravagante e ostensivo. Mas ele podia se dar ao luxo de gastar como bem quisesse; uma garantia de sua parceria com Jack.

Sim, investir nos vícios pagava muito bem…

Assim que chegou à carruagem, o cocheiro uniformizado abriu a porta com uma ligeira reverência.

— Direto para casa — disse Luke, enquanto entrava no veículo.

— Sim, milorde.

A porta foi fechada, e Luke sentou-se no assento aveludado. A carruagem partiu enquanto ele observava as ruas cobertas pela névoa cinzenta através da janela. A mesma névoa que estava sempre presente em seus sonhos.

Não que sonhasse com frequência. Para sonhar, era preciso dormir, e Luke raramente dormia por muitas horas seguidas. Talvez nenhuma das crianças do Feagan dormisse bem. Eles estavam unidos pelas coisas que haviam feito. Coisas que a nobreza nunca seria capaz de compreender, pois nunca estaria desesperada o suficiente.

Era uma das muitas razões pelas quais ele não se sentia confortável com sua posição no mundo. Pouco depois da morte do velhote, Luke fora a um baile para assumir publicamente seu lugar como o novo conde de Claybourne, mas foi recebido por um silêncio sepulcral ao ser anunciado no topo da escadaria. Ele havia percorrido o salão, desafiando qualquer um a questionar sua presença, mas ninguém tivera coragem de encará-lo de igual para igual.

Uma visão relampejou em sua lembrança. Uma moça que não apenas não desviara o olhar, como o desafiara a fazê-lo primeiro. Ele não tinha certeza do porquê, mas pensava nela de vez em quando. Não era nada parecida com Frannie. Com seu vestido de noite elegante e o cabelo loiro em um penteado chique, a moça parecia mimada e fresca. Era uma das razões pelas quais ele abominava a ideia de fazer parte da aristocracia. Eles não sabiam o que era o sofrimento. Não conheciam a humilhação de implorar por migalhas de comida. Nunca sentiram a dor de uma bengalada na mão quando não conseguiam moedas o suficiente pedindo na rua ou furtando bolsos de distraídos. Nunca tiveram medo de serem pegos. Não sabiam que até crianças eram enviadas para a prisão, podendo ser transportadas em grandes navios para a Austrália ou Nova Zelândia ou até mesmo enforcadas, em raras ocasiões.

A carruagem parou, a porta se abriu e Luke desceu. Ele sempre sentia uma pontada de culpa por sua residência em Londres. Mais de vinte famílias poderiam morar ali confortavelmente, mas a casa abrigava apenas ele e cerca de vinte empregados. Claro, isso mudaria quando se casasse com Frannie. Os corredores ficariam cheios de crianças correndo de um lado para o outro, e elas teriam uma vida muito melhor que a que seus pais tiveram.

A enorme porta da frente se abriu, e Luke ficou surpreso ao encontrar o mordomo ainda acordado. Luke tinha horários estranhos e não esperava que os criados trabalhassem de acordo com seus hábitos noturnos.

Fitzsimmons já cuidava da residência muito antes de Luke se mudar para morar com o velhote, e era ferozmente leal ao conde anterior. Até onde Luke sabia, Fitzsimmons nunca havia questionado a afirmação de que Luke era o herdeiro legítimo.

Ao entrar em casa, tirou o chapéu e entregou-o ao mordomo.

— Já falei que você não precisa ficar acordado me esperando.

— Sim, milorde, mas achei melhor fazê-lo esta noite.

— Por quê? — perguntou Luke, tirando as luvas.

— Uma dama está aqui.

Luke parou.

— Quem?

— Ela não se apresentou. Bateu na entrada dos criados e disse que era de suma importância que falasse com o senhor. Garantiu que era uma questão de vida ou morte. Deixei-a esperando na biblioteca desde então.

Luke olhou para o corredor.

— E você não tem ideia de quem ela é?

— Não, milorde, embora eu me arrisque a adivinhar que é uma dama da alta nobreza. Ela passa essa impressão.

Ao longo dos anos, algumas damas da nobreza haviam procurado a cama de Luke. Ele vivia uma vida cheia de abundâncias que muitas queriam aproveitar, mas sempre deixara claro que não oferecia nada permanente. Algumas queriam apenas brincar com o fogo por um tempo, mas nenhuma jamais batera em sua porta afirmando que precisava vê-lo por uma "questão de vida ou morte". Quanto drama... Pelo menos o restante de sua noite prometia ser mais divertido do que ele esperava.

Entregou as luvas a Fitzsimmons.

— Garanta que não sejamos perturbados.

— Certamente, milorde.

Com uma curiosidade crescente, Luke caminhou pelo corredor. Nenhum criado estava esperando do lado de fora da porta da biblioteca, mas também não tinha motivos para acreditar que seus serviços seriam necessários naquela hora da noite. Ele entrou na biblioteca, fechando a porta atrás de si com força para chamar a atenção da visitante.

A mulher que estava perto na janela, olhando para um jardim escondido pela noite e pela neblina, se mexeu. O capuz de sua capa de pelica estava abaixado, mas o fecho tampava o que seria uma bela visão de seu pescoço e decote. Por baixo do manto, ela usava um vestido sensual e, por motivos que Luke não conseguia entender, de repente ele sentia muita vontade de seduzi-la.

— Lady Catherine Mabry, se bem me lembro — falou ele, aproximando-se até sentir o cheiro do perfume caro que pairava ao redor dela como a fragrância de uma rosa delicada.

A moça arregalou ligeiramente os olhos azuis.

— Não tinha ideia de que você sabia meu nome.

— Faço questão de saber o nome de todos que me interessam.

— E eu sou interessante para você?

— Claro que é, lady Catherine. Não era isso que você queria quando me desafiou com o olhar naquela noite no baile?

— Não exatamente — murmurou ela.

Hipnotizado, ele observou o pescoço daquela mulher se mover com cautela toda vez que ela engolia — a única indicação de que estava tendo ressalvas sobre estar ali. Ela era mais linda do que ele se lembrava — ou talvez só tivesse ficado mais bela com o tempo —, e ainda tinha a coragem de não desviar o olhar do dele. Ou talvez não. Ela desviou o olhar por uma fração de segundo enquanto lambia os lábios. Um convite para algo mais íntimo.

Luke passou o dedo sobre a pele macia sob o queixo da mulher, e o olhar dela saltou de volta para o dele. Sentiu o pulso dela acelerar, como se fosse uma pequena mariposa que ousara se aproximar das chamas e só então havia percebido que não tinha escapatória. Era óbvio que ela era inexperiente na arte da sedução, mas não importava. Ele tinha experiência suficiente para os dois.

— Eu sei por que você está aqui — disse ele, com a voz baixa e provocante, um prelúdio que prometia lençóis de seda e uma cama macia.

Ela franziu a testa. Seu rosto era lindo, com feições delicadas esculpidas pela natureza e intocadas pelas durezas da vida.

— Como... — começou ela.

— Não pense que você é a primeira a tentar me forçar a um casamento, mas eu não sou uma presa fácil — afirmou Luke, deslizando o dedo pelo pescoço dela até o fecho da capa. — Não tenho dúvidas de que seu guardião está do outro lado da janela, observando, esperando o momento perfeito para nos pegar no flagra.

Com os dedos ágeis, ele soltou o fecho da capa e deslizou cuidadosamente o tecido dos ombros da moça, deixando-o cair no chão.

Luke sentiu-se ficar tenso com a visão desobstruída de tudo o que ela tinha a oferecer. Havia muito tempo que não tocava numa mulher. Mesmo que se deixasse cair na armadilha dela, seria fácil de escapar. Segurando o lindo rosto, ele se aproximou até que a respiração dos dois se misturasse.

— Mas, mesmo que ele me testemunhe tirando sua roupa, mesmo que veja você me recebendo de braços abertos e gritando em êxtase, eu não vou pedir a sua mão — sussurrou o conde.

Ele a ouviu prender a respiração.

— Não vou restaurar sua reputação uma vez que ela for manchada — continuou, roçando os lábios nos dela. — Se você engravidar, não vou assumir a criança. O preço que se paga por valsar com o diabo é morar no inferno.

Então, ele tomou a boca daquela mulher de vez, nada surpreso quando ela cedeu facilmente em seus braços. Mesmo que não estivesse ali para prendê-lo em um casamento, ele sabia o que aquilo significava para ela. Uma curiosidade, nada mais. Um pouco de depravação antes de sossegar em um casamento respeitável com um cavalheiro cuja linhagem nunca era questionada quando ele virava as costas.

A mulher não resistiu quando ele incentivou os lábios dela a abrir, e gemeu ao sentir a língua de Luke explorando. Ela segurou as lapelas dele, e Luke achou que ela estivesse prestes a desmaiar por um momento. O corpo dele reagiu com uma urgência tão forte que Luke quase caiu de joelhos.

Mesmo enquanto amaldiçoava a moça e a própria fraqueza, Luke reconheceu que não tinha vontade alguma de resistir àquela tentação. Ele a teria. Ela havia começado isso ao aparecer na casa dele. Luke era um homem que sempre aproveitava as oportunidades da vida, e aquela mulher estava lhe oferecendo uma oportunidade única de paixão tórrida. Fazia muito tempo que Luke não cedia aos desejos de seu corpo, e ela se beneficiaria de tudo que ele tinha a oferecer naquela noite, mas não mais que isso. De manhã, ela não levaria nada dele, exceto as lembranças.

Interrompendo o beijo, o conde colocou o rosto da moça entre as mãos e a olhou no fundo dos olhos.

— Tenha certeza de que é isso que você quer, milady, pois não há como desfazer o que está por vir.

Ela estava ofegante, mas negou com a cabeça.

— Você entendeu errado o objetivo da minha visita.

— É mesmo? — perguntou ele, ironizando.

A mulher assentiu.

— Quero sumir com alguém, e ouvi dizer que você é o homem certo para o trabalho.

2

Se Catherine não estivesse tão perto de Claybourne — perto o suficiente para sentir o coração dele batendo tão forte quanto o dela —, teria achado que o conde acabara de receber um golpe brutal. Ele pareceu se recuperar rápido, no entanto, pois a soltou num piscar de olhos e deu um passo para trás, voltando a usar a máscara da indiferença.

Uma expressão tão ilegível quanto a que ostentara ao entrar na sala. Catherine tinha certeza de que o mordomo o informara de que uma dama o esperava, mas Claybourne não pareceu nem um pouco surpreso ao descobrir que era *ela* dentro da sala. Foi só quando ele se afastou do beijo que ela viu um resquício de emoção, e podia jurar que era desejo. Desejo por ela especificamente? Improvável. Devia ser apenas uma atração genérica, que apareceria não importasse a dama que estivesse em sua frente.

Claybourne era conhecido por flertar com o limite da respeitabilidade e, sem dúvida, estava acostumado a levar os outros pelo mesmo caminho. E, para sua imensa vergonha, Catherine só conseguia pensar em como seria incrível acompanhá-lo naquela aventura. Nos lugares secretos de sua mente, onde a devassidão espreitava, ela sonhara em beijá-lo, mas nem mesmo suas fantasias mais loucas previram a maciez daqueles lábios, a calidez daquela boca e a determinação daquela língua. O que suas bocas haviam feito estava longe de ser civilizado, e mesmo sabendo que deveria ter se afastado, protestado, lhe dado um tapa, tudo o que Catherine queria era se aprofundar naquela intimidade. O conde tinha um gosto que ela nunca sentira antes e fora ousado com suas explorações, fazendo-a esquecer tudo o que havia aprendido sobre decoro.

O corpo de Catherine tremera com intensidade e ardera de desejo como nunca com apenas um beijo daquele homem, e ela ficara extremamente tentada a aceitar o que ele estava propondo. No entanto, havia algo mais importante em jogo do que a satisfação de seus próprios anseios. As palavras de Claybourne a convenceram de que ele não a respeitaria se ela sucumbisse aos seus encantos, como sem dúvida muitas mulheres já haviam feito, e Catherine precisava ter a vantagem naquela fase do jogo.

Dando-lhe as costas, ele foi até uma mesinha com uma variedade de decantadores de cristal, destampou um e serviu um líquido âmbar em dois copos.

— Sumir? Que eufemismo… Presumo que você quer que alguém seja morto — afirmou ele, categoricamente.

— Sim.

Ela se abaixou para pegar a capa que havia caído no chão, segurando-a próxima ao corpo como se a pelica tivesse o poder de fazê-la parar de tremer. Por Deus, como queria deslizar as mãos sobre aquelas costas largas, pelos ombros fortes… Queria acariciar aquele cabelo cheio e preto. Pressionar seu corpo contra o dele. Valsar com o Diabo, de fato. Que o Senhor a perdoasse, mas ela queria muito deitar-se com aquele homem.

Virando-se da mesa, ele ofereceu um copo para ela. Catherine engoliu em seco e, tentando não mostrar o quanto tremia, esticou a mão para aceitá-lo, mas parou ao notar algo na mão do conde. A parte interna de seu polegar direito estava marcada por uma série de cicatrizes, como se alguém o tivesse cortado repetidamente. Olhando com mais calma, ela percebeu que mais de uma faca havia sido usada e que ele também fora queimado.

— Olhar não vai fazer com que pareça mais bonita — afirmou ele.

Catherine arregalou os olhos para ele.

— Desculpe. Eu... — Não havia nada que ela pudesse dizer para consertar a situação, então simplesmente pegou o copo que lhe era oferecido. — Obrigada.

Claybourne a olhou dos pés à cabeça com o que parecia desdém, e ela aceitou a avaliação com a cabeça erguida o mais alto que conseguiu.

Então, o conde passou por ela e se sentou em uma cadeira, relaxando de forma insolente. Lá se fora qualquer noção de que ele era um cavalheiro, qualquer indício de que a via como uma dama — mesmo que já tivesse deixado de ser um cavalheiro havia tempo, quando a beijara. Catherine sentiu o corpo esquentar com a lembrança de como ela aceitara de bom grado as explorações da língua dele. E, com isso, também deixara de ser uma dama, embora sempre pudesse voltar a ser uma ao seguir à risca sua criação.

Ele tomou um gole da bebida e indicou a cadeira em sua frente. Sem saber ao certo quanto tempo mais suas pernas trêmulas aguentariam seu peso, Catherine sentou-se graciosamente, sempre atenta à postura, determinada a continuar sendo uma dama, mesmo que ele não estivesse mais agindo como um cavalheiro. Desde aquela primeira noite, ela imaginara estar na presença dele pelo menos mil vezes, mas não daquela maneira. Em seus devaneios, eles sempre estavam em um salão de festas, e seus olhares se encontravam através da sala lotada...

— Quem? — perguntou o conde.

O tom de voz rude a fez voltar ao presente, e ela segurou o copo com as duas mãos.

— O que disse?

Ele suspirou, impaciente.

— Quem você quer que seja morto?

— Não direi até ter certeza de que você está disposto a fazê-lo.

— Por quê?

— Porque eu não quero que você avise a pessoa, caso decida não cuidar do assunto...

— Não — interrompeu ele, bruscamente.

Catherine foi tomada por uma onda de decepção. Pensou em argumentar, mas se sentia devastada pelo beijo e pelo completo descaso dele com o pedido. Ignorando os tremeliques que a atravessavam e determinada a sair da sala da forma mais digna possível, ela se levantou.

— Agradeço o seu tempo, então.

— Não — repetiu o conde. — Eu não estava dizendo que não faria o trabalho. Quis dizer que está respondendo à pergunta errada.

— Como assim?

— Eu não estava perguntando por que você não quer me dizer quem é a pessoa. Eu estava perguntando o motivo para você desejar a morte dessa pessoa.

— Ah... — respondeu ela, sentando-se novamente. A esperança voltou ao seu coração como um pássaro aprendendo a voar. — Temo também não poder lhe responder isso.

Ele tomou outro gole, estudando-a sobre a borda de seu copo, e Catherine se forçou a ficar parada na cadeira. O conde não era o que ela chamaria de classicamente bonito. Seu nariz era um pouco torto na ponta, como se tivesse sido quebrado em algum momento. Curiosamente, isso dava força a um rosto que poderia ter parecido elegante demais de outra forma. Claramente precisava fazer a barba, mas ela suspeitava que a maioria dos homens precisaria àquela hora da noite. Ainda podia sentir a pele da bochecha e queixo sensíveis onde os pelos daquele homem a arranharam durante o beijo.

Catherine fechou os olhos e lutou contra aquelas imagens carnais e a reação constrangedora de seu corpo a elas. Seus lábios ainda estavam inchados e formigando. Será que algum dia eles voltariam ao normal? Parece que ser gerado nas profundezas do inferno fazia com que a pessoa fosse extremamente quente, e ela ficou surpresa por não ter queimado até virar apenas cinzas.

— Quantos homens você já beijou? — perguntou o conde de repente.

Catherine arregalou os olhos e — *inferno!* — se contorceu na cadeira. Pensou em mentir, mas o que ganharia ao enganá-lo? Ela suspeitava que ele enganava o suficiente pelos dois.

— Um.

Claybourne tomou mais um gole e a examinou de novo. Ela não gostava quando ele a estudava. Nem um pouco. Catherine se lembrava daquela primeira noite, no baile, quando sentira como se ele estivesse medindo seu valor até decidir que era muito baixo.

— Mas não estou aqui para discutir beijos. Estou aqui para discutir...

— Sim, sim, se vou matar alguém por você. E espera que eu acredite em sua palavra de que essa pessoa merece morrer, sem nem me dizer o que ela fez? Como vou saber se não foi apenas um homem que pediu por uma dança?

— Não acha que eu sou tão fútil assim, acha?

— Sei pouco sobre você, lady Catherine, exceto que não tem escrúpulos em visitar um cavalheiro na calada da noite. Talvez tenha visitado outro homem, ele a rejeitou e você se ofendeu.

— Não tenho o hábito de visitar homens na calada da noite.

— Suas ações dizem o contrário.

— Você julga todos por suas ações?

— Ações dizem mais que palavras.

— E você, sem dúvida, deve ter muita experiência com palavras falsas.

Um canto da boca dele subiu, formando um sorriso quase zombeteiro.

— Mulheres costumam bajular um cavalheiro quando desejam que ele faça o que querem.

Ela olhou para o copo em suas mãos. Será que encontraria sua coragem se bebesse tudo aquilo?

— Não tive a intenção de ofendê-lo.

— Não?

Catherine levantou o olhar de volta para o dele.

— Bom, suponho que eu tive, sim...

Ele arregalou os olhos levemente, parecendo surpreso com a sinceridade daquela mulher.

— Então, o que essa pessoa fez para merecer seu desagrado? Zombou do seu vestido? Pisou no seu pé enquanto valsavam? Deu-lhe flores murchas?

— Meus motivos são particulares, milorde, e você não vai me instigar a contá-los. Nosso arranjo não envolverá nada mais do que sua concordância em cuidar do assunto, e só então direi o nome da pessoa.

— E por que eu deveria concordar com isso? O que ganharei?

— Pagarei caro pelo serviço.

A risada seca de Claybourne ecoou pelas paredes cobertas de prateleiras cheias de livros e, de alguma forma, pareceu combinar com o local. Como se a masculinidade imperasse ali e não houvesse espaço ou permissão para nada de gentil ou bondoso.

— Lady Catherine, dinheiro é a única coisa da qual estou longe de precisar.

Ela temia que aquele fosse o caso, o que a deixava em desvantagem na negociação. O que poderia oferecer a ele? Tinha ouvido rumores suficientes para saber que o conde não era o tipo de homem que fazia qualquer coisa por ter um coração caridoso.

— E do que você precisa, milorde?

— De você? Nada.

— Certamente deve precisar de algo que suas circunstâncias atuais não podem providenciar.

Ele ficou de pé.

— Nada que me fizesse matar uma pessoa apenas porque você deseja. Perdeu seu tempo vindo aqui. Pode ir embora.

Dispensando-a, ele voltou à mesinha de canto para encher seu copo de novo. Catherine não estava disposta a ajoelhar e implorar, mas também não desistiria com facilidade, então levantou-se.

— Não há nada que você queira tão desesperadamente que esteja disposto a fazer qualquer coisa para ter?

— Se quer essa pessoa morta, mate-a você mesma.

— É possível que eu estrague tudo. Suspeito que seja necessário contar com um certo tipo de indivíduo para completar o ato quando a realidade vier à tona.

— Um homem como eu, talvez? Um bastardo sem coração?

— Você… você o matou? Você matou seu tio?

Ela não conseguia acreditar que fizera aquela pergunta indecente, mas as palavras haviam escapado de sua língua antes que ela tivesse a chance de detê-las.

O conde bebeu o líquido âmbar de uma vez só e encheu o copo mais uma vez.

— Que resposta a satisfaria, lady Catherine?

— A honesta.

Virando-se um pouco, ele encontrou o olhar dela.

— Não, eu não matei meu tio.

Apesar da resposta, que seu olhar inabalável revelou ser a verdade absoluta, os pelos finos da nuca dela se arrepiaram e, de repente, Catherine não tinha mais desejo algum de permanecer na presença daquele homem. Fora uma tola por visitá-lo, mas o desespero normalmente deixava as pessoas tolas.

— Lamento tê-lo incomodado, milorde.

— Não se preocupe, lady Catherine. O beijo fez a visita valer a pena.

Ela inclinou o queixo com altivez.

— Uma pena que não posso afirmar o mesmo.

A risada sombria a acompanhou para fora da biblioteca, e ela não teve dúvidas de que esse som apareceria em seus sonhos, junto à sensação do toque dos lábios dele. Visitar o diabo tinha sido um erro, e ela só podia rezar para que suas ações não voltassem para assombrá-la.

Maldita! Maldita! Maldita!

Largado na poltrona de brocado, Luke entornou o resto de uísque da garrafa antes de jogá-la contra a parede. Ofegante, deixou a cabeça cair para trás. A sala girava ao seu redor, e a escuridão aumentava. Era a terceira garrafa que tinha terminado. Mais uma garrafa e ele devia ficar entorpecido o suficiente para esquecer as imagens horríveis de inocência perdida que o bombardeavam. Mais uma garrafa devia empurrá-las de volta para os cantos mais sombrios de sua mente. Mais uma garrafa devia fazê-lo engolir o remorso, a culpa, o arrependimento.

Enquanto outros oravam a Deus, ele entregara sua alma ao Diabo para encontrar forças para fazer o que precisava ser feito. E naquele momento, uma garota tola estava pedindo que ele fizesse tudo aquilo de novo.

Maldita!

Ela mandava convites para seus bailes bobos como se fossem importantes, como se valesse a pena passar uma noite na companhia dela. O que Lady Catherine sabia sobre sofrimento? O que sabia sobre o inferno? Fazer o que ela pedia serviria apenas para arrastá-la para baixo com ele e, uma vez lá, ela não encontraria escapatória. Luke sabia muito bem disso.

Pegou outra garrafa das várias que havia alinhado no chão ao lado da poltrona. Ele tivera muitas noites como aquela, quando precisara recorrer à bebida como conforto na falta de uma mulher.

Maldição, ele deveria ter aceitado a oferta de Jack, ter trazido uma das meninas para casa. Nem mesmo Frannie seria capaz de lhe oferecer consolo. Ele nunca conseguiria tomá-la com o desespero que o dominava naquele momento. Precisava de uma mulher forte o suficiente para aguentar seus impulsos, uma mulher que não se acovardasse, uma mulher que pudesse atrair a besta que existia dentro dele e não quisesse domá-la.

Uma imagem de lady Catherine Mabry sob ele invadiu sua mente, e Luke arremessou a garrafa meio vazia pela sala, amaldiçoando-a mais uma vez. Lutara tanto para permanecer civilizado, para não voltar às suas raízes, e ela conseguira desfazê-lo em questão de minutos. Deveria tê-la tomado em seus braços e a levado para o quarto. Deveria ter lhe mostrado exatamente do que era capaz.

Assassinato? Como havia provado, ele era capaz de coisa muito pior do que aquilo. Deus era testemunha.

Do diário de Lucian Langdon

Eu não sabia o nome do homem que matei. Não sabia que o destino o proclamara herdeiro de um título.

Eu sabia apenas que ele havia feito mal a Frannie — cruel e impiedosamente. Então, assumi a responsabilidade de ser o juiz, o júri e o carrasco.

Infelizmente, na minha pressa de fazer justiça com as próprias mãos, não tomei as devidas precauções. Houve uma testemunha, e fui preso em flagrante.

Hoje, posso ver que fui arrogante ao acreditar que só eu era sábio o suficiente para determinar o destino daquele sujeito. Mas eu conhecia intimamente o sistema judicial, pois fora preso aos 8 anos. Na época, cumpri três meses de prisão e passei a carregar a marca do meu crime no polegar direito. Um "C" de "criminoso" queimado em minha pele.

Um ano depois da minha prisão, foi determinado que a prática de marcar criminosos dessa maneira cruel deveria ser interrompida. E assim foi.

Eu sabia que a prisão não era um lugar agradável. Sabia que alguns criminosos eram transportados em grandes navios para bem longe da Inglaterra, mas eu não conhecia os detalhes e, portanto, não podia julgar se era justo.

Eu tinha visto um ou dois enforcamentos públicos. Parecia um jeito horrível de deixar o mundo.

Mas ainda assim, não estava disposto a arriscar que o homem que machucou Frannie ficasse impune, ou que sua punição não fosse o suficiente por seu crime. Então eu o matei.

O policial que me prendeu me garantiu que eu iria para a forca. Ouvi tudo com estoicismo, pois não estava arrependido. Quando alguém machuca quem amamos, devemos fazer o necessário pela justiça. E eu sempre amei Frannie.

Eu estava esperando em uma sala de interrogatório em Whitehall Place quando trouxeram um velhote. A vingança ardia nos olhos daquele homem e eu soube, mesmo sem ninguém me dizer nada, que havia matado o filho dele. Por sua vestimenta e postura, reconheci que se tratava de alguém com o poder de me ver entregue ao inferno.

Ele me encarou por um tempão, e eu o encarei de volta. Desde a minha prisão, eu não falava uma palavra, a não ser o meu nome. Não neguei nem confirmei as acusações.

"Sempre fique de matraca fechada", aconselhara Feagan caso fôssemos presos. "Não importa o que diga, verdade ou mentira, eles vão usar suas palavras para os propósitos deles."

Soube desde cedo que as palavras de Feagan não deviam ser desconsideradas. Ele sabia do que estava falando. Então o velhote fez a coisa mais estranha do mundo. Deu um passo à frente, segurou meu queixo com a mão enluvada e virou meu rosto para um lado e depois para o outro.

"Preciso de mais luz", declarou ele.

Mais lamparinas foram trazidas e colocadas sobre a mesa, até que me senti completamente exposto. A raiva nos olhos do velhote se transformou em algo mais suave, uma emoção que eu não reconhecia.

"O que foi, milorde?", perguntou um inspetor.

"Acho que ele é meu neto", falou o velhote.

"O que sumiu?"

Ele assentiu uma vez, e enxerguei ali uma possível saída para minha situação. Eu já tinha aprendido a ler as pessoas e sabia o que o velhote queria. Então, respondi às perguntas dele de forma a fazê-lo acreditar que eu era o neto dele.

Quando ele se convenceu, disse aos inspetores para nos deixarem a sós e sentou-se numa cadeira na minha frente.

"Você matou meu filho?", perguntou.

Assenti com a cabeça uma vez.

"Por quê?"

Pela primeira vez naquela noite, falei a verdade. No final, foi a verdade que convenceu o velhote de que eu tinha salvação. Levaria algum tempo até que ele me perdoasse completamente.

Minha salvação e meu castigo foram viver minha vida como o neto dele.

— Ai, que decisão difícil! — disse a duquesa de Avendale. — Não sei qual seria o melhor.

Olhando do outro lado da mesinha de seu jardim, ela flagrou Catherine no meio de um bocejo embaraçoso, mas pareceu não perceber e apenas empurrou as seleções pela mesa.

— Qual você prefere?

— Winnie, você está só escolhendo o pergaminho que será usado nos convites — falou Catherine. — A Grã-Bretanha não vai ruir por causa da sua decisão. De qual você gosta mais?

Winnie mordeu o lábio inferior.

— Não sei. Acho que gosto do visual do creme, mas é mais caro. Será que vale a pena?

— Se você gosta, então o custo extra vale a pena.

— Não sou eu que tenho que gostar, é o meu marido. Preciso passar na papelaria hoje de tarde. Pode ir comigo para garantir que eu faça os convites da maneira correta?

Winnie era a amiga mais querida de Catherine desde que eram crianças, mas Catherine odiava ver a confiança dela desaparecendo a cada dia.

— Você já organizou bailes antes e sabe como pedir convites corretamente.

— Mas Avendale está sempre decepcionado com alguma coisa. Quero que tudo seja perfeito.

Catherine duvidava que havia muitos homens em Londres que realmente ligavam para os preparativos de um baile, e era muito azar de Winnie ter se casado justamente com um deles. Sempre buscando a perfeição, ele tornava a vida da amiga miserável e tirava a alegria de qualquer tarefa.

— Nada é perfeito e, mesmo que fosse, acho que seria bem chato. De qualquer forma, vamos com o creme — decidiu Catherine. — Acho que parece um pouco mais elegante, e vou pagar pelos convites.

— Não é necessário.

— É o mínimo que posso fazer. Você está me deixando fazer o baile com você, em sua linda casa, já que papai está doente e não seria adequado dar um baile na minha residência. Então vou pagar pelos convites.

— Se você tem certeza de que não se importa.

— Não me importo de jeito nenhum.

Winnie suspirou.

— Obrigada. É uma coisa a menos para eu me preocupar.

— Vou passar na papelaria a caminho de casa.

— Você é uma querida.

Catherine bocejou de novo.

— Desculpe.

— Não me lembro de ter tido algum baile ontem à noite, mas, desde que você chegou, tive a nítida impressão de que você foi dormir bem tarde — comentou Winnie.

— Eu só não dormi bem.

— Por conta do seu pai? O quadro dele piorou?

Sim, Catherine deveria estar tendo problemas para dormir por conta do pai. Fazia quase um ano desde que seu último ataque de apoplexia o deixara acamado, e nos últimos tempos ele parecia mais uma concha vazia que um homem. Catherine passava as tardes e muitas vezes as noites lendo para ele, tentando dar-lhe o conforto que podia. Contratara enfermeiras para cuidar do pai quando precisava sair, porque sabia que ele se sentiria culpado se pensasse que ela lhe estava dedicando todo o seu tempo. Ela era jovem. O pai gostaria que ela aproveitasse a vida. Mas, nos últimos tempos, estava difícil de aproveitar alguma coisa.

— Não, papai está igual, embora seja difícil dizer com certeza, já que ele não consegue falar.

— O que está tirando seu sono, então?

Um certo cavalheiro irritante. De alguma forma, o conde de Claybourne conseguira lançar algum tipo de feitiço sobre o corpo dela, algo que a fizera se contorcer de insatisfação pelo resto da noite — não que tivesse muito tempo de noite restante quando ela finalmente se deitara. Que tipo de devassidão aquele homem estivera praticando para voltar para casa tão tarde? E por que presumira de imediato que uma dama como ela estava em sua casa para fins carnais? Só o pior dos degenerados via as mulheres daquela maneira. Catherine não era uma meretriz. Ela era casta, pura e adequada. Embora, depois de provar o beijo do conde, tivesse percebido que sua vida era bastante monótona. Ainda assim, as ações dele a fizeram compreender por que as mulheres eram desencorajadas a experimentar tais intimidades até se casarem. Será que todos os homens tinham aquele tipo de poder, a ponto de fazê-las arder de desejo? Ou eram apenas homens como Claybourne, que rondavam os portões do inferno?

— Winnie, você está casada há cinco anos.

A amiga chamara a atenção do duque de Avendale logo em sua primeira temporada na sociedade e se casara com ele no Natal do mesmo ano.

Winnie franziu a testa.

— Isso é uma pergunta?

— Não, é uma observação que me senti na obrigação de fazer antes de perguntar: ele beija você?

— Que pergunta estranha.

— Sou uma donzela e não tenho mãe para fazer as perguntas que me causam curiosidade, então preciso recorrer à minha amiga casada para obter as respostas. Por isso, repito: ele beija você?

Winnie tomou um gole de chá como se estivesse refletindo sobre a resposta.

— De vez em quando.

— O beijo a deixa com vontade?

— Vontade do quê?

Catherine quase riu. Se ela tivesse que explicar, bom... então Avendale sem dúvidas não beijava como Claybourne. Mas Avendale tinha nascido um cavalheiro, enquanto Claybourne era praticamente um canalha com roupas de lorde.

Ela observou enquanto Winnie se inclinava para a frente com cuidado para servir mais chá. Era irônico que aquele jardim tão lindo cercasse uma casa cheia de feiura. Os movimentos cuidadosos da amiga explicavam muito mais sobre sua preocupação desnecessária com convites.

— Ele bateu em você de novo, não foi, Winnie?

— Não seja boba.

Catherine colocou a mão sobre a da amiga, parando suas ações.

— Eu percebi como você está se mexendo, como se o menor dos movimentos lhe causasse uma enorme dor. Você pode confiar em mim. Não vou contar para ninguém. Sabe disso.

Lágrimas brotaram nos olhos expressivos de Winnie.

— Ele chegou em casa ontem à noite com um ataque de raiva. Não sei o que fiz de errado...

— Duvido que tenha feito algo de errado e, mesmo que tivesse, ele não tem o direito de atacar você.

— A lei discorda.

— Dane-se a lei.

Winnie ofegou e arregalou os olhos.

— Catherine, que linguajar é esse?

— Você briga comigo pelo meu linguajar, mas aceita apanhar em silêncio.

— Eu sou a esposa dele, propriedade dele. A lei dá licença para ele fazer o que quiser comigo, até me forçar a fazer certas coisas quando não quero. Um dia, você saberá a verdade sobre um casamento.

— Duvido que eu vá me casar um dia. Mas, se precisar, não deixarei um homem me controlar.

— Você só conseguiu escapar do casamento porque seu pai está enfermo e seu irmão está vagando por outros continentes. Quando ele voltar para assumir as responsabilidades do título, incluindo aquelas relacionadas a você, tudo mudará.

Não, não mudaria. Embora tivesse que admitir que ficara mais independente só depois da partida de Sterling, seu irmão. Na ocasião, o pai começara a lhe ensinar coisas, temendo que o filho mais velho não voltasse de suas viagens. Então, quando o pai adoeceu, ela se encarregara de assumir o lugar dele em tudo o que era possível. Catherine sabia que sua natureza vigorosa sem dúvida intimidava alguns e que era julgada por outros, mas não deixaria o legado de seu pai ser destruído.

— Tenho 22 anos, Winnie, e nenhum homem manifestou interesse em me ter como esposa.

— É por causa da maneira como o Conde Diabo olhou para você naquela noite, como se ele estivesse te destacando do resto. E também pela maneira como você o olhou de volta, quando deveria ter baixado a cabeça, como qualquer mulher decente faria. Você foi manchada por ele.

Catherine forçou uma risada. Se Winnie soubesse que a amiga tinha feito muito mais que olhar para ele recentemente, que tinha aceitado um beijo dele, morreria na hora.

— Ele estava tentando intimidar, mas não sou de me intimidar. Foi a oportunidade perfeita de demonstrar essa parte do meu caráter — afirmou Catherine.

— O que você demonstrou foi que é obstinada. Nenhum homem quer uma esposa obstinada.

— Então ninguém me terá, pois não mudarei para agradar um homem.

— Quando se ama alguém, você faz de tudo para agradar.

— Até deixá-lo bater em você? — Winnie estremeceu e, embora Catherine se arrependesse de ser tão dura, ela não sabia mais como fazer sua querida amiga ouvi-la... para seu próprio bem. — Largue seu marido, Winnie. Venha comigo. Podemos ir para a casa de campo do meu pai. Ele não tocará em você lá.

— Você tem ideia de como meu marido ficaria furioso? Ele me encontraria, Catherine, e me mataria pela traição. Não tenho dúvida. Ele é um homem orgulhoso, e quando seu orgulho é ameaçado...

— Ele bate em você, porque não tem coragem de enfrentar as próprias fraquezas.

— Você pensa tão mal dele.

— E por que deveria pensar o contrário? Eu vejo o que ele faz contigo. Você se esforça para esconder, mas temo que chegue um dia em que isso não será mais possível.

— Não faz nem cinco minutos que me perguntou se ele me beija. Ele beija, e às vezes é agradável.

— Agradável? Não. Um beijo deve consumir todo o seu ser, deixar seus joelhos fracos, seu coração palpitante…

Catherine parou de falar e balançou a cabeça. Estava se empolgando ao lembrar do beijo de Claybourne.

— Catherine, o que você fez?

— Nada…

— Está agindo de uma forma muito estranha, e sua descrição… Por acaso já beijou alguém?

— Não seja ridícula.

— Então por que esse súbito interesse?

— Estou simplesmente tentando entender por que você aguenta tudo isso. O que faz valer a pena ficar ao lado dele?

— Uma mulher deve ficar ao lado do marido.

Catherine apertou a mão de Winnie.

— Winnie, não sou sua família, que insiste para que você seja uma boa filha e uma boa esposa. Parte o meu coração vê-la sofrer assim.

Lágrimas rolaram dos olhos de Winnie.

— Ai, Catherine, às vezes ele me apavora tanto! Dizem que a primeira esposa dele era distraída e caiu da escada. E que a segunda escorregou no quarto e bateu a cabeça com tanta força no chão que morreu. Eu sabia dessas histórias, mas não duvidei da veracidade delas até me casar… Ele é tão encantador quando não está com raiva. Mas, quando está descontente, é muito assustador.

— Então largue-o!

— Não posso! — desabafou ela. — A lei não vai me proteger. Ele pode alegar que eu o abandonei, e então lhe darão meu filho. Minha família ficará humilhada e não me defenderá. E meu marido... Por Deus, Catherine, qualquer ira que ele já demonstrou até então não seria nada em comparação à fúria que ele sentiria. Eu sei disso com tanta certeza quanto sei que o nosso chá esfriou. Seria simplesmente terrível para todos os envolvidos. É melhor se eu apenas aceitar meu destino e tentar agradá-lo sempre.

Catherine soltou a mão de Winnie e recostou-se na cadeira.

— Ai, Winnie, eu odeio o que ele fez com você. A violência física é horrível, mas ele também destruiu a mulher adorável que residia dentro de você. Eu nunca o perdoarei por isso.

Com uma expressão sombria, Winnie pegou de volta a mão de Catherine.

— Eu sei o quanto você pode ser teimosa, mas nunca o confronte sobre este assunto. Não pode deixá-lo saber que sabe de algo. Só Deus pode nos proteger se ele se sentir ameaçado, Catherine...

— Ele nunca saberá de mim o quanto eu o desprezo.

Winnie pareceu ficar mais tranquila, pois seu aperto na mão de Catherine relaxou.

— Podemos mudar de assunto agora? Essa conversa serve apenas para fazer eu me sentir culpada por lhe causar tanta preocupação.

— Não se preocupe com meus sentimentos, Winnie. Eu te amo. Não importa o que aconteça, isso não vai mudar.

— Mamãe!

Um menino de 4 anos apareceu correndo pelo jardim, deixando a babá para trás. Ele deu um encontrão em Winnie, que ofegou e empalideceu consideravelmente.

— Querido, você não deve vir com tanta força para cima da mamãe!

O menino pareceu triste com a bronca, e Catherine percebeu que Winnie deveria estar muito mais dolorida do que demonstrara. Ela nunca repreendia o filho. Nunca.

— Whit, venha ver a tia Catherine — disse Catherine. — Meu colo está sentindo falta de uma criança.

Ele correu até ela, que o pegou no colo. Então se perguntou quanto tempo demoraria até Avendale descontar suas frustrações em seu filho.

Era fim de tarde quando Catherine finalmente voltou para casa. Como ela viveria com a culpa se Avendale matasse Winnie? Como seria capaz de se olhar no espelho se não fizesse nada, sabendo de tudo o que estava acontecendo?

Ela tinha vários conhecidos, amigos, criados, mas ainda assim se sentia tão sozinha às vezes. Não tinha ninguém além de Winnie, em quem confiava para contar suas preocupações. No entanto, não ousava mais lhe contar tudo, pois sua querida amiga já estava cheia com os próprios problemas, então Catherine carregava suas preocupações e seus fardos sozinha.

Cansada e com o coração pesado, ela subiu a escada e parou do lado de fora do quarto do pai.

Desde que ele adoecera, ela alcançara uma independência que poucas damas tinham. Sem o irmão em casa para servir como seu guardião, ela podia fazer o que quisesse sem precisar pedir a permissão de ninguém.

Será que Winnie estava certa? Ela perderia essa liberdade se um dia se casasse? Ou será que Catherine tinha razão e que nenhum homem jamais a consideraria como possível esposa?

Ela sempre fora um pouco obstinada, desde criança. *Está bem*, ela se corrigiu. *Muito obstinada*. Seu irmão a chamara de mimada em mais de uma ocasião, mas não era como se ele também não fosse um mimado. Afinal, estava viajando pelo mundo, aproveitando a vida, enquanto ela fora abandonada e estava cuidando do pai. Embora, sendo justa, Sterling não soubesse que o pai havia adoecido.

Seu pai ainda conseguia falar depois do primeiro ataque apoplético, mas dissera para Catherine não entrar em contato com Sterling por aquele motivo. O ataque seguinte o deixara incapaz de falar, de se comunicar, e no momento ele estava apenas definhando.

Catherine levou um segundo para se recompor. Ela não ajudaria em nada os problemas do pai se estivesse chorando pela amiga, chorando por ele, chorando por tudo o que não tinha força ou poder para mudar. Respirando fundo, abriu a porta e entrou, e foi imediatamente atingida pelo odor da doença.

A enfermeira levantou-se da cadeira perto da cama, onde estava bordando, e fez uma reverência.

— Milady.

— Como ele está?

— Banhado e arrumado, aguardando sua visita da tarde.

Catherine caminhou até o pé da cama e sorriu para o pai. Ela pensou ter visto prazer nos olhos azuis dele, mas talvez fosse apenas uma ilusão de sua parte.

— Está um dia lindo. Eu deveria pedir para algum criado levá-lo até o jardim.

Ele não reagiu à sugestão dela, apenas piscou.

Será que ele ficaria constrangido ou grato por ser levado de cadeira de rodas para fora de casa? Era tão difícil saber o que fazer.

— Temperance, antes de tirar seu tempo de descanso, poderia pedir a um dos criados para levar o sofazinho do salão matinal para o jardim e, depois, vir buscar meu pai?

— Desculpe a ousadia, milady, mas não tenho certeza se o médico dele concordaria com essa ideia. Pode fazer mais mal do que bem.

Catherine não queria o risco de ter a morte do pai em sua consciência. Não se importaria se fosse a morte de Avendale, mas a de seu pai...

Ela suspirou.

— Pergunte ao médico da próxima vez que ele vier verificar o duque.

— Certamente, milady.

Pelo visto, Catherine não tinha muito o que fazer para deixar seu pai confortável.

— Ficarei aqui pela próxima hora, então pode tirar um tempo para você — disse à enfermeira.

— Obrigada, milady.

Catherine sentou-se na cadeira e pegou a mão do pai. Ele mexeu um pouco a cabeça para olhar para ela e esfregou desajeitadamente o anel que ela havia começado a usar na mão direita.

— Passei a usar a aliança de casamento da mamãe. Espero que não tenha problema.

Ele fez um som no fundo da garganta, e Catherine pegou um paninho na mesa de cabeceira para limpar o cuspe do canto da boca dele.

— Gostaria que você pudesse me dizer o que deseja. — Ela acariciou o cabelo prateado e ralo. — Espero que não esteja sentindo dor. — Com um suspiro, pegou um livro da mesa de cabeceira. — Vamos ver em que tipo de encrenca Oliver e o Matreiro vão se meter hoje?

— Eu esperava receber seu pagamento mais cedo — disse Jack ao receber Luke em seu estabelecimento naquela noite.

— Fiquei fora por um tempo.

Três dias para ser exato. A pior parte fora a volta do abismo do desespero, quando a bebida terminara de servir ao seu propósito e seu efeito começara a desaparecer. A cabeça doía, o estômago estava embrulhado e ele se sentia péssimo. Era estranho para um homem como ele, um homem com seu histórico de ações, sofrer com o peso na consciência. Era sempre pior à noite, quando enfrentava sozinho os próprios demônios. Mas tudo mudaria quando ele se casasse com Frannie. Ela o distrairia de suas reflexões sombrias. Traria luz para suas trevas. Ela seria sua salvação.

— Na companhia de uma garrafa? — perguntou Jack.

— Acho que isso não é problema seu.

Jack deu de ombros.

— Não é. Eu só queria saber se eu deveria enviar outra caixa do meu melhor uísque irlandês para sua residência.

Luke odiava admitir sua fraqueza, mesmo para Jack.

— Sim, por favor. E ainda esta noite, se possível.

— Pode deixar.

Luke estava ciente de que Jack o estudava. Ele também sabia que o amigo não perguntaria o que havia motivado tudo aquilo, então ficou surpreso quando se ouviu dizer:

— Recebi a visita de lady Catherine Mabry.

Jack franziu a testa.

— Mabry?

— Filha do duque de Greystone.

Jack arqueou uma sobrancelha.

— Ora, ora. Parece que o nível das suas companhias subiu, hein?

— Ela queria que eu matasse alguém.

Ele levantou a outra sobrancelha.

— Quem é o azarado?

— Ela não disse.

— Presumo que você tenha recusado o pedido.

— Exato.

— E que ficou incomodado por ela ter tido certeza de que você seria capaz de matar alguém?

O conde ficara incomodado com o fato de que ela realmente achou que ele *mataria* alguém. Sem explicação, sem justificativa, como se Luke fosse um homem acostumado a lavar sangue das mãos. Mas ele não confessaria isso para Jack, então ficou em silêncio.

Jack deu um tapinha no ombro dele.

— Não se preocupe, meu amigo. Os engomadinhos não são melhores do que nós. A única diferença é que reconhecemos nossas falhas e admitimos tê-las.

— Eu deveria ser um desses engomadinhos, Jack.

Mas ele nunca se sentira confortável ao redor deles, nunca sentira que pertencia àquele mundo.

— Mas nós dois sabemos que você não é.

Jack era o único que sabia a verdade sobre as mentiras de Luke, de como ele fingira se lembrar do que o velhote queria que ele lembrasse.

— Não, não sou.

— Não sei por que você se sente tão culpado por isso.

— Passei a gostar do velhote. Não parecia certo enganá-lo.

O velhote amara Luke porque achara que Luke era seu neto. Uma coisa era enganar alguém para conseguir algumas moedas e não precisar dormir com a barriga doendo de fome. Mas não era tão fácil aceitar o fato de que ele havia enganado alguém para conquistar seu afeto.

— Você o fez feliz, Luke. Não é sempre que temos a chance de ajudar uma pessoa a morrer como o velhote morreu: contente e satisfeito, sabendo que seu reino estava seguro em suas mãos, e acreditando que tudo pertencia a você legitimamente. Sinta algum conforto por isso.

Luke tentava. De verdade.

— Vou levar a Frannie para um passeio.

Jack sorriu com arrogância, embora sempre fosse arrogante e autoconfiante. Ele fora arrogante até quando estavam na prisão, agindo como se tudo fosse uma grande piada, enquanto Luke nunca estivera tão aterrorizado em toda a sua vida.

— Finalmente vai fazer o pedido, é? — perguntou Jack.

— Acho que você já ganhou dinheiro suficiente de mim.

— Nunca terei o suficiente, mas você tem razão. Estou cansado de cobrar essa aposta. Ficou chato. Vá fazê-la feliz. E fazer a si mesmo feliz, também.

Aquele era o plano de Luke enquanto ele percorria o estabelecimento, cumprimentando brevemente seus conhecidos, até ir para os fundos, onde sabia que encontraria Frannie.

Ela fazia os trabalhos de caridade durante o dia, mas à noite cuidava da contabilidade de Jack. Estava sentada à mesa, com o cabelo preso em um coque, e usava suas roupas habituais e nada atraentes. Mas, de alguma forma, ele se sentia atraído mesmo assim. Como sempre.

— Boa noite, Frannie.

Ela olhou para cima, sem se assustar desta vez. Luke certamente chegara antes que ela mergulhasse por completo nos números.

— Eu esperava que você viesse mais cedo para prestar contas de como gastei sua doação.

— Eu estava ocupado com outros assuntos. Além disso, eu disse que não precisa prestar contas. Mas estava me perguntando, no entanto, se você gostaria de dar um passeio na minha carruagem...

— Para quê?

— Pensei que seria bom ficar longe dos livros de Jack por um tempo. A névoa ainda não se instalou pelas ruas, e Londres à noite pode ser muito bonita. Gostaria de compartilhá-la com você.

— Você está soando muito misterioso.

— Faz um tempo que não passeamos, e eu sempre gostei da sua companhia, como bem sabe.

— Eu posso mostrar a casa das crianças. A obra no prédio está quase terminada.

— Eu adoraria.

Ao se levantar, Frannie lhe deu o mesmo sorriso doce que sempre o aquecia. Luke pegou o xale do gancho perto da porta e o enrolou nos ombros dela. Em seguida, estendeu o braço. Timidamente, Frannie colocou a mão no antebraço dele.

Nenhum dos dois falou uma palavra até chegarem à carruagem e o valete abrir a porta. Ela parou enquanto Luke a ajudava a entrar. O sorriso dela era radiante quando ela olhou por cima do ombro para ele.

— Está cheia de flores.

— Sim, pensei que você gostaria.

— Devem ter custado uma fortuna.

Ele notou a leve bronca em sua voz. Frannie era contra qualquer tipo de gasto supérfluo, o que apenas tirava o prazer de Luke em dar presentes para ela.

— Eu tenho dinheiro, Frannie.

— Você é generoso demais, Luke.

Às vezes, ele achava que não era generoso o suficiente. Frannie entrou no veículo e o conde a seguiu, sentando-se de frente para ela. Inúmeros buquês haviam sido dispostos em ambos os lados dela. O perfume das flores era quase nauseante. Ele mandaria o valete levá-los para os aposentos de Frannie quando voltassem.

Enquanto a carruagem andava, a luz fraca da lamparina interna permitia que ele tivesse uma visão um pouco obscurecida de Frannie. Luke sempre ficava feliz ao observá-la, e o veículo fechado criava um ambiente íntimo que não existia no escritório dela. Inclinando-se para a frente, o conde pegou as mãos de Frannie. Embora soubesse que o toque de suas peles era impróprio, de alguma forma parecia apropriado naquele momento. Ele havia decorado o "Soneto 29", de Shakespeare, para recitar, mas de repente sentiu que deveria confiar em suas próprias palavras, por mais inadequadas que fossem.

— Frannie, eu te adoro. Sempre adorei. Você me daria a honra de ser minha esposa?

O sorriso dela murchou, e seus dedos apertaram os dele. Então, Frannie balançou a cabeça bruscamente.

— Luke, eu não posso — sussurrou, rouca, e ele sentiu o terror em sua voz.

Luke segurou as mãos dela com mais firmeza.

— Frannie…

— Luke, por favor…

— Frannie, permita-me terminar.

Ela assentiu.

— Sei que sua única experiência… — como dizer aquilo sem aterrorizá-la mais? —… com um homem foi brutal, mas garanto que você não encontrará nada além de ternura em minha cama. Serei tão gentil quanto um homem pode ser. Nunca forçarei ou apressarei nada. Esperarei até que você esteja pronta. Será bom, Frannie. Eu juro. — Ele viu lágrimas transbordando nos olhos dela. — Por favor, não chore, querida.

Ela levantou as mãos dele e beijou os dedos.

— Eu sei que você nunca me faria mal, Luke, mas você é um lorde e eu… — ela soltou uma risada amarga —… eu nem sei meu nome verdadeiro. Você acha que existe mesmo uma família em algum lugar em Londres chamada Darling que não tem ideia do que aconteceu com a filha? Eu sou Frannie Darling porque era assim que o Feagan me chamava. Eu era criança. O que eu deveria achar?[*]

---

[*]O sobrenome dos órfãos faz referência a alguma característica específica. Para não dar spoilers, faremos uma nota apenas quando cada nome for explicado na história. No caso de Frannie Darling, *darling* é querida em português, fazendo referência a como o Faegan a chamava: "Frannie, querida". [N.E.]

— Não me importo com suas origens — afirmou ele.

— Você sabe quem é a sua família. Eu não faço ideia, e quem se torna da nobreza deve saber.

Ele poderia confessar a ela que também não conhecia a própria família, mas isso não deixaria Frannie feliz. Na verdade, talvez ela o odiasse por isso. Embora sempre soubesse que ele tinha dúvidas sobre o velhote, nunca soubera que tais dúvidas eram justificadas, que Luke fizera tudo o que estava ao seu alcance para convencer o conde de que era seu neto. Frannie nunca soubera que Luke havia mentido e enganado o velhote para que visse o que queria ver. A morte que espreitava nas sombras era um motivo poderoso, mas nem mesmo isso seria o suficiente para que ela o perdoasse por tomar tantas coisas que não lhe pertenciam. Mas Luke ficara mimado por tudo o que ganhara e não queria devolver nada. Não devolveria nada.

— Frannie, não pense em como você será alguém da nobreza. Pense em como será minha esposa. É tudo o que importa para mim.

— Como pode dizer isso, Luke? Por Deus, você tem um lugar na Câmara dos Lordes! A responsabilidade que vem com a sua posição é esmagadora. E cabe à esposa de um nobre saber todo o tipo de etiqueta e regras. Quando recebermos pessoas para um jantar…

— Não teremos jantares.

— E quando eu for apresentada à rainha? Sabe como devo me vestir? Como devo ou não me comportar?

— Você poderia aprender. O velhote lhe ensinou algumas coisas e contratou tutores.

— Eles me ensinaram a ler, escrever, fazer contas e falar corretamente. Mas seu avô nunca esperou que eu me tornasse alguém da nobreza, Luke. Eu fui ensinada para servir, não para ser servida. Por favor, não me peça isso. Eu já lhe devo tudo. Você salvou minha vida. — Lágrimas rolaram em suas bochechas. — Mas, por favor, não me peça isso. Por favor, não me peça para entrar no seu mundo. Fico apavorada só de pensar. Seria tão solitário...

Aquela era uma das razões pela qual ele a queria em seu mundo. Porque *era* absurdamente solitário. Às vezes, ele achava que morreria de solidão, que não deveria ter um inferno pior do que ficar preso entre os dois mundos. Viver em um mundo, mas pertencer a outro.

— Frannie...

— Por favor, Luke, não quero magoá-lo, mas não posso me casar com você. Eu simplesmente não consigo. Isso me destruiria.

— Você é mais forte do que pensa.

— Mas não sou tão forte quanto você. Eu nunca poderia fazer as coisas que você fez.

Às vezes, ele pensava que teria sido melhor se tivesse sido enforcado.

— Não há nada que eu possa dizer para fazê-la mudar de ideia? — perguntou.

Ela balançou a cabeça.

Com um suspiro, Luke soltou as mãos dela, recostou-se no banco e olhou pela janela. A névoa começava a tomar as ruas. De alguma forma, parecia simbólico.

— Espero que você não se importe se eu preferir não ir ver a casa das suas crianças.

— Sinto muito...

— Não, Frannie, não fique pedindo desculpas. Só piora a situação.

— Eu te amo. Você sabe disso... — disse ela baixinho.

O que só serviu para deixar tudo ainda mais insuportável.

Luke alinhou seus novos soldados, agradecido pelas garrafas de uísque que Jack entregara ainda naquela noite, como prometido. Então, sentou-se em sua poltrona e começou a entornar a primeira garrafa.

A recusa de Frannie era dilacerante. Ele estivera enrolando para pedi-la em casamento não porque achava que ela recusaria, mas porque não conseguia se convencer de que era merecedor dela. De que era merecedor de qualquer mulher.

Mas ter seu pedido recusado porque Frannie temia a vida na alta sociedade... Será que fora tão difícil para ela viver ali?

O velhote havia acolhido ela e alguns rapazes de Feagan quando descobriu que Luke os levava escondido à casa para alimentá-los e lhes dar um lugar quente para dormir. Ele os observara de perto, desconfiado, e contratara tutores para que aprendessem a ler, escrever e a ter modos.

Então do que Frannie tinha medo? O que achava que não sabia? Ou havia mais na recusa dela do que ele queria aceitar? Será que ela não podia viver com a escuridão que residia dentro dele e era simplesmente gentil demais para admitir?

Luke jogou a garrafa vazia de lado, mas, quando foi pegar outra, algo embaixo de uma cadeira distante chamou sua atenção. Ele se levantou e a sala girou. Caindo de joelhos, ele engatinhou até a cadeira, esticou o braço e pegou um objeto. Apoiando as costas contra a cadeira, estudou o broche.

O broche de lady Catherine. Devia ter caído da capa dela. Uma de suas criadas não estava limpando o chão como deveria, mas não era como se ele se importasse com trabalho de má qualidade. Ele sentiu um leve movimento de sua boca, como se um sorriso estivesse se formando ao se lembrar da bravata de Catherine, de sua surpresa por ele saber seu nome.

Ah, sim, ele sabia quem ela era. Havia descoberto tal informação na primeira noite em que colocara os olhos nela. Mesmo o mais leal dos criados gostava de dinheiro. Oferecendo algumas moedas, ele encontrou alguém disposto a se esconder nos arbustos, espiar pela janela com ele e identificar a dama que Luke apontara.

Não ficou surpreso ao encontrá-la em sua biblioteca. Ficou surpreso apenas por ela ter demorado tanto para aparecer. Naquela noite no baile, ele sentira uma atração imediata, algo mais intenso do que qualquer outra coisa que sentira antes ou depois dela.

Luke sempre achou que, se tivesse conhecido Frannie mais velho, sua atração por ela o teria atingido tão forte quanto, talvez até mais. Mas eles eram crianças quando foram apresentados, e acabaram criando afeto um pelo outro.

Ele esfregou o polegar sobre o broche. Catherine era diferente. Catherine era...

Luke ouviu uma risada ecoar pela sala, apenas vagamente consciente de que era o responsável pelo som.

Catherine era a resposta para ele conseguir o que queria mais que qualquer outra coisa.

Com cuidado e intento, Catherine mergulhou a ponta de ouro de sua caneta no tinteiro. Seu pai não ficaria feliz com a decisão dela, mas ela não tinha escolha.

> *Meu querido irmão,*
> *Espero que minha carta o encontre bem...*

Espero que ela apenas o encontre, pensou, cansada.

> *... e que esteja aproveitando suas viagens.*
> *No entanto, preciso desesperadamente que você volte para casa.*

Sua mão tremia quando ela molhou a caneta no tinteiro de novo. Tinha o roteiro de viagens de Sterling, mas não fazia ideia se ele estava seguindo-o. Ainda assim, não havia outra opção a não ser tentar contatá-lo, mesmo que sua mente estivesse cheia de dúvidas.

Como ela poderia considerar pedir ao irmão o que havia pedido a Claybourne? Ele não tinha a alma sombria de Claybourne. Seu irmão era gentil e generoso. Ela o amava muito — exceto pelo fato de que, por ser vários anos mais velho, parecia achar que suas ideias eram as mais importantes da família. Essa atitude sem dúvida fora a causa da briga dele com o pai.

Como seu pedido poderia mudar Sterling? Matar alguém o transformaria em um homem como Claybourne? Catherine queria mesmo ser responsável por transformar um anjo em um demônio? Mas ela estava tão preocupada que Avendale acabasse matando Winnie na próxima surra...

Claybourne tinha razão. Ela mesma deveria cuidar do assunto. Mas, por Deus, onde encontraria forças? E como faria? Seria melhor usar uma pistola? Uma faca? Veneno?

Quantas vezes ela precisaria atirar nele ou esfaqueá-lo? Ela nunca tinha visto uma pessoa morta — não que se lembrasse. Catherine era apenas uma criança quando sua mãe morreu dando à luz um bebê que não sobrevivera, e, na cama, ela parecia estar apenas dormindo. Será que toda morte era tão pacífica?

Catherine pulou com uma leve batida na porta. Sua criada, Jenny, apareceu pela fresta.

— Você tem correspondência, milady.

O coração de Catherine parou por um segundo. Será que era de Winnie? O pior enfim tinha acontecido? Ou era de seu irmão? Será que ele estava finalmente a caminho de casa? Suas orações foram ouvidas?

— Traga aqui para já, por favor.

Seu tremor piorou quando ela pegou a carta. Não tinha selo, e apenas uma gota de cera a mantinha fechada. Que estranho. Ela deslizou seu abridor de cartas de prata sob a cera, abrindo o pergaminho, e desdobrou a carta.

Precisamos nos encontrar.
Meia-noite.
Seu jardim.
– C

"C"? Quem diabo...

Ela quase se engasgou.

Claybourne?

Catherine dobrou a carta rapidamente e olhou para Jenny.

— Quem trouxe isso?

— Um rapazinho.

— Ele falou alguma coisa?

— Só que se tratava de um assunto urgente e que deveria ser-lhe entregue de imediato. Está tudo bem, milady?

Catherine pigarreou.

— Sim, está tudo bem. Estou me sentindo um pouco inquieta esta noite. Darei um passeio no jardim mais tarde, por volta da meia-noite, e depois você pode me ajudar a me preparar para a cama.

— Sim, milady. — Jenny fez uma mesura e saiu da sala.

Catherine desdobrou e releu a carta. Jesus! Ela tinha batido na porta do diabo e naquele momento ele estava batendo na dela. Não era um bom presságio. Não mesmo.

Ela redobrou a carta e a colocou dentro de um livro. Então se levantou e começou a andar. O que deveria vestir para esse encontro noturno? Uma capa, talvez? Algo para escondê-la de possíveis olhos curiosos. Embora, já que a reunião aconteceria em seu jardim, os únicos olhos curiosos seriam os de seus criados, e ela simplesmente poderia proibi-los de ir até a área externa no horário combinado.

Ela olhou para o relógio acima da lareira. Ainda restavam duas horas de espera, de preocupação. Seria mais inteligente ignorar o chamado.

"Precisamos nos encontrar."

"Precisamos." Não fora ele que dissera que tinha tudo o que poderia precisar? Então o que Catherine poderia lhe oferecer? Outro beijo, talvez? Será que ele também estivera se revirando na cama todas aquelas noites, como ela? Será que também não conseguira dormir? Será que ela assombrara os sonhos dele, assim como ele assombrara os dela?

Não podia negar que estava ansiosa pela visita do conde. Queria *mesmo* vê-lo novamente. Talvez da próxima vez que o convidasse para um baile, ele aparecesse. Catherine sentou-se, observou o relógio e esperou. Faltando exatos cinco minutos para a meia-noite, ela se levantou e colocou a capa em torno dos ombros. Olhou para seu reflexo no espelho, enfiou alguns fios de cabelo rebeldes de volta no lugar, depois riu da própria bobagem. Claybourne mal conseguiria vê-la na escuridão. E, de todo modo, ela não se importava com o que ele achava de sua aparência.

Pensou em vestir as luvas, mas aquilo não era um passeio formal. Os dois não teriam motivos para se tocar. Respirando fundo, ela pegou a lamparina da mesa e saiu do escritório.

A casa estava silenciosa, e a maioria das luzes apagada. Catherine estava quase no salão matinal, que tinha portas que davam para o jardim, quando ouviu:

— Milady, posso ser útil?

Ela girou e sorriu para o mordomo.

— Não, obrigado, Jeffers. Estou com dificuldade para dormir, então darei um passeio no jardim.

— Sozinha?

— Sim, é o nosso jardim. Não é perigoso.

— Quer que eu peça para um valete acompanhá-la?

— Não, obrigada. Gosto da solidão. Na verdade, peça para que ninguém me perturbe.

Ele fez uma reverência.

— Como desejar.

Catherine finalmente foi para o salão matinal, onde aproveitou para reunir sua determinação antes de sair pelas portas do jardim.

Quando sua família dava festas, eles acendiam as lamparinas que ladeavam o caminho do jardim, mas no dia a dia ela não via a necessidade de dar trabalho aos criados ou de ter tanta iluminação. Enquanto seguia o caminho de pedras, porém, começou a questionar sua decisão. Não tinha percebido até então como estava escuro entre as sebes e as flores e os painéis de madeira cobertos de hera. Como era sinistro, como...

— Lady Catherine.

Com um gritinho, ela pulou de susto. Como não o tinha visto parado ali? Claybourne parecia emergir das sombras da noite como o próprio príncipe das trevas.

— Você me assustou, milorde.

Em seguida, ela se repreendeu internamente por falar antes que seu coração voltasse ao ritmo normal. Sua voz saíra esgoelada como a de seu irmão quando ele estava deixando de ser criança.

— Perdão — disse Claybourne.

— Você não soa nem um pouco arrependido. Atrevo-me a dizer que me assustou de propósito.

— Talvez. Eu não tinha certeza de que você viria.

— Sua carta indicava que "precisava" me ver. Ao contrário de você, não costumo ignorar quem precisa de ajuda.

— De fato.

A voz do conde soou mais rouca. Será que ela tinha passado uma mensagem que não pretendia? Estava chateada por ele estar tão calmo, ao contrário dela. Respirando fundo, Catherine perguntou com rispidez:

— E do que você precisa, milorde?

— Que tal uma caminhada?

— Não vou além do meu jardim.

— Sim, claro, mas vamos ficar longe de olhares e ouvidos indiscretos.

Claybourne começou a andar sem esperar por ela, e Catherine precisou se apressar para alcançá-lo.

— Instruí meus criados a não nos perturbarem.

Ele parou de repente, e ela quase bateu o nariz no ombro dele quando ele se virou para encará-la. O conde era incrivelmente alto e largo, e sua mera presença fazia o coração dela palpitar.

— Você disse a seus criados que ia me encontrar aqui? — perguntou ele, incrédulo.

— Claro que não! Falei para eles não *me* incomodarem. Disse apenas que estou com dificuldade para dormir e que ia dar um passeio.

— E é comum você ter dificuldades para dormir?

Ele parecia curioso, como se estivesse preocupado com ela.

— Normalmente não — disse ela.

A menos que estivesse pensando nele, quando dormir ficava quase impossível.

— Atrevo-me a dizer que isso será algo comum no futuro, então.

O que o conde queria dizer com aquilo?

Ele voltou a andar, e, ignorando o juízo, ela o acompanhou. Catherine ficou grata por ter levado uma lamparina. Embora a luz fosse fraca, era o suficiente para que pudesse vê-lo claramente.

— Quero falar com você sobre seu... pedido — falou Claybourne com tanta emoção quanto um pedaço de carvão.

— Achei que você não estivesse interessado.

Ela não confiava nele. Claybourne rejeitara a oferta uma vez e a fizera se sentir tola por ter pedido algo.

— Eu não estava.

— Mas agora está?

— Você parece irritada. Por acaso encontrou outra pessoa para fazer o serviço?

Quem dera. Catherine desejou poder dar meia-volta e ir embora. Aquele homem a deixava desconfortável. Lembrou os dedos quentes dele passando por seu pescoço, fazendo seu pulso acelerar. Lembrou a boca quente devorando a dela...

— Não, não encontrei alguém.

— E cuidou do problema sozinha?

— Também não.

— Então talvez possamos fazer um acordo. Tem uma moça que desejo muito que seja minha esposa.

Catherine quase tropeçou ao parar de supetão, tentando não demonstrar em seu rosto o choque que sentira ao ouvir aquelas palavras. Por que ela se importava se ele queria se casar com alguém? Ela não se importava. Nem um pouco. Mesmo assim, não podia negar certa decepção. Afinal, passara anos sonhando com ele, embora não por opção — Claybourne simplesmente invadia os sonhos dela como se morasse neles.

Ele a estudava como se Catherine fosse algo curioso. O que seu rosto estava mostrando? Ela esperava que não fosse nada de mais. Ou talvez Claybourne, que parecia tão fechado quanto uma tumba, estivesse apenas tentando determinar o quanto podia revelar naquela conversa.

— Ela, no entanto, está hesitante em se casar comigo — continuou.

— Por causa das coisas perversas que você faz?

O sorriso zombeteiro dele era ainda mais visível na escuridão.

— As coisas perversas que faço, lady Catherine, são o motivo para você sentir atração por mim.

— *Não* sinto atração por você.

— Não? Não me lembro de você ter ficado chateada por eu tê-la beijado. Acho até que estava esperando por um gostinho de perversidade.

— Você não sabe absolutamente nada sobre o que espero, milorde — afirmou ela, esforçando-se para recuperar a compostura. — Se a moça está hesitante, não posso culpá-la.

— Quando se está negociando, lady Catherine, não é muito sábio insultar a quem você está pedindo um favor.

— Você já falou isso na outra noite. Peço desculpas se o insultei. Ela não aceitou o seu pedido de casamento e isso trouxe você até a mim porque…

— Ela teme o nosso mundo. Não acha que conseguirá se encaixar como alguém da nobreza.

Uma plebeia? O conde queria se casar com uma plebeia? Mas, também, que outras opções ele tinha? Catherine não conseguia pensar em nenhuma mulher que gostaria de ser cortejada por ele, nenhum pai que considerasse seriamente ter Claybourne como genro.

— Eu não tinha notado que você estava tentando se encaixar como alguém da nobreza.

— Sendo sincero, lady Catherine, até pouco tempo atrás eu não dava a mínima se me encaixava ou não. Mas Frannie e eu sem dúvida teremos filhos, e não quero que eles sejam alvo de fofocas e julgamentos como eu sou.

"Frannie." Ele tinha dito o nome com tanto carinho... Quem diria que Claybourne seria capaz de uma emoção tão grandiosa quanto o amor?

— Você não é alvo de fofocas ou julgamentos, milorde. As pessoas não falam do diabo.

— Ora, Catherine, sei que isso não é verdade. Caso contrário, como você saberia que deveria bater em minha porta?

Ele ronronou o nome dela com uma intimidade que fez seu âmago esquentar. Era rápido em conquistar a vantagem, e ela precisava desesperadamente recuperá-la.

Catherine inclinou a cabeça e respondeu o sorriso dele com outro.

— Bom ponto. Então você quer garantir que seus filhos sejam aceitos pela aristocracia — afirmou ela, mal conseguindo imaginá-lo como pai, muito menos como marido.

— Exato. Mas, antes de resolver essa questão, preciso que Frannie se sinta confiante para me dar a honra de ser minha esposa. E é aí que você entra.

— Eu?

— Sim. Preciso que você a ensine tudo o que ela precisa saber para ser confiante entre a nobreza. Depois que me ajudar com isso, eu cuidarei da pessoa que deseja.

— Não confio mais na sua capacidade de realizar meu pedido, milorde. Você disse que nunca matou ninguém.

— Não, eu disse que não tinha matado meu tio.

Ela o estudou, analisando os traços familiares que assombravam seus sonhos havia tanto tempo.

— Minha nossa! Você não acredita que é realmente o conde de Claybourne.

— Não importa o que eu acredito ou não. O velhote acreditava, e a Coroa também. — Ele levantou as mãos. — E aqui estou.

— Você tem um tipo estranho de honestidade.

— Então temos um acordo?

— Você disse que realizaria meu pedido quando eu terminar minha parte, mas minha parte pode levar meses. Como saberei que você cumprirá o trato?

— Você tem minha palavra.

— De cavalheiro?

— De canalha. Nunca ouviu dizer que existe honra entre ladrões?

Jesus... Aquele parecia um jogo muito perigoso de se envolver.

— Ainda assim, você está me pedindo muito mais do que eu estou pedind...

Com a mão enluvada, o conde agarrou-lhe o queixo e inclinou-se para perto, e Catherine viu como ele cerrou a mandíbula.

— Você está me pedindo para entregar o último pedaço da minha alma. Algo que, uma vez feito, não pode ser desfeito. Tudo o que estou pedindo a você é que ensine alguém a organizar corretamente um chá da tarde.

Engolindo em seco, ela assentiu, também falando entre os dentes cerrados.

— Tem toda razão. Agora, faria a gentileza de me soltar?

Ele pareceu surpreso ao descobrir que a segurava, e logo abaixou a mão.

— Perdão, eu...

— Não se preocupe. Acho que não vai ficar marca.

O conde se afastou e, se ela não soubesse que ele era uma fraude, até acharia que ele estava sentindo peso na consciência.

— Sendo muito sincera, milorde, não sei se meu pedido pode esperar meses para ser realizado.

Ele olhou por cima do ombro para ela, e a luz da lamparina refletiu nos olhos prateados, dando-lhes um brilho profano.

— Frannie é muito inteligente. Não duvido da capacidade dela de aprender, e sim da sua de ensinar. Assim que eu garantir que você é capaz de cumprir a sua parte do negócio, cuidarei da minha.

— Não lhe direi o nome da pessoa até que esteja pronto para realizar o feito.

— Concordo com esses termos.

— E nunca lhe direi o porquê.

— Sinto que eu deveria pelo menos saber o que a pessoa fez para merecer morrer.

As últimas palavras fizeram Catherine sentir um aperto no peito. Ela sabia o que estava pedindo e sabia quais seriam as consequências. Se tivesse outra maneira de salvar Winnie, certamente optaria por segui-la. Mas também sabia que as ameaças não influenciariam Avendale. E Winnie estava certa. A lei não as ajudaria. Então, Catherine reforçou sua determinação antes de dizer:

— É um assunto privado.

— Essa parte específica do nosso arranjo não me agrada.

— Qual foi o motivo para você ter matado Geoffrey Langdon?

— Foram motivos pessoais.

— Ele merecia o que você fez com ele?

— Não, ele merecia algo muito pior.

— Acredito em você.

— Não dou a mínima se você acredita em mim ou não.

Ela deu um passo à frente.

— Quero dizer que acredito quando diz que ele merecia algo pior, então por que você não pode acreditar em mim quando digo que esse outro cavalheiro também merece morrer?

— Porque, lady Catherine, você vive em um mundo onde damas choramingam porque não receberam um convite para um baile. O que você considera algo grave pode ser apenas um inconveniente para mim.

— Acha que, por ter crescido nas ruas, só você sabe da natureza sombria do ser humano? Que pretensioso da sua parte.

— Vi o pior e o melhor dos homens. Pode dizer o mesmo?

Será? Será que Catherine conseguiria entender os horrores que ele devia ter testemunhado?

— Sobre esse assunto, creio ter visto apenas o pior.

O conde assentiu muito devagar.

— Está bem, então. Acreditarei em sua palavra de que ele merece o que vai receber.

Catherine deveria estar sentindo alívio, mas, em vez disso, foi tomada por dúvidas. Aquele não era o momento de se atormentar com suas escolhas, no entanto, então forçou-se a deixar as incertezas de lado.

— Então temos um acordo. Devo mandar lavrar papéis?

O homem, que raramente demonstrava emoção, pareceu horrorizado.

— Por Deus, não! Não deve haver provas, nada escrito em qualquer lugar que possa me levar à prisão. Até a carta que enviei mais cedo deve ser queimada.

— Então como vamos fechar esse acordo?

— Com um aperto de mãos.

Ele tirou a luva e estendeu a mão direita para ela.

Ela enxugou na saia a palma da mão direita, estranhamente úmida, antes de estendê-la. Os dedos longos se fecharam sobre os dela, e ele a puxou para perto, tão perto que Catherine podia ver o estreito contorno preto que circundava o prateado de seus olhos.

— Agora está em uma aliança com o diabo, milady. Espero que você durma mais sossegada à noite do que eu.

O coração de Catherine palpitava enquanto ele soltava sua mão, afastava-se levemente e vestia a luva.

— Teremos de ser discretos. Virei com minha carruagem e esperarei no beco aqui ao lado à meia-noite de amanhã. Encontre-me lá, e eu vou levá-la até Frannie.

— Você deve amá-la muito para estar disposto a fazer tudo isso.

Ele virou levemente a cabeça e encontrou o olhar de Catherine.

— Não é nada diferente do que já fiz por ela antes.

Maldição! O que aquela mulher tinha que o fazia confessar coisas que nunca confessara a ninguém? O que havia nela que o enchia de vergonha de seu passado? Que o fazia querer chocá-la até o último fio de cabelo? Que o fazia querer parecer tão perverso quanto ela acreditava que ele era?

Todos aqueles pensamentos o atormentavam desde que ele a deixara no jardim. Luke era, sem dúvida, um tolo por se envolver naquele assunto sem ter informações o suficiente. Lady Catherine não revelaria o alvo de seu pedido até que ele estivesse pronto para realizá-lo. E se o alvo fosse ele mesmo? Luke estava certo de que não havia motivos para isso, mas e se...? Um homem sábio nunca se enfiava em uma situação sem saber de todos os detalhes. Infelizmente, ele não tinha um detalhe sequer.

Bateu na porta do alojamento simples e esperou um minuto antes de bater de novo. Ele viu uma luz piscar em uma janela no andar debaixo e bateu mais uma vez. A porta foi aberta por uma idosa com uma lamparina.

— Você é maluco? Não sabe que horas são?
— Preciso ver James Swindler.
— Ele está na cama.

— Então o acorde.

Ela o encarou.

— Que absurdo! Não farei nada disso!

Passos ecoaram na escada e, em seguida, um homem alto e de ombros largos apareceu ao lado da senhora, iluminado por uma lamparina própria.

— Luke? Minha nossa, o que foi?! Aconteceu algo com a Frannie?

De certa forma, sim.

— Precisamos conversar.

— Mas é claro, vamos — afirmou Jim, dando um tapinha no ombro da mulher. — Está tudo bem, sra. Whitten. Ele é um amigo.

— Certamente um amigo em apuros, se está batendo na porta de um inspetor da Scotland Yard a esta hora da noite. Isso não é coisa de gente decente.

— Não se preocupe. Pode voltar a dormir, senhora. Ficarei de olho nas coisas.

Com um sonoro "Humpf", a mulher voltou para o que Luke supôs ser os aposentos dela.

— Sua senhoria é bem desagradável, hein?

Jim riu.

— Posso dizer por experiência que poucas pessoas são agradáveis quando são acordadas no meio da noite. Vamos lá.

Luke seguiu-o pela escada estreita até um aposento com uma sala de estar e uma área de dormir ao lado. Ele não ficou surpreso ao ver as brasas acesas na lareira. Independentemente da estação, ele e seus amigos gostavam do calor já que podiam pagar por isso agora.

Jim serviu uísque em dois copos e entregou um a Luke.

— Fique à vontade.

Luke sentou-se em uma das duas poltronas colocadas diante da lareira, enquanto Jim se sentou na outra.

— Um inspetor, é? Quando isso aconteceu? — perguntou Luke.

— Faz um tempinho.

— Você está subindo na vida.

— Não é bem assim. É um título impressionante, mas só significa que, em vez de simplesmente andar pelas ruas, agora supervisiono aqueles que o fazem.

Jim sempre fora humilde demais. Luke suspeitava que, se o amigo fosse coroado rei da Inglaterra, diria apenas que o título significava que ele se sentaria em uma cadeira mais chique do que qualquer outra pessoa.

— Por que você achou que eu estava aqui por conta da Frannie? — indagou Luke.

— Porque ela é o que todos nós temos em comum.

— Não, Feagan é o que todos nós temos em comum.

— Mas Frannie é a pessoa que todos nós protegemos — afirmou Jim, inclinando-se para a frente e apoiando os cotovelos nas coxas enquanto segurava o copo com duas mãos, como se esperasse más notícias. — Então, se não foi ela que o trouxe à minha porta no meio da noite, o que foi?

— Preciso que descubra algumas informações para mim.

Jim recostou-se no assento, sorrindo confiante.

— Ah, esse sim é o meu verdadeiro talento.

Luke sabia muito bem disso, e pretendia aproveitar das habilidades de James Swindler. Ele estava determinado a descobrir a verdade por trás do pedido de lady Catherine Mabry muito antes de ela revelá-lo. Conhecimento era poder e, quando o assunto era aquela mulher, Luke precisava de todo o poder que conseguisse reunir.

Um antro de jogatina. Claybourne a levara, pela porta dos fundos, a um antro de jogatina...

Catherine ainda tentava compreender a informação enquanto aguardava perto da porta de um escritório. Na sala, Claybourne tentava convencer uma jovem ruiva de que tudo ficaria bem. Já a ruiva parecia determinada a não acreditar nele.

— Frannie, ela vai ensiná-la que ser casada com um lorde não é algo a se temer — argumentou Claybourne.

A menos que o marido seja o duque de Avendale, pensou Catherine com ironia.

— Mas eu não quero isso.

Eles continuaram a discutir. Catherine ouvia apenas com metade da atenção, pois estava mais intrigada com o ambiente do que com a conversa, embora não conseguisse ver a parte principal do interior do clube. Estava quase pedindo por um tour.

Claybourne queria se casar com uma mulher que trabalhava em um clube de jogos. Que *trabalhava*. Em um *clube de jogos de azar*. A alta sociedade jamais a aceitaria. A situação toda cheirava a desastre. Ainda assim, Catherine estava disposta a aceitar o desafio. Não apenas ensinaria a mulher, mas faria com que ela fosse aceita pela nobreza. Faria tudo para salvar Winnie.

Catherine estava usando um vestido que normalmente escolhia para visitar damas da nobreza, mas o traje de repente parecia muito inapropriado. O que se vestia para visitar um clube de jogos? Ela se controlou para não rir com histeria. A situação toda era absurda e, ao mesmo tempo, incrivelmente fascinante. Winnie morreria se soubesse onde Catherine estava.

O dono do estabelecimento, a quem ela fora apresentada ao entrar, também ficou parado perto da porta, encostado na parede com uma postura insolente e os braços cruzados, olhando Catherine da cabeça aos pés mais de uma vez. Mesmo que não estivesse com o rosto voltado para ele, ela podia sentir seu olhar impudente quase como se ele a estivesse tocando. Virando a cabeça, ela encarou Jack Dodger.

— Está gostando da vista?

Ele a encarou de volta.

— Imensamente.

Foi a vez de Catherine olhá-lo da cabeça aos pés, parando o olhar por um segundo na queimadura em forma de "C" no interior de seu polegar, até voltar a encarar os olhos escuros mais uma vez.

— Não posso dizer o mesmo.

Ele riu baixinho, quase como o ronronar de um grande felino prestes a dar o bote, e Catherine sentiu um arrepio na espinha.

— Como é que uma dama da nobreza ficou tão ousada? — perguntou ele.

— Parece que você não sabe muito da nobreza, senhor.

— Sei muito sobre a alta sociedade e seus integrantes — afirmou Jack, inclinando-se levemente para a frente com um olhar de satisfação. — São alguns dos meus melhores clientes.

Ela conhecia o tipo dele: era apenas um encrenqueiro. A razão pela qual as mulheres decentes precisavam de uma escolta quando andavam pelas ruas. Jack estava tentando deixá-la chocada, mas isso não era algo que acontecia facilmente. Então, Catherine voltou a atenção para o casal que discutia.

— Todos nós temos nossos vícios.

— E qual é o seu, lady Catherine?

— Nada que seja da sua conta.

— Talvez não, mas acabei de pensar aqui... acho que tenho uma oferta de emprego para você.

Ela o encarou de novo.

— E o que seria?

— Acredito que você conseguiria realizar uma fantasia dos meus clientes que não são da nobreza e que minhas meninas atuais não conseguem. Suspeito que muitos cavalheiros fantasiam sobre uma mulher da sua... categoria.

— E quanto as fantasias das damas? As mulheres também conseguem realizar suas fantasias aqui?

Ele parecia surpreso. Ótimo. Catherine não gostava nem um pouco daquele sujeito.

— Mulheres também têm fantasias sobre o que acontece entre quatro paredes?

Ela arqueou uma sobrancelha, e ele abriu um sorriso devasso.

— Qual seria a sua?

Ela devolveu a pergunta com um sorriso tão devasso quanto o dele e voltou sua atenção para o casal que discutia. Frannie estava claramente agitada. Naquele ritmo, eles ficariam ali a noite toda, e Catherine já estava cansada. Havia passado boa parte da tarde com o advogado do pai e não conseguira descansar direito depois, pois estava ansiosa pelo encontro com Claybourne.

— Já chega! — gritou Catherine.

Claybourne virou para trás evidentemente irritado com a atitude dela. Não que Catherine se importasse com a irritação dele.

— Você não pode intimidá-la a fazer isso — disse Catherine.

— Não estou intimidando ninguém.

— Está, sim. Não consegue ver que ela está apavorada com a ideia de se casar com você? Não que eu possa culpá-la, se essa é a maneira que planeja tratá-la depois do casamento...

— Não! — falou Frannie. — Não estou com medo de me casar com Luke, e sim de me casar com o que ele representa.

— A nobreza, o título, a nata da sociedade. Realmente acredita que somos assim tão diferentes?

— Sim. Vocês têm todo tipo de regras e...

— Nada que não possa ser aprendido, e lorde Claybourne me garantiu que você é extremamente brilhante e conseguirá aprender as sutilezas da alta sociedade num piscar de olhos. Então, vamos começar?

Frannie olhou para Claybourne e de novo para Catherine. Ela parecia completamente derrotada.

— Sim, está bem.

Catherine entrou no escritório, perguntando-se por que diabo Claybourne queria se casar com uma mulher tão medrosa. Ao que tudo indicava, a ruiva precisava de mais que apenas lições de etiqueta.

— Pode sair, lorde Claybourne.

Ele se aproximou para falar baixinho:

— Seja gentil com ela.

— Farei o que for preciso para conquistar o que quero.

— Se você a fizer chorar...

— Pelo amor de Deus, eu não sou um monstro! — Ele abriu a boca, mas ela o impediu de falar. — Xiu! Não vou tolerar que interfira nesse assunto. Ao sair, leve o sr. Dodger com você, pois também não quero ele atrapalhando. E feche a porta.

Ele estava cerrando a mandíbula, e Catherine pensou que deveria estar com medo daquele olhar assustador. Mas, por algum motivo estranho, ela não temia o Conde Diabo. Nunca o fizera.

Claybourne saiu da sala com o outro homem e bateu a porta atrás de si, e ela sentiu uma pontada de satisfação perversa ao deixá-lo irritado. Então, voltou sua atenção para a mulher que era sem dúvida mais velha do que ela, mas que de alguma forma parecia mais jovem.

— Olá, Frannie. Eu sou a Catherine.

— Prazer em conhecê-la, lady Catherine.

— Apenas em situações formais. Para amigas, sou apenas Catherine.

— E espera que sejamos amigas?

— Espero que sim — respondeu, sentando-se em uma cadeira próxima. — Agora, conte-me o verdadeiro motivo pelo qual você não quer se casar com o Claybourne.

— Eu gosto dela — disse Jack. — Bastante.

Luke bebeu o uísque que Jack havia servido em um gole só antes de pressionar o copo e sua orelha na parede do santuário de Jack — um cômodo vizinho ao escritório de Frannie. Inferno! Ele não conseguia ouvir nada...

Jack pegou o copo dele, encheu novamente e o devolveu.

— Ela é audaciosa.

— Ela é irritante, isso sim. Já estou me arrependendo do nosso combinado.

— Ela é linda.

Luke sentou-se em uma cadeira.

— Eu não tinha percebido.

— Ela faria um morto levantar do caixão. Até eu estou tentado a matar alguém para cair nas graças dela.

— Não estou fazendo isso para cair nas graças dela.

— Eu sei. Você está fazendo isso para cair nas graças da Frannie.

Os dois ficaram em um silêncio contemplativo até Jack perguntar:

— Você acha que mulheres solteiras têm fantasias?

Luke olhou para cima.

— Sobre o quê?

— Sobre sexo.

— Não. Elas não saberiam nem por onde começar a fantasiar.

— Por que não?

— Por que não o quê?

— Por que não saberiam por onde começar?

— Porque elas não sabem nada sobre o que se passa entre um homem e uma mulher na cama.

— Mas poderiam fantasiar depois de aprenderem?

— Possivelmente.

— Então lady Catherine não é virgem.

Luke teve uma reação estranha. Todo o seu corpo ficou tenso e ele sentiu necessidade de… de quê? Defender a honra da dama? Atacar quem lhe tirou a inocência? Será que alguém havia a forçado? Será que era por isso que ela queria a morte de alguém?

— Por que diz isso? — perguntou ele.

— Ela insinuou que fantasiava com homens. Agora estou me perguntando se as mulheres pagariam para ter suas fantasias realizadas. Talvez devêssemos expandir nossos negócios para incluir serviços para damas.

— Não seja ridículo. Homens têm uma necessidade que as mulheres não têm.

— Passo boa parte do meu dia contemplando vários aspectos tentadores das mulheres, sem contar todas as várias coisas excitantes que eu poderia fazer com elas. Você não acha que elas pensam assim de homens?

— Não. Elas pensam sobre vestidos, chá e costura.

— Não tenho tanta certeza disso. Talvez eu pergunte a Catherine...

— Ela é lady Catherine para você. E fique longe dela, Jack.

— É algo um pouco difícil quando você a traz ao meu estabelecimento.

— Não tenho escolha. Frannie mora e trabalha aqui, e raramente sai. Como você bem sabe, a noite é o melhor horário para encontros clandestinos.

— Você me mandou ficar longe de Frannie, e eu o fiz. Eu nunca flerto com ela. Você só pode ter uma mulher, Luke, e já escolheu Frannie. Vou lidar com Catherine como eu bem entender.

Luke ficou de pé com tanta força que o uísque espirrou do copo.

— Deixe-a em paz.

Ele não gostava nem um pouco da maneira como Jack o estudava, com um brilho especulativo no olhar. E não gostava nada da fúria que sentia ao pensar em Jack flertando com Catherine. O que estava acontecendo com ele? Por que ele se importava com quem Catherine poderia flertar? Mas só o pensamento dela com outra pessoa fazia seu sangue ferver.

— Como quiser — disse Jack. — Por enquanto. Porque você é meu amigo. Mas nunca cometa o erro de pensar que é meu dono.

Luke recuou e colocou o copo sobre a mesa.

— Vou jogar um pouco.

Ele precisava de algo para se distrair daqueles pensamentos perturbadores. Quase esmurrara Jack, quase dissera que Catherine era dele. Nunca tinha tido uma reação tão visceral em relação a Frannie, então por que se sentia tão possessivo com Catherine?

Ela não era nada além de um meio para um fim. Enquanto Frannie era tudo.

— Você precisa tomar cuidado com Jack Dodger.

Eram quase três da manhã, e Catherine estava completamente esgotada. Eles estavam viajando em uma carruagem escura e com as cortinas fechadas, para que não corressem o risco de serem vistos ou reconhecidos — não que ela achasse que alguém conhecido estaria andando pelas ruas àquela hora da noite. Ela achava as precauções de Claybourne um pouco exageradas, mas desconfiava que ele estava acostumado a ficar à espreita e sabia a melhor forma de não ser visto.

— Por que diz isso, milorde?

— Você o intriga e, como eu, ele arruinaria sua reputação sem remorso.

— E você acha que eu cairia nos encantos daquele homem?

— Se ele se dedicar a isso, sim. Muitas mulheres o fizeram.

Ela riu com delicadeza.

— Garanto que ele não me interessa nem um pouco.

— Ele é um sujeito charmoso.

— Mais uma vez, milorde, fico espantada por você me achar tão superficial. Minha opinião sobre um homem não é influenciada por algo sobre o qual ele não tem controle, como feições bonitas. Baseio minha opinião apenas em seu caráter — afirmou ela. E era por isso que tinha uma opinião tão baixa sobre Claybourne. Seu caráter era questionável, mas, apesar disso, ele ainda a fascinava. *Maldito!* — Como conheceu o sr. Dodger?

— O quanto sabe do meu passado?

— Sei que você ficou órfão e passou parte de sua juventude vivendo nas ruas. Fora isso, e o que você tão gentilmente revelou, muito pouco.

Ainda assim, ela sentiu um arrepio na espinha. Estava em uma carruagem escura e fechada com um homem que admitira ter cometido um assassinato e contado mentiras, um homem que a levara para um clube de jogos como se fosse o lugar apropriado para uma mulher.

— Ele era um dos rapazes de Feagan, assim como eu — explicou Claybourne.

— E quem é Feagan?

— O homem que cuidava do nosso grupo de crianças ladras e que nos ensinou o ofício.

— Vocês eram em quantos?

— Uma dúzia, mais ou menos. O número mudava, dependendo de quem era preso e quem era recrutado.

— E a Frannie?

— Ela é uma de nós também.

— Você teve uma educação muito diferente da maioria dos lordes.

— Tive mesmo.

— Foi nessa época que você aprendeu a matar?

— Não, foi quando aprendi a roubar.

— A furtar?

— Eu era mais do tipo que aplicava golpes. Jack era especialista em furtos.

— E a Frannie?

— A distração.

— Você sente saudade dessa época?

— Do quê? De morar na rua? De ficar sujo e sentir frio e fome? Não. Nunca.

Catherine desejou mais luz para poder vê-lo claramente. Ela sabia que não deveria ficar intrigada por ele, e mesmo assim estava. Embora o tivesse acusado de intimidar Frannie, ele não fora indelicado ou bruto com ela. Apenas ousara deixar sua frustração transparecer.

Aquilo, mais que tudo, reforçara para Catherine o quanto ele gostava da ruiva. O conde escondia suas emoções com tanto cuidado, mas revelava tudo perto de Frannie.

— Deduzi que você não acredita que é o verdadeiro herdeiro de Claybourne. Perdoe-me pela minha ingenuidade, mas por que deixar o antigo conde acreditar em uma mentira?

Ele deslizou o dedo por baixo da cortina e olhou para fora. Será que estava tentando determinar onde estavam? Ou talvez estivesse pensando em uma resposta para a pergunta.

— Iam me enforcar — respondeu baixinho, soltando a cortina com suavidade.

Catherine sentiu um nó no estômago ao pensar nele de frente para a forca.

— Compreendo que, dadas as circunstâncias, qualquer um teria feito o mesmo e fingido ser alguém que não era. Mas ao se ver livre, por que não voltou para onde pertencia? Você roubou o título e tudo o que ele acompanhava.

— Não foi apenas para salvar meu pescoço — revelou Claybourne, quase como se estivesse revivendo o momento. — Você já quis tanto algo a ponto de fazer qualquer coisa por isso? De acreditar em qualquer coisa para consegui-la?

— Acredito que nosso acordo confirma que sim, eu faria qualquer coisa por algo que desejo.

— Não, não é o caso. Estou falando de querer algo com tanta ânsia que estaria disposta a se enganar para tê-lo. Foi o que aconteceu com o velhote. Eu vi nos olhos dele o quão desesperado ele estava para encontrar seu neto, o quão desesperado estava para que eu fosse aquela criança...

— E você se aproveitou disso.

— É uma forma de ver a situação, e admito que há noites em que também vejo minhas ações dessa maneira.

— E de que outra forma é possível ver essa situação?

— Eu dei a ele o que todos queremos e poucos conseguimos: nossos desejos mais profundos. Não havia nada que ele quisesse mais em sua vida do que encontrar o filho de seu primogênito. Então, eu me tornei o que ele queria.

— Você e essa sua honestidade estranha. Faz tudo parecer um ato de nobreza.

— Não, não foi nem um pouco nobre. Ele me deu uma oportunidade de viver, e eu a agarrei o mais rápido e humildemente que pude. Eu queria ser o neto dele. Aquele homem me encheu de um amor que pertencia a outra pessoa. Um amor com o qual nunca me senti confortável.

— O amor que ele lhe deu foi seu. Mesmo que ele pensasse que você era alguém que não é, o sentimento surgiu porque ele se importava com você.

— Ele só cuidou de mim porque acreditava que eu era o neto. Se acreditasse o contrário, aposto que ele mesmo teria colocado o laço da forca em meu pescoço. Afinal, matei o outro filho dele.

Um filho que também tinha um filho: Marcus Langdon. O homem que deveria ser o conde. Catherine o conhecia porque ele, diferente de seu primo infame, era frequentemente convidado para bailes, como se as pessoas estivessem se preparando para o dia que ele assumiria seu lugar de direito. Mas era claro que todos subestimavam o conde atual.

— Devo admitir que suas confissões me confundem. Elas não o deixam em uma luz muito favorável, e me pergunto se está me contando tudo isso porque não quer que eu goste de você.

— Não sei por que conto tudo para você. Talvez porque só uma alma tão sombria quanto a minha poderia me pedir o que você pediu.

— Não sou nada como você, milorde.

— Tem certeza? Eu executarei alguém, mas a sentença foi sua. Você vai partilhar da culpa, lady Catherine. É melhor garantir que sua consciência consiga suportar o peso disso.

— Ela suportará — respondeu ela com firmeza.

Pelo menos achava que sim. Esperava que fosse forte o suficiente. Ela odiava duvidar de si mesma, mas não tinha outra maneira de resolver a situação.

— Embora fingir ser o neto do conde tenha salvado sua vida, também cobrou um preço muito caro. Pois agora, como lorde, você está tendo dificuldades de conseguir o que deseja: Frannie.

— Você é muita astuta, lady Catherine. É a primeira dama da nobreza que consegue me impressionar.

— E quantas você já conheceu muito bem?

— Obviamente não o suficiente. Por acaso todas são tão intrigantes quanto você?

O coração de Catherine palpitou. Seria possível morrer pelas atenções de um homem? Era muito irritante sentir-se tão feliz por ele a achar uma mulher intrigante.

— Acredito que as mulheres são muito subestimadas. Afinal, já governamos mais de um império na história.

— Você parece admirar muito o seu gênero.

— Com toda certeza.

— E já não deveria estar casada?

Parecia uma estranha mudança de assunto. Por que todo mundo estava tão preocupado com seu estado civil?

— Não há um limite de idade para casar.

— E por que ainda não se casou?

— Obviamente ainda não encontrei um homem digno de mim.

Ele riu.

— Que Deus ajude o homem que se achar digno de você.

— Não sou tão ruim assim.

— Acho que, como esposa, você será um desafio para qualquer homem.

— E você não acha que Frannie será um desafio?

— Claro que não. Pelo menos, não depois deste obstáculo inicial.

— E é isso mesmo que você quer? Alguém que nunca o desafie? Acho que seria bastante chato.

— Já tive desafios o suficiente na minha vida, lady Catherine. Gostaria de um casamento sem eles.

— Ah, sim, claro. Perdão. Não cabe a mim julgar o que você busca em um casamento.

Mesmo assim, foi impossível não pensar sobre o motivo que Frannie lhe dera para não querer se casar com Claybourne:

"Devo tudo a ele, e ele não me deve nada. Estou acostumada a lidar com números e a manter tudo equilibrado, e sinto que nosso casamento seria incrivelmente desequilibrado. Não me parece uma maneira agradável de viver e, com o tempo, temo que vamos nos arrepender e perder qualquer tipo de afeto que tenhamos um pelo outro."

Devo tudo a ele.

Não é nada diferente do que já fiz por ela antes.

Ao que tudo indicava, o homem que Claybourne havia matado estava de alguma forma ligado a Frannie. Será que Catherine saberia da história toda algum dia? E será que queria saber? Se as ações de Claybourne fossem realmente justificadas, será que começaria a vê-lo sob uma luz favorável? Será que começaria a questionar o pedido que fizera?

Ele era um homem a quem pelo menos uma pessoa sentia que devia "tudo". Frannie não usara a palavra de forma leviana. Ela sentia de verdade que devia tudo a Claybourne. Catherine não conseguia imaginar como era estar tão em dívida com alguém. Com surpresa, percebeu que sentia vontade de diminuir a curta distância que a separava de Claybourne, pegar a mão dele e implorar para que ele contasse cada detalhe sórdido de seu passado.

Por que o conde a intrigava mais a cada segundo que passavam juntos?

Felizmente, a carruagem parou antes que pudesse levar adiante o que sem dúvidas era uma decisão precipitada. Será que realmente queria conhecer o passado dele? Não seria melhor para o acordo dos dois se fossem mais desconhecidos que amigos?

A porta foi aberta e ela começou a se levantar do assento.

— Permita-me descer primeiro — falou Claybourne.

— Não precisa me acompanhar.

— Eu insisto.

Ele saiu e a ajudou a saltar do veículo. Então, caminhou com ela até chegarem ao portão que dava acesso ao jardim e ao caminho utilizado por entregadores até a residência.

Catherine colocou a mão na maçaneta.

— Boa noite, milorde. Nos vemos amanhã à meia-noite.

— Catherine.

Ela congelou. A voz rouca dele tinha uma seriedade que quase a aterrorizava, e uma informalidade igualmente assustadora. Talvez ela devesse virar-se e encará-lo, mas tinha medo do que poderia ver, do que ele poderia dizer. Então esperou, prendendo a respiração.

— Essa pessoa que você deseja ver morta... Ele... ele a forçou a fazer alguma coisa?

Catherine ousou olhar por cima do ombro para Claybourne, sua forma sombria e formidável no breu.

— Você não precisa me dizer os detalhes, mas, se ele tomou sua virtude contra sua vontade, basta me dizer o nome dele agora, esta noite, para que eu cuide imediatamente da minha parte do acordo e que a sua parte seja considerada cumprida.

Catherine sentiu um aperto na garganta ao perceber o que ele estava perguntando e lhe oferecendo. Não era possível que aquele homem fosse tão nobre assim...

— Você está dizendo que não exigiria que eu ensinasse Frannie antes de cuidar do meu pedido?

— Estou.

Como seria fácil dizer que sim, para que o assunto fosse tratado com celeridade e rapidez. Então, ela nunca mais o veria. E, se não tivesse testemunhado como ele era honesto de uma forma estranha, se não tivesse começado a questionar a opinião que tinha sobre ele, se não tivesse começado a perceber que o conde tinha um código moral admirável, ela poderia ter aproveitado a oportunidade. Mas a verdade é que, com certo egoísmo, Catherine não queria que aquele momento fosse o último encontro entre os dois.

Na carruagem, ele havia falado sobre querer algo tão desesperadamente a ponto de estar disposto a fazer qualquer coisa, a acreditar em qualquer coisa para obtê-lo. Claybourne se sentia assim em relação à Frannie. Ela era seu desejo mais profundo, e se casar com ela era seu sonho. E ele estava disposto a desistir de tudo aquilo por Catherine — que não significava nada para ele —, caso ela tivesse sido abusada.

Claybourne a fascinava. Ela nunca tinha conhecido um homem tão complexo e com tantas facetas diferentes. Ele não era de todo mau, mas também não era completamente bom. Era uma combinação arrebatadora.

— Minha virtude permanece intacta.

Ele pareceu murchar um pouco, como se estivesse se preparando para receber o golpe de saber que ela havia sido violentada.

— Nos vemos amanhã, milorde.

Ele se curvou.

— Até amanhã.

Catherine entrou pelo portão e o fechou silenciosamente. Ela não queria reconhecer como ficara emocionada pela preocupação dele.

Claybourne era muito mais perigoso do que ela imaginara. Não importava se ele era um pecador ou um santo, ele a atraía como nenhum outro homem jamais o fizera.

Frannie Darling saiu do Salão do Dodger — o nome elegante que ela havia sugerido para um local deselegante em sua essência, como se palavras mais leves pudessem tornar o pecado aceitável — e caminhou para a escada que levava ao pequeno apartamento onde morava. Ainda fazia parte do edifício do clube, mas a entrada externa pelo menos a fazia sentir como se estivesse subindo para uma vida melhor.

Não que lhe faltasse dinheiro para morar em uma casa mais chique. Ela tinha. Os rapazes de Feagan a tratavam como uma igual, e ela partilhava do lucro de todos os empreendimentos. Poderia morar em um palácio se quisesse, mas o dinheiro que ganhava nunca era para si mesma. Havia outros que mereciam muito mais.

Ao subir a escada, sentiu o cheiro familiar de tabaco perfumado. Era um aroma muito mais agradável do que quando eram crianças, pois Jack tinha dinheiro para pagar pelo tabaco de melhor qualidade.

Ainda assim, ele continuava a pitar o cachimbo de barro que começara a usar quando tinha apenas 8 anos. Para o bando de Feagan, não era estranho começar a fumar e tomar bebidas alcoólicas muito jovens. Aquilo os mantinham aquecidos. O cachimbo era parte do passado de Jack, uma lembrança do que ele tinha sido antes do avô de Luke oferecer a todos a chance de uma vida melhor. Todos mantiveram um hábito consigo.

Jack morou na residência em St. James tempo o suficiente para aprender o que precisava para conquistar o que queria. Ele nunca fora feliz morando com o conde de Claybourne. Mas até onde Frannie sabia, nunca fora verdadeiramente feliz em lugar algum — exceto pela leve tranquilidade que parecia ter ao viver com Feagan. Jack era o mais habilidoso do bando, sempre conseguindo mais moedas e lenços, sempre sentando ao lado do fogo com Feagan, bebendo gim e fumando cachimbo, conversando em sussurros até tarde da noite. Jack era o único a quem Feagan pedia opinião.

— E aí, Frannie — cumprimentou ele quando ela chegou ao topo da escada.

Ele não agia como um empresário fora do clube, mas nunca deixava de lado seu jeito perspicaz, sempre em busca do que lhe daria mais vantagem.

— Oi, Dodger.

Em sua juventude, ele sempre fora mais "Dodger" que Jack.* Era habilidoso em desviar das mãos que queriam agarrá-lo quando o alvo percebia que seus bolsos estavam vazios. Geralmente era outro ladrão que sem querer alertava a possível vítima, e todos saíam correndo quando isso acontecia.

Jack só voltou uma única vez para tentar ajudar um companheiro que não fora tão rápido. Ele tinha voltado para ajudar Luke, e aquela foi a única vez que foi preso.

— Que noite linda — comentou ela.

---

*Complementando a nota da página 60, *dodger* pode ser traduzido como "driblador", ou "desviador". [N.E.]

— Ah, sim, dá quase pra ver as estrelas por trás da névoa. Será que algum lugar da Inglaterra não é coberto por essa neblina maldita?

— Se esse lugar existisse, você se mudaria para lá?

— Acho difícil. Duvido que haja uma cidade em qualquer lugar onde eu possa ganhar mais dinheiro do que aqui.

— Dinheiro não é tudo na vida.

— Para mim, é.

Suspirando, ela olhou para o nevoeiro. A névoa era como a vida, impedindo-a de ver o que estava fora do alcance. Mas Frannie não era infeliz, apenas sentia que faltava algo importante em sua vida.

Jack deu um trago no cachimbo, e eles ficaram em silêncio por um tempo. Ela gostava da companhia dele, mesmo quando os dois não estavam conversando. Na verdade, ela normalmente preferia quando ficavam em silêncio. Jack parecia sempre saber o que ela estava pensando.

— Por que você não disse a verdade, Frannie? Em vez de inventar um monte de desculpas esfarrapadas? — perguntou depois de um tempo, baixinho, como se achasse que Luke estivesse por perto para ouvir.

— Não consigo, Jack. Não quero magoá-lo. Não depois de tudo o que ele fez por mim.

— Magoá-lo? Você só está arrastando a situação. E agora ele trouxe a droga de uma desconhecida pra ensinar o que você já sabe.

Frannie sentiu o peito apertar.

— Sei que fiz tudo errado. Eu o amo, mas não quero me casar com ele. Não quero ser uma condessa. Eu só quero fazer o que *eu* quero fazer.

— Ele não vai impedi-la de fazer nada.

— Sei disso, mas não vai ser a mesma coisa. Ai, Deus, talvez eu devesse logo me casar com ele e superar essa preocupação de machucá-lo, mas não acho que Luke seria feliz comigo. Às vezes, ter um sonho é melhor que conquistá-lo.

— Isso não faz sentido algum.

— Ouvi falar da aposta idiota que vocês estavam fazendo. Por que continuou incentivando-o a me pedir em casamento se sabia como eu me sinto? — perguntou ela, quase tão decepcionada com ele quanto consigo mesma.

— Porque ele precisa saber a verdade, mas da sua boca. Luke não vai acreditar em mais ninguém.

Jack deu mais um trago, e ela fez uma careta.

— Ele gosta daquela mulher — comentou Jack, com a voz baixa.

Frannie sentiu uma pontada desconhecida de... quê? Ciúme?

— De quem? De lady Catherine?

Jack assentiu, dando mais um trago no cachimbo.

— Me mandou ficar longe dela, e não foi uma ameaça vazia. Do jeito que veio pra cima de mim, achei que ia me dar um soco.

Frannie não tinha certeza de como se sentia. Deveria estar aliviada, porém parte dela lamentou a ideia de perder o coração de Luke. Ela o tivera por tanto tempo, mas sabia que não poderia mantê-lo para sempre. Não era justo com ele. Por mais que gostasse de Luke, o que sentia era o amor de uma irmã por um irmão, não de uma mulher por um homem.

— Talvez ele se sinta responsável por tê-la trazido para o nosso antro de criminosos e ache que você vai corrompê-la ou arruiná-la. Você pode não morar mais com o Feagan, mas ainda recruta pessoas e as atrai para o lado sombrio de Londres.

Jack sorriu com o cachimbo na boca.

— E que mal há nisso? Todos nós vamos para o inferno no fim. É melhor aproveitarmos um pouco a jornada, e quanto mais, melhor, não é mesmo?

— Você é igualzinho ao Feagan. Sabia que eu fingia que ele era meu pai? Nós dois temos esse cabelo ruivo irritantemente cacheado... — comentou ela, dando de ombros. — Parecia provável que ele pudesse ser.

Frannie ficou em silêncio, esperando que Jack risse de sua confissão boba. Ele fizera parte do bando de Feagan por mais tempo que os outros e sabia de tudo. Mas Jack apenas bateu o cachimbo contra a grade da escada, jogando as cinzas para a escuridão abaixo.

— Boa noite, Frannie. Durma bem.

Jack desceu a escada. O apartamento dele era vizinho ao dela, mas ela sabia que o sol já estaria quase raiando quando ele fosse dormir. Ela sabia muito sobre Jack Dodger, mas não tudo. Nenhum deles sabia tudo. Todos tinham segredos, mas ela suspeitava que os de Jack eram os piores.

Luke entrou em sua biblioteca, foi até a mesa, serviu uma quantidade generosa de uísque em um copo e tomou tudo em um gole, saboreando a sensação de queimação na garganta. O que o possuíra para fazê-lo contar tudo aquilo a Catherine?

Ele encheu o copo de novo. Era melhor apertar bem o nó da gravata na noite seguinte para se sufocar e se impedir de falar baboseiras...

— Aceito um drinque desses, se não for incômodo.

Luke se virou rapidamente, derrubando garrafas no chão e fazendo uma bagunça. Ele já estava prestes a avançar na pessoa quando viu quem era.

— Perdão — disse Jim, erguendo as mãos. — Sou só eu.

Envergonhado por sua reação e com o coração acelerado, Luke se endireitou. Estava ficando mal-acostumado.

— Ninguém me informou que você estava aqui.

— Assumi que você não gostaria que ninguém soubesse. Entrei sozinho — explicou Jim, aproximando-se. — Você está bem? Nunca consegui pegá-lo desprevenido assim. Você sempre está alerta.

— Eu estava distraído com meus pensamentos — confessou Luke, virando-se para pegar uma garrafa. — Estamos com sorte. Uma não caiu. — Ele começou a encher dois copos. — Tem algo para relatar?

— Na verdade, não. Ela é bem entediante.

— Entediante? Catherine Mabry? Ela é tudo menos entediante. Tem certeza de que está seguindo a mulher certa?

Jim riu.

— Não acredito que você me perguntou isso. Eu sou o melhor no que faço, e você sabe bem disso.

Jim não estava se gabando, apenas afirmando um fato. Luke entregou-lhe um copo e indicou uma cadeira. Quando se sentaram, ele disse:

— O que ela fez hoje?

— Pouca coisa. Visitou a condessa de Chesney por talvez dez minutos e, depois, a duquesa de Avendale. Ela foi até a modista para comprar um chapéu novo, que está sendo feito, e pediu um vestido novo. Aparentemente, está planejando ir a algum baile. Estou apurando mais detalhes. Então, voltou para casa por volta das duas da tarde e ficou lá até você ir buscá-la de noite.

Luke ponderou o que ouviu enquanto Jim bebia seu uísque.

— Você sabe que o pai dela está doente e que o irmão dela está viajando pelo mundo? — perguntou Jim.

Luke assentiu.

— Ouvi dizer.

— Acho que tem alguma coisa aí.

— Como assim?

— O pai dela está doente demais para cuidar dos negócios da família, e o filho dele está por aí, perambulando o mundo? Acho que preciso investigar isso.

— Não me importo com o pai ou o irmão dela. Foque em lady Catherine. Ela é tudo o que me importa.

Luke percebeu o que havia dito e pensou em reformular a frase, mas mudou de ideia. Tentar consertar a situação só serviria para dar às suas palavras o crédito que elas não mereciam. Tomou um gole de uísque. Era tentador, mas ele não podia se dar ao luxo de exagerar na bebida naquela noite.

— E se a resposta que está procurando tiver relação com o pai ou o irmão dela?

Luke suspirou.

— Faça o que achar melhor. Basta descobrir quem ela quer que eu mate e por quê.

— E se ela for a única que sabe?

— Ela tem que ter contado para alguém.

— Você não contou. Não até ter feito.

— Não é verdade. Eu contei.

Ao Jack. Seu confessor em tudo e, na maioria das vezes, também seu conspirador.

— Contou ao Jack, não foi? Você sempre confiou mais nele do que no resto de nós.

— Foi ele quem me encontrou, tremendo e faminto, morrendo de medo. Ouso dizer que eu teria morrido se ele não tivesse cuidado de mim e me levado ao Feagan.

— Você sabe tão bem quanto eu que Feagan nos pagava por recrutamentos. Você foi apenas mais três moedas no bolso do Jack.

— Você tem ciúme da minha amizade com o Jack?

— Não seja ridículo. Mas você fala como se o motivo dele para resgatá-lo fosse virtuoso. Jack é tudo, menos virtuoso.

— Jack salvou a sua pele mais de uma vez.

— E eu gosto dele, mas não confio nele. Não completamente.

— Com a nossa educação e com o que aprendemos sobre o mundo, você acha que algum de nós confia completamente em alguém?

— Eu confio em você. Seguiria você até o inferno sem questionar o motivo para estarmos indo para lá.

— Você acabou de provar o meu ponto, porque eu sou o menos confiável de todos nós. Ninguém é completamente confiável. Ninguém tem motivos virtuosos. O que nos leva de volta a Catherine Mabry. Descubra tudo o que puder sobre ela.

Luke tinha a sensação de que era *ela* quem o estava levando direto para o inferno, mas, ao contrário de Jim, ele queria saber o porquê.

Virou mais um copo de uísque e levantou-se para servir uma nova dose.

— Como foi a lição? — perguntou Jim, estendendo o copo.

Luke serviu mais duas doses.

— Catherine não quis falar nada, ela disse que verei os resultados quando for a hora certa. Essa mulher me irrita como ninguém. Acredita que ela teve a ousadia de questionar minha escolha de esposa? Quanta impertinência! Nunca conheci uma dama igual — afirmou ele, esfregando a testa. — Ela me dá dor de cabeça.

— Você sempre teve dor de cabeça.

— Verdade, mas tenho remédio para aliviá-las. Não se preocupe.

Jim deixou o copo na mesa.

— Vou indo, então. Talvez amanhã eu tenha mais sorte.

— Talvez nós dois tenhamos.

— Ouvi dizer que o sr. Marcus Langdon entrou com um processo na Corte de Chancelaria para recuperar suas propriedades inglesas. É um começo para reivindicar seu título legítimo — contou lady Charlotte.

Catherine, Winnie e a condessa de Chesney estavam tomando chá da tarde no jardim de lady Charlotte. Embora tivesse sido apresentada oficialmente à sociedade fazia pouco tempo, o pai dela, o conde de Millbank, estava muito ansioso para que se casasse logo. E quem poderia culpá-lo? Ela era a mais velha de quatro filhas fofoqueiras, o que era um dos motivos pelos quais recebia visitas frequentes. Lady Charlotte sempre parecia saber de tudo antes da maioria das pessoas.

— Então é melhor tomar cuidado para não desencorajar o interesse dele — aconselhou a condessa de Chesney.

Lady Charlotte sorriu sabiamente. Era óbvio que sua fonte era o próprio sr. Langdon. Catherine os vira dançando juntos em bailes e passeando pelo Hyde Park. Ainda assim, não tinha percebido que o interesse de lady Charlotte pelo cavalheiro sem título era tão intenso.

— Mas a Coroa já declarou Lucian Langdon como o conde legítimo — afirmou Catherine.

Catherine conhecia o sr. Marcus Langdon. Era um homem bem sociável, e ela até que gostava dele. Ele era, sem dúvida, o conde por direito. O próprio Lucian Langdon havia dito a verdade, pelo menos para ela. Mas, ainda assim, Catherine não conseguia imaginar Marcus Langdon como conde. Ou talvez fosse simplesmente porque ela não conseguia ver Lucian Langdon como alguém *sem* um título.

— A alegação do sr. Marcus Langdon é que o rei Guilherme foi enganado por conta da idade. Ele tinha 70 anos, afinal. Por isso, a rainha Vitória pode consertar a situação. Se o sr. Marcus Langdon conseguir que os tribunais reconheçam que as propriedades são realmente dele, ele terá esse peso quando peticionar à Sua Majestade.

— Ele é um homem muito corajoso, o sr. Marcus Langdon — murmurou Winnie. Todas olharam para ela, e Winnie pareceu murchar sob o escrutínio.

Catherine odiava que Avendale tivesse transformado uma mulher outrora vibrante em uma ratinha assustada.

Ela estendeu a mão sobre a mesa e apertou a de Winnie.

— Você tem toda razão em relação ao sr. Langdon. Afinal, Claybourne não é chamado de Conde Diabo à toa. Não acho que ele aceitará a derrota sem uma boa briga.

Claybourne definitivamente lutaria contra essa tentativa de usurpar seu título. Ele era um homem que usava o poder como uma capa confortável e antiga, e não desistiria com facilidade.

— Fico sempre impressionada com a eloquência de Claybourne — disse lady Chesney.

O coração de Catherine deu um solavanco.

— Você já conversou com ele?

Lady Chesney pressionou a mão em seu peito largo e, a julgar pelo choque em seu rosto, Catherine poderia muito bem ter perguntado se ela havia se deitado com o homem.

— Claro que não! Só de pensar em conversar com ele me dá palpitações. Arrisco dizer que, se ele alguma vez se dirigisse a mim, eu morreria na hora. Não, não, não! Refiro-me às cartas que ele publicou no *Times*.

Catherine sentiu um frio na barriga.

— Que cartas?

— Ele argumenta que é injusto que crianças com mais de 7 anos sejam julgadas de acordo com a lei da terra.

— Bem, é claro que ele acharia isso injusto — afirmou lady Charlotte. — Afinal, ele mesmo passou um tempo na prisão, antes mesmo de assassinar o pai do querido sr. Langdon. Já imaginou crescer sabendo que seu pai foi assassinado, e que seu avô não apenas acolheu o assassino em sua casa, mas o tratava como filho? Ou neto, melhor dizendo. Que horror! Alguém poderia culpar o sr. Marcus Langdon por tentar reaver o que ele sabe em seu coração que é seu?

— Claro que ninguém pode culpá-lo — garantiu lady Chesney. — Acho vergonhoso que tenhamos na aristocracia um lorde que carrega uma marca da prisão na mão.

— Você a viu? — perguntou lady Charlotte, claramente horrorizada com a ideia.

— Nunca! Mas meu querido Chesney a viu no clube, quando Claybourne não estava usando luvas. Revirou o estômago dele, e meu Chesney costuma ter um estômago bem forte.

— Acho que, se eu carregasse a marca do pecado, sempre a manteria escondida — disse lady Charlotte.

Catherine pensou na cicatriz que tinha visto na mão de Claybourne na noite em que o visitou, e na cicatriz no polegar de Jack Dodger. Por que a de Claybourne parecia tão diferente? Tão horrível?

Ela não conseguia imaginar alguém pressionando de propósito ferro quente contra a mãozinha de uma criança.

— Sabe quantos anos ele tinha quando foi preso?

— Não sei. Faz muito tempo, acredito, quando ele era criança. Pelo que entendi, ele foi pego roubando.

— Deveria ter ido para a prisão por matar o pai do sr. Langdon — afirmou lady Charlotte, indignada.

— Querida, ele deveria ter sido enforcado — comentou lady Chesney. — Mas, como nunca foi realmente julgado, ele evitou as duas coisas. Ficou na prisão enquanto aguardava julgamento, mas é difícil dizer que alguns dias atrás das grades são o suficiente.

— Deveríamos mesmo estar falando de Claybourne? — perguntou Winnie, olhando ao redor como se esperasse que ele surgisse das roseiras. — Se não tomarmos cuidado, ele começará a aparecer em nossos eventos.

— Você tem toda razão, duquesa. Ele é um homem horrível. Vou orar todos os dias para que a corte e a Coroa concedam ao sr. Marcus Langdon o que é dele por direito — concluiu lady Charlotte.

Catherine teve a impressão de que lady Charlotte estava orando tão fervorosamente porque queria ser condessa. Que uso egoísta de uma prece. Não seria melhor orar pelas crianças?

Durante três noites, entre as aulas de etiqueta a Frannie, Catherine ouvira falar sobre o orfanato que Frannie estava construindo em um terreno que Claybourne havia compra-

• 110 •

do para ela, nos arredores de Londres. Frannie pretendia que fosse um lugar onde as crianças pudessem, segundo suas próprias palavras, ser crianças.

Catherine fazia caridade, doava roupas aos pobres e dava moedas para crianças pedintes. Mas nunca as acolhia, como suspeitava que Frannie fazia. E, ao descobrir que até Claybourne estava se posicionando publicamente contra o que ele considerava uma prática injusta... ela se sentia envergonhada por não fazer mais.

— Não acho que ele seja tão ruim assim — resmungou Catherine mais tarde, enquanto a carruagem aberta chacoalhava sobre a rua, levando ela e Winnie para a residência da amiga.

— Quem? — perguntou Winnie.

— Claybourne.

— Ah, por favor, eu realmente não quero falar dele. Deveríamos estar discutindo o baile que daremos no final do mês, um assunto muito mais agradável. Você conseguiu contratar uma orquestra para nós?

Catherine sorriu.

— Sim, consegui. E os convites devem ficar prontos amanhã. Vou buscá-los na papelaria, e então podemos passar uma tarde terrivelmente emocionante endereçando todos.

Winnie riu. Catherine sempre se sentia melhor quando ouvia a amiga rir.

— Você odeia endereçar convites — disse Winnie.

— É verdade. Eu adoro organizar bailes, mas tarefas maçantes me matam de tédio.

— Posso cuidar de todos os convites. Não me importo. Gosto muito de ter um objetivo preciso que pode ser facilmente alcançado.

— Mas parece um objetivo tão pequeno.

Winnie parou de sorrir. *Droga!* Catherine tinha magoado a amiga. Ela andava tão sensível nos últimos tempos, e quem poderia culpá-la? Sua confiança fora estilhaçada. Estendendo a mão, Catherine apertou a de Winnie.

— Desculpe, mas estou um pouco frustrada. Descobrir que um homem como Claybourne, um canalha infame, reserva seu tempo para defender os direitos das crianças faz com que eu sinta que deveria estar sendo mais útil.

— Você cuida do seu pai.

— Sim, mas ele tem enfermeiras.

— E você cuida das propriedades e dos negócios.

— É verdade... Mas, mesmo assim, isso normalmente só envolve aprovar decisões que os administradores já escolheram.

— Quando você acha que seu irmão vai voltar para casa?

— Não faço ideia.

— Quando foi a última vez que teve notícias dele?

Catherine olhou para as lojas por onde passavam. Ela andava comprando muito ultimamente, para se distrair do acordo que havia feito com Claybourne. Era quase como se quisesse fugir de sua decisão, mesmo acreditando que era a única maneira de salvar Winnie. Ameaçar Avendale só o deixaria mais irritado, e ele descontaria sua fúria na amiga e, possivelmente, em Catherine também. Sim, matá-lo era a única resposta permanente que não causaria mais danos e problemas a Winnie.

— Já se passou quase um ano — comentou Catherine, baixinho.

— Você acha que algo horrível aconteceu com ele?

— Não, ele nunca foi de escrever. É bastante egoísta nesse sentido. Preocupa-se apenas com seus próprios prazeres.

— Isso tudo vai mudar quando ele voltar para casa.

— Talvez…

Catherine esperava que sim, embora não achasse que estava fazendo um péssimo trabalho na gestão dos negócios da família. Gostava bastante de cuidar de tudo, na verdade.

— Precisamos mesmo encontrar um marido para você — afirmou Winnie. — Ninguém chamou sua atenção?

Catherine pensou nos olhos prateados, na maneira como eles se tornavam afetuosos quando Claybourne olhava para Frannie, na forma como eles ferveram quando ele beijara Catherine. Ele era tão solícito quando o assunto era Frannie. Como Frannie não queria o que aquele homem tinha a oferecer?

Quando Claybourne dissera a Catherine que queria se casar com uma mulher que tinha dúvidas sobre se casar com ele, ela pensou que entendia tais dúvidas. Mas, quanto mais tempo passava na companhia do conde, mais descobria um homem com tamanha profundidade que uma vida inteira com ele não seria capaz de revelar todas as camadas. E que vida intrigante seria. Mas ele não era para ela, e Catherine sabia disso.

— Não — disse Catherine.

— Mal posso acreditar que lady Charlotte tenha se interessado pelo sr. Marcus Langdon. Ele é bom o suficiente, suponho, mas acho que esse interesse pode sumir se ele não conseguir recuperar o título.

— Não acho que Claybourne vá abrir mão do título facilmente.

Na verdade, Catherine não achava que ele abriria mão de jeito algum. E, embora parte dela reconhecesse que ele era um impostor, não conseguia vê-lo como nada além de um lorde. Havia algo na maneira como ele se portava que parecia indicar que havia nascido para o papel.

— Às vezes, o jeito que você diz o nome dele dá a entender que você o *conhece*.

— Ele é muito misterioso, Winnie. Talvez devêssemos convidá-lo para o nosso baile.

— Aposto que a presença dele faria nosso baile ser o assunto de toda Londres.

Sim, pensou Catherine, *com certeza faria*.

A carruagem parou na frente da casa de Winnie.

— Quer entrar um pouco? — perguntou ela.

— Sim, eu adoraria ver o Whit.

— E é por isso, querida, que você deveria se casar. Você gosta tanto de crianças.

— Acho importante gostar do pai delas.

Winnie empalideceu. Catherine estendeu a mão e tocou no braço dela.

— Não quis dizer nada com isso, Winnie.

— Eu sei.

— Só quero que haja algo especial entre mim e o homem com quem desejo me casar.

— Espero que você encontre esse algo especial.

Catherine ouviu o desânimo de uma mulher que não havia encontrado a felicidade na voz de Winnie.

O valete as ajudou a sair da carruagem, e elas subiram os degraus e entraram na casa.

— Onde você estava? — demandou uma voz rigorosa.

Winnie deu um gritinho e pulou para o lado, batendo em Catherine, e ambas fizeram uma dancinha estranha para não perder o equilíbrio.

Avendale riu de uma forma maldosa.

— Não quis assustá-las.

Catherine não acreditou nem um pouco no homem. Ele se afastou da janela, de onde obviamente as observava.

— Responda-me, duquesa.

Quanta formalidade. Winnie era a esposa dele, pelo amor de Deus! Catherine a ouviu engolir em seco.

— Fomos tomar chá na casa de lady Charlotte — disse Winnie.

— Essa mulher não passa de uma fofoqueira. Por que foi visitá-la?

— Nós sempre visitamos outras damas. É o que fazemos — explicou Winnie.

Ele estreitou os olhos escuros. Seu cabelo era quase preto. O de Claybourne era mais escuro, mas não o fazia parecer tão sinistro. Avendale não era tão alto quanto Claybourne, mas o que lhe faltava em altura ele compensava em largura. Ainda assim, Catherine achava que Claybourne poderia acabar com ele facilmente.

Avendale voltou sua atenção para Catherine, que, ao contrário de Winnie, não se acovardou.

— Você não deveria estar cuidando do seu pai?

Ela queria responder que não era da sua conta, mas, em vez disso, falou:

— Ele tem enfermeiras e ficaria triste se eu passasse todo o meu tempo em seu leito.

— Onde você disse que passaram a tarde?

Por que raios ele soava tão desconfiado?

— Com a lady Charlotte.

— Onde?

— No jardim dela.

— Por quanto tempo?

— Cerca de vinte minutos, mais ou menos.

— E antes disso?

Catherine olhou para Winnie, que olhava os bicos dos sapatos. Será que ela sempre passava por esse tipo de inquisição?

— Paramos para visitar a condessa de Chesney. Depois da nossa visita, ela nos convidou para acompanhá-la até a lady Charlotte.

— E antes disso? — perguntou de novo.

— Quer que eu faça um cronograma por escrito?

Ele sorriu, mas parecia mais irritado do que divertido.

— Não precisa. Você não gosta de ser desafiada, não é?

— Não, Sua Graça, não gosto. Consegue me dizer alguém que goste?

— Acredito não ser possível.

Winnie pigarreou.

— Você precisava de mim?

Ele deslizou o olhar de volta para a esposa, e Catherine notou como ela se encolheu.

— Sim, na verdade. Minhas botas não foram polidas a meu gosto, então dei uma lição no valete. Acho que ele vai fazer um trabalho muito melhor pela manhã, mas pode inspecionar tudo antes que eu precise delas?

— Sim, é claro.

— Você bateu no menino que cuida das suas botas porque elas não estavam reluzindo o suficiente? — perguntou Catherine.

— Você está *me* questionando em *minha* casa, lady Catherine?

— Sim, acredito que estou.

O duque bufou.

— Você precisa de um homem para colocá-la em seu devido lugar.

Ela sentiu dedos apertando seu braço, e sabia que Winnie a estava alertando. *Não cutuque uma onça com vara curta.* Ah, mas era tão tentador...

— Já é tarde, meu pai está me esperando. É melhor eu ir...

... *sem ver o Whit.* Mas ela sabia que corria o risco de dizer algo que não deveria se continuasse ali.

— Vou acompanhá-la — disse Avendale.

Ele a seguiu até onde a carruagem dela a esperava. Catherine obrigou-se a segurar a mão do duque quando ele se ofereceu para ajudá-la a subir, mas os dedos dele apertaram dolorosamente os dela.

— Acredito que a senhorita é uma influência muito ruim para minha esposa — disse ele em voz baixa.

O coração de Catherine bateu contra o peito.

— Está me ameaçando?

— Claro que não, mas não tenho certeza se entende o lugar de uma esposa no mundo.

Ela o encarou.

— Pelo contrário, Sua Graça, temo que seja o senhor quem não entende o lugar de uma mulher no mundo.

Antes que o duque pudesse dizer mais alguma coisa, ela entrou na carruagem e puxou a mão da dele.

— Cuide-se, lady Catherine. Há muitos perigos pela cidade.

Ah, ela sabia muito bem os perigos que rondavam pela cidade. A carruagem avançou e Catherine respirou fundo várias vezes para acalmar seu coração. Pouco antes de o veículo virar a rua, ela olhou por cima do ombro.

Avendale ainda estava lá, observando-a.

8

Dentro de sua carruagem, Luke estava irritado com a quantidade de tempo que gastava se preparando para suas visitas noturnas ao Salão do Dodger. Ele nunca tivera um cronograma antes, mas nos últimos dias precisava seguir um todas as noites — não só para a ida, mas para a volta também. Catherine insistira. Três horas, no máximo.

Afinal, ela precisava de seu descanso de beleza.

Não que ele atribuísse a beleza dela às suas horas dormidas. Era possível que ela continuasse linda mesmo sem pregar os olhos por uma semana inteira. A beleza de Catherine não vinha apenas do tom de sua pele ou do dourado de seu cabelo, vinha da confiança que ela exalava. Como se ela exigisse que um homem não visse nada além de sua perfeição ao avistá-la.

O conde conhecia muitas mulheres bonitas, mas nunca tinha pensado muito por que elas eram bonitas. Catherine, em particular, o intrigava. Ela não tinha uma beleza estonteante e, no entanto, era difícil de pensar em uma mulher que ele achasse mais atraente. Nem Frannie conseguia se comparar a ela, mesmo que Luke visse mais perfeição em Frannie e, pela lógica, ela tivesse que ser a mais linda das duas. Era claro que olhar para Frannie sempre lhe trazia prazer, mas ele sentia outra coisa quando olhava para Catherine. Algo que não conseguia identificar ou compreender.

No entanto, Luke não estava demorando para se arrumar para as saídas noturnas por Catherine. Era por Frannie. Estava levando uma quantidade desmedida de tempo todas as noites por causa de Frannie.

Antes de pedi-la em casamento, ele apenas ia ao Dodger sempre que tinha vontade e, embora nunca se vestisse mal, também não separava um tempo para se barbear, tomar banho e trocar de roupa. Agora, até escovava o cabelo e usava um pouco de colônia de sândalo. Estava sempre devidamente arrumado.

Por várias noites, fizera toda a procissão de se arrumar, mas não era como se Frannie tivesse a oportunidade de perceber alguma coisa. Assim que ele entrava com Catherine pela porta dos fundos, para o corredor privado onde os clientes não tinham acesso, ela desaparecia no escritório de Frannie, fechava a porta e as duas ficavam lá até a hora de levá-la para casa.

Frannie lhe dava um sorriso meigo ao se despedir, mas àquela altura ele já estava com bafo de uísque e um tanto descabelado, além de estar de mau humor pois, pela primeira vez em sua vida, estava perdendo nas mesas de jogo. Luke estava distraído e não conseguia se concentrar nas cartas como deveria. Ele queria saber o que estava acontecendo por trás daquela maldita porta fechada do escritório.

Para deixá-lo ainda mais irritado, os relatos de Jim não haviam servido para nada. Mais cedo naquele dia, Catherine tinha visitado a duquesa de Avendale de novo — aparentemente para ajudar com o baile —, comprado um leque e uma sombrinha e entrado numa livraria e saído com um pacote, que Jim, após subornar um funcionário do local, descobriu que era um livro de *David Copperfield*. De acordo com o dono da loja, lady Catherine Mabry gostava muito de Dickens.

Catherine também havia passado no orfanato de Frannie, mas apenas para observá-lo da rua. Por quê? Como ela sabia que o orfanato existia?

Agora os dois estavam indo para a casa dela e o conde continuava sem saber de nada, assim como quando a buscara mais cedo.

— Então, quando verei algum progresso? — perguntou ele.

— Quando estivermos prontas.

— Com certeza você já ensinou alguma coisa para ela.

— Sim, já ensinei muita coisa.

— Dê-me um exemplo.

— Não vou listar nossas conquistas. Você as verá quando estivermos prontas.

— Pode me dar uma estimativa de quando isso vai acontecer?

— Não.

— Estou muito ansioso para me casar com ela.

— Eu sei. — A resposta foi quase um bufo, como se Catherine não se importasse com a situação.

— Achei que você também estava ansiosa para que eu cumprisse minha parte do acordo — lembrou ele.

— Estou… Eu estava… Eu…

— Está repensando o pedido?

— Não exatamente. Ouvi dizer que Marcus Langdon está tentando provar que você não é o herdeiro legítimo.

O que isso tinha a ver com o arranjo deles? Como ela sabia daquilo? E como *ele* não sabia? Ainda assim, não deixaria que sua surpresa transparecesse.

— Você parece preocupada. Garanto que não há motivos. Ele já ameaçou fazer isso em várias ocasiões. Geralmente, quando quer um aumento de mesada.

— Você paga uma mesada para ele?

— Não fique chocada. Não é incomum que um lorde cuide de sua família. O velhote pediu para que eu cuidasse deles, então eu cuido.

— Por culpa?

— Por que não pode ser por gentileza?

— E você é um homem bondoso?

Ele riu.

— Dificilmente. Você sabe o que eu sou, Catherine. Ou, mais importante, o que eu não sou. Não sou o herdeiro legítimo nem o verdadeiro neto do conde de Claybourne anterior. Mas ele confiou os seus títulos e as suas propriedades à minha guarda, então cuidarei de tudo.

— Você não fica preocupado sobre eu confessar seu segredo para o tribunal, em nome do sr. Langdon?

— Nem um pouco. Somos parceiros de crime agora, Catherine. Se eu cair, você vai junto. Você teria que explicar quando eu contei esse segredo, e quando descobrirem que esteve na minha companhia todas essas noites…

Luke deixou a voz sumir na escuridão, com uma promessa velada de retribuição. Uma que nunca cumpriria. Ele não machucava mulheres — de forma alguma. Não que ela soubesse disso. Ela deveria esperar o pior dele. Mesmo que em alguns momentos pensasse que Catherine era diferente, ele sabia que, no fundo, ela o via como todos os outros: um canalha, um bandido, um homem cuja vida fora construída em cima de mentiras. E, cedo ou tarde, esse mundo desabaria.

E ele a via como... uma dama. Nobre. Elegante. Seu perfume de rosas começara a invadir as roupas dele, grudar em suas narinas. Era como se quase pudesse sentir o cheiro de Catherine durante o dia. Então, se pegava olhando ao redor e se perguntando se ela estava por perto, se havia conseguido se esgueirar por trás dele. Quando andava pelas ruas lotadas, Luke às vezes achava ter ouvido a voz dela. Queria manter o máximo de distância possível entre os dois, mas Catherine, de alguma forma, estava conseguindo se fundir em sua vida.

Ele queria perguntar a ela como fora seu dia. O que tinha conversado com as amigas. Qual era sua obra favorita de Dickens. O que mais ela lia? O que ela fazia que Jim não era capaz de espionar? O que a deixava feliz? E triste?

Um cavalo choramingou de repente, e a carruagem parou de supetão.

— Mas que diabo...?

— O que está acontecendo? — perguntou ela.

Luke pegou a espada de bengala que mantinha embaixo do assento, porque nunca era demais estar preparado para as ruas de Londres.

— Fique aqui.

Ele saiu do veículo e fechou a porta com firmeza. Era muito tarde e a rua estava vazia.

Exceto pelos seis ladinos que estavam ali diante dele. Um homem segurava uma faca na garganta do valete, enquanto outro fazia o mesmo com o cocheiro. Luke presumiu que os bandidos haviam saído das sombras, avançando na carruagem e pegando seus empregados de surpresa — mesmo que ele os tivesse treinado melhor que isso.

Era muito fácil se tornar complacente.

— Isso é um roubo, senhores? — perguntou ele com calma.

Ele podia ver outras facas, bem como objetos de madeira que poderiam ser usados para espancamento.

— Será, milorde, depois que mandarmos você pro inferno.

O coração de Catherine batia tão forte que ela mal conseguia respirar. Abriu uma frestinha da cortina. Havia mais sombra do que luz, mas ela podia ver que Claybourne estava cercado, e a única arma dele era a bengala.

Então, rápido como um relâmpago, ele puxou a bengala e revelou uma espada de aparência nada agradável.

— Creio, senhores, que são vocês que vão tomar café com o diabo. Não eu.

Ele avançou em direção ao homem que segurava o valete, que conseguiu se libertar do aperto e mandar o agressor para o chão.

Catherine percebeu que Claybourne tinha feito uma finta, uma manobra que distraiu o agressor para que o valete tivesse a vantagem, pois assim que o conde fez um movimento como se fosse para um lado, inverteu a direção para espetar o homem que segurava seu cocheiro. Mas o cocheiro já havia dado uma cotovelada no captor e estava habilmente evitando a faca dele.

Enquanto ambos os servos davam seu melhor para se defender dos homens que os atacavam, Claybourne foi lidar com os outros quatro — que estavam se aproveitando da vantagem injusta. Mas era isso que biltres deviam estar acostumados a fazer, não?

De alguma forma, o conde conseguiu chutar um dos ladinos na barriga. O homem se dobrou em dois e largou o grande pedaço de madeira que segurava. Catherine pensou que, se pudesse pegar a arma improvisada, poderia golpear a cabeça do agressor e diminuir um pouco a desvantagem de Claybourne. Antes que pudesse pensar duas vezes, ela abriu a porta e saiu...

Claybourne estava de costas para ela e um homem com uma faca de aparência perversa avançava atrás dele.

— Não! — gritou ela.

Ela sentiu um ardor agonizante irromper em sua palma, e só então percebeu que havia levantado a mão para impedir que a faca atingisse Claybourne. O homem empunhando a arma parecia estar em choque por ter atacado uma dama.

Catherine olhou para a torrente carmesim que manchava sua luva e cambaleou para trás.

— Vamos, cambada! — gritou alguém.

Ela estava vagamente consciente de ouvir um grunhindo e do eco de passos na rua de pedra.

— Catherine?

Ela piscou. Claybourne estava ajoelhado ao lado dela. O que ela estava fazendo no chão? Quando havia caído? Por que de repente estava tão escuro?

— Ele ia matar você — falou ela.

Ou pensou ter falado. As palavras pareciam estar tão distantes...

— Isso não é desculpa para se colocar em perigo!

O maldito ingrato a pegou nos braços e a levou para a carruagem, sentando-se ao lado dela depois de ajeitá-la no banco.

— Aqui — disse ele, e Catherine o sentiu enrolando algo em sua mão enquanto a carruagem partia.

— Seus empregados...

— Eles estão bem.

— O que é isso?

— Meu lenço.

— Vai destruí-lo.

— Por Deus, Catherine! Sua mão é que deve estar destruída. Não estou nem aí para um pedaço de pano!

— Sua linguagem é muito vulgar, senhor.

— Creio que a ocasião justifique.

— É verdade.

Ele riu, um som calmo que a fez querer estender a mão e passar os dedos pelo cabelo escuro, para garantir que ele estava realmente ileso.

— Quem eram eles? — perguntou ela.

— Não sei — disse ele baixinho.

— Queriam matar você.

O conde não disse nada.

— Por quê? — indagou ela.

— Sou um homem com muitos inimigos, Catherine — afirmou, ajeitando-a nos braços e beijando o topo de sua cabeça. — Mas nunca tive um anjo da guarda tão adorável antes.

— Eu machuquei a minha mão, não as pernas — reclamou Catherine quando Luke a pegou nos braços assim que ela tentou sair da carruagem.

Luke havia orientado o cocheiro a ir direto para a casa dele, na parte dos fundos, onde ninguém estivesse vendo quem entrava.

— Sim, mas quanto mais rápido eu levá-la para dentro de casa, mais rápido posso dar uma olhada nisso.

— Sou perfeitamente capaz de andar rápido.

— Pare de reclamar e aceite que você não vencerá essa discussão.

— Nossa, que valentão — resmungou ela, antes de encostar a cabeça com mais segurança no ombro dele.

Luke sorriu antes mesmo de perceber. Como aquela mulher conseguia despertar todas as emoções possíveis nele? Primeiro, ela o irritara mais que tudo, depois tentou protegê-lo. Ele girou a tempo de vê-la, de ver a faca cortando a mão dela — e quase perdeu o chão. A fúria o cegou. Naquele exato momento, pensou que poderia ter matado todos os seis ladinos sem nem suar. Os homens deviam ter percebido o erro ao terem atingido Catherine, deviam ter visto o brilho assassino nos olhos de Luke, para terem fugido daquela maneira. Ele não conseguia nem pensar na possibilidade de perdê-la, mesmo que ela não pertencesse a ele.

Eles eram apenas parceiros. O conde não deveria sentir nada em relação a ela, mas estava começando a sentir um certo apreço. Toda essa preocupação e o fato de pensar em Catherine durante o dia estavam deixando-o irritado.

O valete correu na frente e abriu a porta que dava acesso à cozinha, seguido por Luke.

— Vá buscar meu médico. Rápido.

— Sim, senhor.

Catherine enrijeceu nos braços dele.

— Não! Ninguém pode saber que estou aqui!

— Está tudo bem. Ele é muito discreto.

Luke a colocou na cadeira com cuidado e acendeu a lamparina que a cozinheira sempre deixava na mesa. Ele gostava de uma casa toda iluminada, já que passara muitas noites na escuridão.

Virando-se para Catherine, ele pegou uma faca. Em seguida, puxou uma cadeira de frente para a dela e sentou-se, deixando o objeto na mesa.

— O que vai fazer com isso? Minha mão já está cortada.

Se ela não estivesse tão pálida, com apenas uma fina camada de suor na testa, e se não tivesse sido tão corajosa, Luke teria retrucado. Em vez disso, ele apenas perguntou baixinho:

— Você não confia mesmo em mim, não é?

Ela balançou a cabeça, e ele não tinha certeza se estava dizendo que confiava ou não. De repente, percebeu que não se importava. Tudo o que importava era que ele confiava nela.

Ele pegou a mão dela com delicadeza, sentindo os pequenos tremores de Catherine.

— Isso provavelmente vai doer — disse, ao começar a retirar o lenço de cima do machucado.

— Como se não estivesse doendo agora.

— Está doendo muito?

Catherine tentou não olhar — muito —, mas havia tanto sangue... Era como se cada gota fosse um ímã para seus olhos.

— Dói como o inferno.

Ele riu baixinho.

— Você é uma moça muito corajosa.

Catherine não sabia por que as palavras dele a aqueceram, por que se importava que ele tivesse uma boa opinião sobre ela.

— Tem muito sangue.

— Sim — respondeu Luke, retirando a última parte do pano e revelando o corte horripilante atravessado pelo rio carmesim.

O quão pior seria o corte se ela estivesse sem luva?

— Ai meu Deus! — exclamou ela antes de virar a cabeça, como se fechar os olhos não fosse suficiente.

Ele a segurou com mais firmeza.

— Não desmaie nos meus braços.

— Não vou desmaiar — resmungou ela, sem conter a irritação. — Odeio o fato de você achar que sou uma fracote.

— Garanto que nunca pensei isso de você.

Ela ouviu um arranhão de metal sobre madeira e abriu os olhos a tempo de vê-lo levantando a faca. Com cuidado, ele usou a lâmina para cortar ainda mais a luva dela, até o fim, perto do pulso. Em seguida, abriu o tecido e retirou o material, puxando-o de cada dedo com delicadeza.

De repente, ela estava com dificuldade para respirar. O cômodo parecia insuportavelmente quente, e ela temia estar *realmente* prestes a desmaiar — mesmo que tivesse garantido que não o faria.

Catherine imaginou Claybourne em um quarto, tirando a roupa de uma mulher — a dela — com o mesmo cuidado. Revelando cada centímetro de sua pele para ser analisado. Ele estudava a mão dela como se nunca tivesse visto dedos nus antes. Lentamente, passou o dedo ao longo do contorno da mão dela.

— Não acho que seja muito grave — falou ele.

Catherine engoliu em seco e assentiu.

— Se você se colocar em perigo assim de novo, vou precisar ensiná-la uma lição.

— Ah, é? E como? — perguntou indignada.

Luke ergueu os olhos para ela, e ela viu a preocupação no olhar dele antes que sorrisse.

— Com tapinhas na sua bunda.

Seu rosto deve ter mostrado o choque com as palavras dele — e Catherine rezava para que revelasse só choque, e não desejo —, porque ele chacoalhou a cabeça.

— Perdão, isso foi totalmente inadequado. Eu esqueço quem você é.

— E quem eu sou?

— Uma mulher que não trabalha para o Jack.

Ela não queria pensar nele dando tapinhas na bunda de nenhuma outra mulher, muito menos nele com outra mulher.

Eles se olharam enquanto ele segurava a mão dela. Encarar aqueles olhos prateados era muito mais confortável que ver o machucado. Eles a atraíam, a faziam esquecer que Claybourne quase havia sido morto. Catherine estendeu a mão sem ferimentos e tirou algumas mechas de cabelo da testa dele. Deveria pedir que ele cortasse a outra luva também, para que pudesse sentir a pele dele na ponta dos dedos. Os olhos dele escureceram, ficaram mais intensos e mais próximos à medida que ele se inclinava...

A porta se abriu, e os dois tomaram um susto.

— Em que problema você se meteu agora, Luke? — perguntou um homem, fechando a porta atrás de si. Ele parecia um anjo, com cachos loiros e olhos azuis como o céu, mas que naquele momento estavam arregalados. — O que temos aqui?

— Um acidente — disse Claybourne ao se levantar da cadeira.

O homem colocou sua bolsa preta sobre a mesa e sentou-se na cadeira que Claybourne havia desocupado.

— *Quem* temos aqui?

— Você não precisa saber — afirmou Claybourne.

O homem sorriu.

— Eu trato pessoas demais para me lembrar de todos os nomes. Eu sou William Graves.

— O senhor é médico? — perguntou Catherine.

— Exato.

Ele colocou a mão por baixo da dela com extrema delicadeza, mas Catherine não sentiu calor, sua respiração não ficou ofegante e ela não achou que fosse desmaiar.

— Eu sou Catherine — falou, sentindo-se compelida.

— Você é uma das resgatadas? — perguntou ele enquanto estudava a ferida dela.

— Não, ela não é — retrucou Claybourne. Ele arrastou uma cadeira e sentou-se ao lado dela. — Você não está aqui para fofocar. É muito grave?

— É bem desagradável, mas poderia ter sido pior.

O médico levantou o olhar para ela.

— O ideal é fazer uma sutura. Não vai ser agradável, mas vai sarar melhor e mais rapidamente.

Ele parecia estar pedindo permissão para Catherine, então ela assentiu.

— Ótimo — afirmou o doutor, apertando um pano na palma da mão dela. — Mantenha isso no lugar enquanto eu preparo as coisas. Luke, vá buscar um pouco de uísque.

Ele tirou objetos da bolsa e os colocou sobre a mesa. Depois, começou a se movimentar pela cozinha como se conhecesse bem o local, colocando uma chaleira de água no fogão para ferver.

— Não precisa se preocupar em fazer chá — disse Catherine. — Acho que não consigo beber nada.

Ele sorriu para ela.

— Você vai beber o uísque. A água é para limpar os instrumentos. Notei que aqueles que trato em casas miseráveis tendem a morrer de infecção mais que aqueles que trato em casas limpas.

Claybourne voltou segurando uma garrafa e um copo cheio até a borda.

— Aqui, beba isso.

Catherine fez uma careta ao tomar um gole da bebida amarga.

— Beba tudo — ordenou ele.

— Não sei se consigo.

— Quanto mais você bebe, melhor fica o sabor.

Ela tomou mais um gole, mas a bebida não ficou mais gostosa.

— Não é chá, engula de uma vez — falou ele impaciente.

— Não seja grosso comigo. Eu salvei a sua vida.

Colocando a garrafa sobre a mesa, Claybourne sentou-se novamente na cadeira ao lado de Catherine e passou os dedos com carinho pela bochecha dela.

— Sim, você salvou.

Catherine precisou de todo o seu autocontrole para não virar os lábios para a palma da mão do conde. Em vez disso, afastou a cabeça para além do alcance dele e concentrou-se em tomar vários goles do uísque. E não é que, quanto mais ela bebia, melhor o sabor ficava mesmo? Já estava ficando tonta, o que a fazia querer deitar no colo de Claybourne e dormir, segura e protegida.

O dr. Graves parou em sua frente, pegou a mão ferida e a colocou sobre a mesa.

— Feche os olhos e pense em outra coisa.

Catherine obedeceu e começou a pensar sobre...

Ela respirou fundo e arregalou os olhos quando sentiu um líquido ardente ser derramado em sua palma.

— Jesus, o que foi isso?!

— O uísque — explicou o dr. Graves.

— Você derramou...

— Acho que mata germes. Tente relaxar. Você vai sentir uma picada e...

— Catherine.

Uma mão quente embalou a bochecha dela, virando seu rosto. Ela mergulhou em olhos prateados cheios de preocupação.

— Pense em outra coisa — ordenou Claybourne.

Ela balançou a cabeça, tentando. Para seu horror, estremeceu e soltou um gritinho quando sentiu algo afiado sendo cravado em sua pele.

Claybourne se aproximou e, de repente, a boca dele estava cobrindo a dela, habilmente abrindo passagem por seus lábios. Ora, que tolo! Ele não tinha medo de ela acabar mordendo...

Ele tinha o gosto do uísque que havia ordenado que ela bebesse. Será que também precisara da coragem líquida para se fortificar mediante o que estava prestes a acontecer? Ela não sabia se era o uísque dele se misturando com o dela ou sua boca tomando a dela que a distraía, mas, de repente, não estava mais consciente do que acontecia com sua mão, e sim do sabor, da sensação e do aroma de Claybourne. Das mãos fortes em seu cabelo. Catherine ouviu um grampo cair no chão e ficou surpresa por ainda ter algum no lugar.

Aprofundando o beijo, ele passou a língua sobre a dela, e Catherine agradeceu por estar sentada, ou com certeza seus joelhos teriam cedido. Ela sabia que deveria recuar e estapeá-lo com a mão boa, mas o conde era incrivelmente delicioso. E, embora soubesse que o beijo não era motivado por desejo, que tinha apenas o intuito de distraí-la, ainda se sentia grata por ter mais uma oportunidade de beijá-lo. Ela estava sendo assombrada pelo desejo de tocar em seus lábios desde a noite na biblioteca. O beijo fora breve demais naquela noite, embora qualquer beijo com Claybourne nunca seria longo o suficiente.

O beijo na cozinha parecia dominar mais que a boca dela. Parecia atingir seu âmago e despertar anseios que ela nunca sentira antes. Catherine sentiu o desejo crescer, entorpecendo todo o resto. Ela sabia que essa atração era errada, depravada e vergonhosa, e que não deveria desejar que ele a tomasse com mais intensidade. Pensou em todos os avisos que ele lhe dera naquela primeira noite.

Catherine estava arriscando mais que sua reputação. Estava arriscando seu coração também.

— Luke? Luke, já acabei.

Claybourne encerrou o beijo e recuou, parecendo tão atordoado quanto ela.

— Acho que essa foi a distração mais inventiva que já vi — comentou o médico.

— Bom, funcionou, não é?

Claybourne ficou de pé, pegou o copo de uísque que ela havia deixado de lado e tomou o restante da bebida em um gole só.

Ah, sim, e como tinha funcionado… A mão não só estava costurada, como também já estava enrolada em bandagens.

— É comum sentir tontura depois de uma provação dessas — disse Graves. — Descanse um pouco.

Ela assentiu.

— Obrigada por seus cuidados. Presumo que Claybourne pagará por seus serviços.

— Ele me pagou há muito tempo.

— Você é uma das crianças do Feagan, não é?

Ele deu um sorriso torto antes de ficar de pé e começar a guardar os instrumentos na bolsa.

• 135 •

— Em cerca de uma semana, qualquer pessoa deve conseguir retirar os pontos para você. Mas, se preferir que eu cuide disso, basta pedir para Luke me chamar.

— Obrigada — agradeceu ela novamente.

— Foi uma honra poder servi-la.

Ele fechou a bolsa, parou para sussurrar algo para Claybourne e, em seguida, saiu pela porta da cozinha, deixando-a sozinha com o conde. Catherine queria muito que ele se aproximasse, a tocasse e a beijasse de novo. O uísque estava certamente influenciando seus pensamentos. Ou talvez fosse apenas toda a emoção daquela noite. Sobreviver a um ataque juntos criara um vínculo que não existia antes.

— Como vai explicar isso? — perguntou Claybourne.

— Oi?

Era como se seus pensamentos estivessem afundando em areia movediça, especialmente os que se referiam a Claybourne. Como explicaria que queria ser beijada por ele de novo?

— A sua mão.

— Ah... — disse Catherine, olhando para a mão e a virando de um lado para outro. Estava doendo. Talvez ela devesse beber mais uísque antes de voltar para casa. — Vou apenas dizer que me cortei em um pedaço de vidro ou algo assim. Ninguém vai me contestar. É uma das vantagens de se ter um irmão que está perambulando pelo mundo.

— É melhor eu levá-la para casa agora.

— Ah, sim, certamente.

Para surpresa de Catherine, ele não se sentou em frente a ela na carruagem como um cavalheiro deveria, mas ao seu lado, com o braço ao redor dela e segurando-a tão apertado quanto uma amiga querida — ou, se ela fosse ousada em pensar, *como uma amante?*

— Lamento que isso tenha acontecido — disse ele, em um tom baixo e íntimo dentro dos limites da carruagem.

Ela estava incrivelmente exausta. Tudo o que queria era dormir.

— Não se preocupe.

— Sobre o beijo...

— Não se preocupe. Eu não contarei para Frannie. Sei que era o único recurso que você tinha para me distrair.

— Conheço alguns truques de moedas, mas não achei que seriam tão eficazes.

— Aposto que não seriam — suspirou ela. — Você é atacado com frequência?

— Passo por alguns perigos de tempos em tempos.

— Acha que foi o sr. Marcus Langdon?

Ela tinha noção de que não deveria referir-se a ele como "primo".

— Minha morte com certeza agilizaria as coisas para ele, mas, ao contrário de nós, Marcus não tem uma natureza sanguinária.

Ela levantou a cabeça rápido demais, e imediatamente seu mundo girou, então voltou a apoiar a cabeça no ombro de Claybourne.

— Você me acha sanguinária?

— Você quer que eu mate alguém.

— Ah, sim. Um pouco, então.

Catherine quase havia esquecido o que a levara até a porta dele. Às vezes era fácil esquecer — quando Winnie não estava machucada. Quando a amiga parecia feliz.

Será que a solução de Catherine era precipitada?

Por mais que ela tivesse quebrado a cabeça tentando encontrar outras opções antes de pedir a ajuda de Claybourne, ela não via outro caminho. Mesmo assim, às vezes sua decisão parecia extrema. Se as duas esposas anteriores de Avendale não tivessem morrido tão misteriosamente... Se ele não levantasse a mão para Winnie...

— Conte-me sobre seus resgates — pediu ela, precisando ser distraída do desconforto de seus pensamentos e da mão dolorida.

O conde gemeu baixinho, como se estivesse irritado — ou talvez constrangido — com o pedido, e Catherine pensou que ele não responderia. Finalmente, a voz baixa e rouca encheu a carruagem, embalando-a com seu toque aveludado.

— Cada um de nós tem a sua fraqueza. Para Frannie, são crianças. Para mim, são mães solo. Começou de forma inocente. Uma das minhas criadas tinha uma amiga que se viu grávida e abandonada. Suspeito que o pai do bebê era o senhor da mansão, mas ele não quis assumir a criança. Então eu a mandei para uma das minhas propriedades menores, que eu não estava usando. Envio mulheres *resgatadas* para lá desde então.

Ele fazia tudo parecer tão sem importância.

— Sua caridade deve custar uma fortuna.

— Você diz isso como se me achasse generoso. Sem querer me gabar, confesso que tenho uma boa fortuna. O que eu dou não é nada. O homem generoso de verdade é aquele que doa seu último centavo quando não pode se dar ao luxo de fazê-lo.

Ou aquele que dá a última parte de sua alma, pensou ela desoladamente, *quando é tudo o que lhe resta*. Será que estava pedindo demais dele?

Quando chegaram à residência de Catherine, a carruagem parou no beco ao lado. Claybourne a acompanhou até a entrada dos criados, com uma mão firme sob o cotovelo dela como se ela precisasse do apoio. Talvez precisasse. Às vezes, sentia que estava flutuando, que tudo estava a uma grande distância — e então, de repente, estava bem em seu nariz.

— Você vai ficar bem? — perguntou ele.

Ela assentiu.

— Nos encontramos à meia-noite de hoje. Ou seria de amanhã? Nunca sei bem como me referir à próxima noite quando ainda não amanheceu por completo.

Embalando o queixo dela, ele passou o polegar pelos lábios de Catherine. Estava tão escuro e nebuloso que ela não conseguia determinar o que ele estava pensando.

— Você acha que conseguirá dar aula para a Frannie?

A pergunta a surpreendeu. Ela esperava algo um pouco mais íntimo depois de tudo o que haviam compartilhado naquela noite.

— Sim — respondeu Catherine, soando um pouco ofegante.

Era irritante o quanto ele parecia ter poder sobre ela.

— Bom, até mais tarde, então.

Ele logo desapareceu na neblina, como um fantasma. Abrindo a porta, ela entrou sorrateiramente e a fechou com cuidado. Não esperava gostar de Claybourne. Queria apenas usá-lo e depois esquecê-lo.

Mas sabia naquele instante que, não importava o resultado do acordo entre eles, nunca o esqueceria. Nunca.

Luke ouviu os sons da cidade ganhando vida enquanto sua carruagem viajava de volta para casa. Ele sempre gostara da agitação de Londres, principalmente nas primeiras horas da manhã. Quando menino, sentira que o início do dia oferecia a promessa de oportunidade: bolsos a serem furtados, comida a ser roubada, pessoas a serem enganadas. E sempre havia Frannie.

Desde a primeira noite em que Jack o levara para Feagan, a primeira noite em que ele avistara a menininha sentada ao lado do fogo, a primeira noite em que ela fora até seu monte de cobertores, enfiara sua mãozinha na dele e dissera a ele para não ter medo, Luke a amara.

Ele não se lembrava de nada de sua vida antes de Jack encontrá-lo. Marcus Langdon e sua tentativa de reivindicar o título fizeram Luke tentar se lembrar do que podia de seu passado. Mas não havia nada a ser lembrado. Todas as memórias eram das ruas.

Talvez ele devesse voltar para elas com Frannie. Que Langdon ficasse com o título. Luke certamente não precisava do dinheiro. Por causa de sua parceria com Jack, ele já era um homem rico de forma independente. Mas não conseguia abrir mão do título que o velhote lhe garantira que era dele. Tinha criado apreço pelo homem, à sua maneira, e parte de Luke achava que desistir do título seria uma traição a quem o salvara da forca e cuidara tão bem dele.

A carruagem parou em frente a uma casa que Luke raramente visitava. Ele saiu para a rua e subiu os degraus, mas não bateu nem esperou ser atendido — apenas abriu a porta e entrou.

Uma empregada, tirando pó do corrimão na escadaria, soltou um gritinho, mas logo fez uma mesura ao reconhecê-lo.

— Onde eles estão? — perguntou ele.

— No salão matinal, milorde.

Aquilo o surpreendeu. Ele esperava encontrá-los ainda dormindo, e tinha até gostado da ideia de acordá-los, mas talvez não devesse ficar surpreso. Era difícil dormir até tarde com uma consciência culpada. Na verdade, era difícil conseguir dormir. Sem hesitar, atravessou a residência. Ele não usava chapéu nem luvas, pois não achara que precisava de nenhum dos dois para levar Catherine para a casa, e foi só no caminho de volta para sua residência que mudou de ideia e decidiu passar ali antes. Suas roupas estavam amassadas, mas ele nunca havia se preocupado em impressionar aquelas pessoas.

Luke entrou no salão matinal como se fosse o dono do lugar. Seus passos determinados no corredor claramente alertaram os ocupantes de sua chegada. Empurrando a cadeira, Marcus Langdon ficou de pé com tanta rapidez que quase perdeu o equilíbrio. A mãe dele ofegou, e seu rosto flácido estremeceu quando ela se levantou.

— O senhor não tem o direito de estar aqui! — exclamou ela, cuspindo sobre seu prato, um prato com comida suficiente para alimentar uma família de quatro pessoas.

— Pelo contrário, senhora. Eu pago o aluguel desta casa.

Ele caminhou até o aparador, pegou um prato e começou a se servir. Eles certamente não economizavam para encher a própria barriga.

— Aposto até que paguei pelos alimentos que compõem este lindo café da manhã, bem como os criados que o prepararam — continuou ele, arqueando uma sobrancelha para o valete que estava ali perto. — Pode me trazer café?

— Sim, milorde — falou o homem, e logo foi para a porta que dava acesso à cozinha.

Luke levou seu prato até a mesa, escolheu a cadeira em frente à mãe de Langdon — ele não tinha dúvidas de que ela era a mais perigosa dos dois — e sorriu como se tudo estivesse bem.

— Por favor, não parem de comer por minha causa.

Langdon sentou-se com cautela; sua mãe se sentou menos graciosamente.

— Jesus, isso é sangue na sua camisa? — perguntou Langdon.

O sangue de Catherine. Luke não havia pensado no fato de que ela havia sangrado em sua roupa. Ele sentiu algo estranho ao pensar em quão perto chegou de perdê-la, como se estivesse nauseado, mas não podia analisar isso naquele momento ou se dar ao luxo de se distrair. Precisava lidar com aqueles dois primeiro.

Como se a pergunta de Langdon não tivesse importância, Luke começou a cortar um pouco de presunto.

— Sim. Na verdade, sem dúvida vai achar isso interessante, mas uma coisa estranha aconteceu quando eu estava voltando do Salão do Dodger para casa esta madrugada. Minha carruagem foi parada e fui ameaçado por alguns bandidos. Acredita?

Langdon empalideceu, enquanto sua mãe ficou de um escarlate horripilante e manchado. Luke suspeitava que ela deveria ter sido uma mulher de feições adoráveis antes de ser dominada pela amargura.

— Você se machucou? — perguntou Langdon.

Luke não ficou surpreso ao ouvir uma preocupação verdadeira na voz do homem. Marcus Langdon era dois anos mais velho que Luke, tinha os famosos olhos prateados dos Claybourne, bem como o cabelo escuro. Era um sujeito bo-

• 142 •

nito. Luke suspeitava que, se não fosse o ressentimento da mãe de Langdon em relação a ele, os dois homens poderiam até ser amigos. Mas a lealdade de Langdon estava com a mãe, não com o homem que havia usurpado seu direito ao título.

— Quase nada — garantiu o conde. — Como você pode imaginar, ter crescido nas ruas de Londres me deixou muito hábil para lidar com quem também vive nelas. Alguma ideia de quem deseja minha morte hoje em dia?

Langdon olhou para a mãe, depois de volta para Luke.

— Não.

— A maior parte de Londres, suspeito — respondeu a sra. Langdon. — Você não é muito popular. Ladrões nunca são.

Luke deu-lhe um sorriso condescendente.

— Voltamos a isso? Ouvi dizer que o senhor entrou na justiça.

Langdon lançou outro olhar rápido para a mãe, que havia se endireitado na cadeira, como se em desafio.

— Como soube disso? — perguntou Langdon.

— Tenho minhas fontes.

— O título pertence legitimamente ao *meu* filho — afirmou a mãe de Langdon.

— O velhote não achava isso.

— Você nunca o chama de avô. Marcus, sim.

Luke se esforçou para não mostrar como a força daquelas palavras o atingiu.

— Sei bem disso, senhora, mas você não vai tirar o título de mim. Gosto muito dos benefícios que o acompanham.

Ele se levantou e olhou para o homem que ninguém na sala acreditava ser realmente seu primo.

— Se em algum momento quiser receber um salário decente por um dia de trabalho honesto, me avise.

— Honesto? No Dodger?

— Tenho outros negócios. Eles não pagam tão bem, mas são mais respeitáveis. Seria muito bom ter um homem de confiança para me ajudar a gerenciá-los.

Langdon riu.

— Você não entende o que é ser um cavalheiro. Você nunca entendeu. Nós não *trabalhamos*.

— Então me diga, Langdon: se eu cortasse sua mesada, como você pagaria pelo advogado que contratou para representá-lo nos tribunais?

O homem ficou em silêncio. Luke sabia que o estava provocando e que era imprudente fazê-lo, mas parecia incapaz de se deter.

— Talvez você devesse me acompanhar em minha próxima reunião com meus administradores, para ver exatamente o que vai herdar se tiver sucesso nos tribunais. Garanto que a renda que terá de suas propriedades não será tão generosa quanto eu. Pense nisso.

Luke deu a cada um deles uma reverência zombeteira antes de sair. Ele mal havia chegado à carruagem quando sua enxaqueca voltou com força. A dor de cabeça vinha sempre que ele confrontava a "família", sem dúvida resultado da culpa por saber que eles estavam certos. O título não lhe pertencia, e só Deus sabia o motivo de sua recusa a abrir mão disso. Talvez por achar que poderia fazer algum bem ao ser considerado um nobre.

Ou talvez fosse apenas porque o velhote tinha acreditado tão fervorosamente que Luke pertencia à nata da sociedade que, por algum motivo que não conseguiu entender, Luke não queria decepcioná-lo.

— Você tentou matá-lo? — perguntou Marcus Langdon enquanto caminhava em frente à lareira.

— Parecia a maneira mais eficiente de alcançar meu objetivo.

— Como expliquei, eu quero usar a justiça. Quero que tudo seja legal.

— Isso pode levar anos.

— Não quero que haja dúvidas de que sou o verdadeiro conde de Claybourne.

— Não há dúvidas agora. Toda Londres sabe que ele é um impostor.

Marcus desprezava a voz calma, a ausência absoluta de emoção.

— Não quero fazer parte disso...

— É tarde demais para ter dúvidas.

Marcus balançou a cabeça.

— Por que você resiste tanto? Ele matou seu pai.

— Isso nunca foi provado.

— Ele nunca negou.

— Sinceramente, ele não parece um assassino.

O riso sombrio ecoou pela sala.

— Mas eu também não.

Marcus sempre achara o ódio uma emoção acalorada, mas olhando nos olhos escuros da pessoa em sua frente, ele percebeu que era um sentimento frio, muito frio — e muito, muito perigoso.

E*sta noite não.*
– C

Catherine estudou o bilhete que havia sido entregue no início da noite. Em seguida, comparou com o que deveria ter queimado. Era difícil afirmar que foram escritos pela mesma mão. O último era mais um rabisco que qualquer outra coisa, parecendo algo que seu pai doente teria escrito.

Não algo que o ousado, forte e audaz lorde Claybourne escreveria.

Um pavor inesperado a dominou. Ele lutara contra os bandidos muito antes de ela sair da carruagem e havia desaparecido nas sombras, apenas para ressurgir. Ela presumiu que ele saíra ileso, mas poderia estar errada. O conde poderia ter sido ferido. Com gravidade. E seria do feitio dele se preocupar com ela e não cuidar dos próprios ferimentos — se esforçar para ser incrivelmente corajoso e sacrificante.

Naquele exato momento, ele poderia estar lutando contra uma infecção, tremendo de febre, contorcendo-se de dor.

Sua caligrafia certamente indicava que havia algo errado, e o bilhete era tão direto, tão rude. Depois de tudo o que compartilharam, ela merecia uma explicação, e pretendia obtê-la de qualquer forma — e quando *ela* quisesse, não ele.

Ela esperou até mais tarde, quando a maioria das pessoas decentes não estaria mais na rua. Então, chamou a carruagem. Assim como na primeira noite em que visitara Claybourne, o cocheiro a deixou no parque de St. James.

— Não precisa esperar — disse ela.

— Milady...

— Eu ficarei bem.

E então ela se afastou antes que o homem insistisse.

Catherine se esgueirou por becos, escondeu-se atrás de árvores e foi cautelosamente até a porta dos criados, onde bateu forte na madeira.

Uma mulher gordinha que usava o avental por cima da camisola abriu a porta. Certamente era a cozinheira, sempre pronta para preparar uma refeição a qualquer momento.

— Preciso ver seu senhorio — disse Catherine.

— Ele não está recebendo visitas.

— Ele está em casa?

A mulher hesitou.

— É importante que eu o veja. — Catherine passou pela mulher, ignorando os protestos dela.

— Senhor Fitzsimmons! Senhor Fitzsimmons! — gritou a cozinheira.

Catherine jamais toleraria tamanha algazarra em sua casa. Claybourne precisava de uma esposa e, antes de completar tal pensamento, ela se lembrou de que ele estava mesmo atrás de uma. Caso contrário, a parceria deles não existiria.

O mordomo entrou na cozinha, arregalando os olhos ao avistar Catherine.

— Preciso ver Claybourne — anunciou Catherine sem preâmbulos.

— Ele está acamado, senhora.

— Ele está doente?

— Não discuto os assuntos do meu senhorio.

— Preciso vê-lo. É uma questão de vida ou morte. Ouso dizer que você será demitido se ele souber que eu estive aqui e não fui imediatamente levada até ele.

O criado a estudou por um longo momento, como se pudesse ter a audácia de argumentar, antes de se curvar ligeiramente.

— Pode me acompanhar, por favor.

Ela o seguiu para fora da cozinha e para o corredor.

— Senhora...

— Ninguém sabe que estou aqui — interrompeu ela, certa de que ele tinha planos de distraí-la de seu propósito. E muito consciente, pela maneira como se dirigia a ela, de que o homem não tinha ideia da posição dela na sociedade, o que Catherine considerava uma vantagem.

Ele suspirou como se a presença dela fosse um fardo enorme demais para suportar. Enquanto o acompanhava pela escada, Catherine pensou em perguntar:

— Ele está sozinho, não é?

— Sim, senhora.

Catherine de repente se perguntou o que raios estava fazendo ali. Além de ser imprudente, a relação dos dois era de mestre e servente, com ela sendo a mestra. Não, não era. Era uma parceria. E ela precisava dele com boa saúde para cumprir sua parte do negócio. Assim, ela deveria verificar como Claybourne estava e ver se ele precisava de alguma coisa.

Depois que chegaram ao topo da escada, o mordomo caminhou pelo corredor até uma porta fechada. Catherine pegou uma lamparina de uma mesa próxima.

— Pode esperar aqui e... — começou ele ao abrir a porta.

Mas Catherine não tinha planos de esperar, não queria correr o risco de Claybourne insistir para que o criado a retirasse do local. Antes que o mordomo pudesse anunciá-la ou discutir a sua presença com Claybourne, ela passou por ele dizendo:

— Seus serviços não são mais necessários.

Catherine fechou a porta na cara atordoada do homem e, em seguida, se virou para encarar a pessoa deitada na grande cama de dossel.

Claybourne puxou o lençol sobre seus quadris, mas não antes de ela avistar uma incrível extensão de perna nua, coxa firme e bunda arredondada. Ele não estava vestindo um pijama. Aparentemente, ele não estava vestindo nada.

— O que você está fazendo aqui? — perguntou ele, pressionando a mão na testa. — Mandei... um bilhete.

— Você está com dor.

— Sei muito bem disso.

— Levou alguma pancada ontem?

— Não seja ridícula. Vá embora.

Catherine lembrou-se de como seu pai havia sofrido terríveis dores de cabeça, e então uma noite...

— Você precisa chamar seu médico, o dr. Graves.

— Ele já esteve aqui. É só a minha cabeça. Estarei bem pela manhã. Deixe-me sozinho.

— Você diz isso como se já tivesse acontecido antes.

Ela deu um passo mais perto da cama. O quarto não cheirava como o de um doente, não cheirava como o de seu pai.

Tinha apenas a fragrância forte e mordaz de um homem. Por algum motivo estranho, o aroma a atraía, mais que o aroma das flores de um jardim.

— Você não foi ferido ontem à noite, foi? — perguntou de novo.

— Não — respondeu o conde, um pouco ofegante.

Ela colocou a lamparina sobre a mesa de cabeceira, retirou sua capa e a colocou sobre uma cadeira próxima. Então, sentou-se à beira da cama.

— Isso não é apropri... — começou ele.

— Xiu! Desde quando você se preocupa com o que é certo? Apenas fique quieto.

Inclinando-se para a frente, ela colocou as mãos em cada lado da cabeça dele e, com os dedos, começou a massagear suavemente as têmporas. Claybourne estava com a testa franzida e a mandíbula travada, e era possível ver a dor nos olhos prateados enquanto ele a encarava.

— Você está jogando um jogo muito perigoso, Catherine.

— Ninguém sabe que estou aqui. Tomei precauções e fui muito cuidadosa. Nem o homem que me seguia estava por perto.

— O quê?

Ele sentou-se na cama, gemeu, apertou a cabeça e deitou--se de novo.

— Droga, droga, droga — resmungou, ofegando.

— Praguejar três vezes é mais eficaz do que praguejar só uma? — perguntou ela.

O conde riu baixinho.

— Dificilmente, mas me traz alguma satisfação. Mas me diga... que homem é esse que está seguindo você?

— Só se você fechar os olhos e me permitir fazer o que eu puder para aliviar sua dor. Meu pai também sofria com dores de cabeça terríveis. Aplicar pressão nas têmporas ajudava.

Ela estava perto o suficiente para ver que Claybourne não era desacostumado à dor — seu corpo trazia evidências na forma de pequenas cicatrizes aqui e ali em um peitoral muito atraente. Catherine odiava pensar nele suportando qualquer tipo de desconforto. O que ele fizera para merecer uma vida tão dura? Uma vida que mesmo naquele momento, quando tinha quase tudo, ainda era sofrida.

— Feche os olhos — ordenou ela.

Para sua imensa surpresa, ele obedeceu sem discutir.

— Você não deveria...

— Xiu — interrompeu ela. — Só relaxe. Vou apagar a lamparina.

Ela se afastou para apagar a chama da lamparina na mesa ao lado da cama. Claybourne gemeu como se a dor tivesse aumentado. Voltando as mãos ao rosto dele, ela começou a fazer movimentos circulares com os dedos sobre as têmporas.

— Sua mão.

— Não está doendo — mentiu ela, sem saber ao certo por que sentia tanta necessidade de aliviar o sofrimento dele, mesmo às custas de seu próprio conforto.

Talvez a briga da noite anterior tivesse formado um vínculo entre os dois. Eles travaram a mesma batalha e sobreviveram.

— Você mandou um bilhete para Frannie?

Ele mexeu a cabeça levemente de um lado para o outro.

— Eles vão saber.

Então aquilo era algo que ele já havia sofrido antes, e, sem dúvida, sozinho. Por que Frannie não estava ali para aliviar a dor dele?

— O que o dr. Graves recomendou?

— Ele me deu um pó. Não adiantou. — A respiração dele ficou menos ofegante. — Agora, conte-me sobre esse homem.

Mesmo com dor, ele ainda estava preocupado com ela. E mesmo que estivesse sozinha no quarto dele — sentada na *cama* dele —, Claybourne estava agindo como um perfeito cavalheiro. Catherine sempre pensara em Lucian Langdon como um canalha, ou termos menos lisonjeiros, mas estava descobrindo que a lenda do Conde Diabo passava longe da realidade. A lenda era a de um homem a ser desprezado, enquanto a realidade era a de um homem que ela achava que poderia muito facilmente gostar. Ela queria acabar com o desconforto dele e trazer-lhe o alívio que podia.

— Não sei. Talvez seja coisa da minha cabeça, mas não paro de achar que estou vendo um cavalheiro. Acho que é a mesma pessoa sempre. É difícil dizer, porque não consigo ver direito o rosto dele. Ele sempre se vira, e seria totalmente impróprio da minha parte me aproximar.

— Então talvez não seja nada.

— Foi o que tentei dizer a mim mesma, mas é ele tentando não ser notado que acaba chamando a minha atenção. Ontem entrei em várias lojas, fiz compras desnecessárias, e ele sempre parecia estar me esperando sair dos estabelecimentos. Quando procurei para ver se mais alguém estava por perto e voltei a olhar para trás, para onde ele estava, ele tinha desaparecido.

— Talvez seja um de seus muitos admiradores.

Ela riu.

— Não tenho admiradores.

— Acho difícil.

O conde parecia estar prestes a adormecer, e ela ficou feliz por sua massagem estar diminuindo as dores dele. Catherine tentou abafar a centelha de inveja que se acendeu ao pensar em Frannie cuidando de Claybourne. Ela gostava de Frannie. De verdade. A ruiva era doce, gentil e despretensiosa. Catherine entendia o medo dela em adentrar a sociedade aristocrática, onde as mulheres eram muito mais confiantes.

— Esse sujeito... tem alguma razão para ele estar seguindo você? — perguntou Claybourne.

— Não que eu saiba. Você acha que ele é o responsável pelo ataque da noite passada?

Ele abriu os olhos e franziu a testa de preocupação.

— Por que acha isso?

— Parece coincidência demais. Não consigo pensar em um motivo para alguém me seguir.

— Tenho certeza de que o ataque de ontem à noite teve mais a ver comigo do que com você. Uma descrição do sujeito seria útil.

— Útil para quê?

— Para determinar quem ele é.

— Ah, e por acaso você conhece todos os bandidos de Londres?

— Conheço muitos. Então, qual é a aparência dele?

— Ele usa um chapéu grande puxado para baixo, então não tenho certeza da cor do cabelo dele. Escuro, acho. Suas feições são de alguém rústico, difíceis de descrever porque não há nada de diferente nelas.

— Você o reconheceria se o visse novamente?

— É provável, mas não se preocupe com isso agora — falou ela baixinho. — Você precisa ficar bom primeiro.

Claybourne mal assentiu antes de fechar os olhos novamente.

— Continue falando — ordenou ele, com tanta delicadeza que pareceu mais um apelo.

— Sobre o quê?

— Diga-me… como estão indo as aulas com a Frannie.

Catherine suspirou. Era esperado que ele quisesse ouvir sobre sua amada.

— Vão muito bem. Ela é brilhante, como você disse. Mas acho que precisamos expandir as lições para além do local de trabalho dela. Acho que talvez fosse melhor tê-las aqui. Por exemplo, não há um serviço de chá no Dodger, nem salão de visitas. Não é o mundo de uma dama.

— Aqui… também não é o mundo de uma dama.

— Mas será, assim que você se casar. Vamos discutir isso quando estiver se sentindo melhor.

Ele deu um meio-sorriso.

— Você não gosta de perder discussões.

— Não percebi que estávamos discutindo, mas por acaso alguém gosta? — perguntou ela, e inclinou-se perto do ouvido dele para dizer: — Durma. Você acordará sem dor alguma.

Os braços dela estavam ficando cansados, então se mexeu para apoiar os cotovelos na cama. Catherine não pensou que mudar de posição colocaria seus seios contra o peito dele. Mas Claybourne estava longe demais mentalmente para notar qualquer coisa, enquanto ela estava muito consciente de seus mamilos enrijecendo. Quase dolorosamente. Talvez ambos fossem terminar a noite com dor.

No entanto, ela não podia negar que estava feliz com a posição atual.

Continuou a massagear as têmporas de Claybourne. Com os polegares, passou a acariciar suas bochechas.

O tempo todo, notou as linhas finas gravadas no rosto dele. Claybourne não tinha muito mais de 30 anos e, no entanto, as dificuldades da vida marcaram suas feições. Naquela primeira noite na biblioteca, ela havia estudado o retrato do homem que deveria ter sido conde antes dele. Não era difícil perceber as semelhanças. Mesmo que Claybourne afirmasse que não havia nenhuma, ela discordava. Quão diferente o retrato seria se aquele homem tivesse vivido uma vida tão dura quanto a deste homem que ela confortava naquele momento?

Catherine não gostava de admitir o quanto estava preocupada, o quanto passara a se preocupar com ele. Como amigo, apenas isso. Nunca haveria nada além de amizade entre os dois.

Ele estava apaixonado por Frannie, e Catherine... bem, Catherine ainda não tinha conhecido alguém capaz de reivindicar seu coração. Embora não pudesse negar que Claybourne a abalava. Sua estranha honestidade. Sua disposição de defendê-la. A profundidade do amor que tinha por outra mulher e o quanto se esforçava para tê-la em sua vida.

Catherine não conseguia imaginar como era ter tamanha devoção de um homem. Por ter conhecido Claybourne, era difícil pensar que se contentaria com menos que isso quando tivesse um marido — se um dia conhecesse um homem com quem pensasse que poderia se contentar em se casar.

Ela sentiu Claybourne relaxando, caindo no sono.

Provavelmente poderia sair agora, mas não tinha a menor vontade de ir. Contra qualquer tipo de bom senso, ela deitou a cabeça no peito dele, ouvindo o palpitar constante do coração.

O conde estivera sofrendo intensamente e, mesmo assim, ainda fora atencioso o bastante para lhe enviar um bilhete.

Atencioso. Ela não esperava isso dele.

Gentil. Honesto. Corajoso. Cortês. Afetuoso.

Catherine achou que precisaria lidar com o diabo, mas, aos poucos, pelo menos aos olhos dela, Claybourne estava começando a parecer mais um anjo.

Um anjo sombrio, com certeza, mas um anjo mesmo assim.

— *Mamãe!*

— *Shh, querido, temos que ficar quietinhos. Estamos jogando um jogo. Vamos nos esconder do papai.*

— *Tô com medo.*

— *Não tenha medo, querido. A mamãe nunca vai deixar nada de ruim acontecer...*

Luke acordou com um susto, sentindo um peso em seu peito. O sonho estava trazendo de volta a dor de cabeça contra a qual ele estivera lutando o dia todo, desde que saíra da casa de Marcus Langdon. Mas não era em Langdon que ele não parava de pensar. Era no beco — nas facas, nos pedaços de madeira, na crueldade do ataque. Luke não parava de ver Catherine, como na noite anterior, pelo canto do olho, defendendo-o, erguendo o braço para levar o golpe no lugar dele.

Ele geralmente mandava seu cocheiro fazer um caminho que dava voltas para casa, porque haviam sido atacados mais de uma vez. Mas ficara imprudente desde que começara sua parceria com Catherine. Queria levá-la para casa o mais rápido possível, para não ter que passar mais tempo do que o necessário na carruagem inalando sua doce fragrância, conversando, conhecendo-a, passando a vê-la como mais que a filha mimada de um duque.

Luke evitava a aristocracia porque não queria ver as semelhanças. Ele não queria vê-los como pessoas dignas de respeito. Por meio de Catherine, ele estava começando a entender que os nobres tinham medos, sonhos, esperanças e fardos. Que tinham problemas como todo mundo e os enfrentavam — como todo mundo.

Se os visse como realmente eram, suas ações para se tornar um deles o deixariam ainda mais envergonhado. Luke fora criado para sobreviver tomando o que não era seu por direito. Se ele declarasse que não era o conde de Claybourne, será que perdoariam seus pecados? Ou será que o levariam à forca?

A verdade é que ele preferiria muito mais valsar com Catherine em um salão de baile.

Ele se afastou do lugar letárgico que seus pensamentos estavam perseguindo. Por que estava pensando em Catherine? Sonhando com Catherine? Por que estava sentindo o cheiro dela?

Luke abriu os olhos e analisou o peso sobre seu peito.

Catherine? O que ela estava fazendo...

Então lembrou-se: da chegada dela, da massagem nas têmporas, de cair em um sono profundo.

Será que algum dia ele já tinha dormido tão profundamente desse jeito?

Até o sonho… Quando tentou se lembrar mais, sua cabeça começou a latejar sem piedade, então desistiu. As dores de cabeça não eram tão frequentes em Londres, mas eram uma ocorrência quase diária quando estava em sua casa de campo. Algo no ar não fazia bem para ele. Luke tinha quase certeza disso.

Virou a cabeça levemente e viu a mão enfaixada de Catherine manchada de sangue e apoiada no travesseiro, onde sem dúvida havia caído depois que ela sucumbira ao sono. Massageá-lo *fora* dolorido para ela, e ele deveria dar-lhe uma bronca.

Mas havia sido tão reconfortante não estar sozinho com sua dor. Ele poderia pensar em mil razões pelas quais aquela mulher não deveria estar ali. A pior delas era que ela era uma tentação que Luke não sentia havia muito tempo.

É porque faz tempo que não me deito com uma mulher, disse a si mesmo. Queria acreditar nisso. Do mesmo jeito que o velhote queria acreditar que tinha encontrado o neto, Luke queria acreditar que o que estava começando a sentir por Catherine era apenas luxúria, apenas necessidades carnais — que ela atiçava seus desejos e nada mais.

Afinal, um homem não podia amar duas mulheres, e seu coração já era de Frannie. Sempre pertencera a ela. Catherine era apenas… corajosa, forte, determinada. E irritante.

Enquanto pensava em como ela era enervante, como nunca se curvaria à vontade de um homem, ele pegou vários fios soltos de seu cabelo entre o polegar e o indicador e acariciou-os suavemente, imaginando soltar todas as mechas e sentir a sedosidade do cabelo dela cascatear sobre seu peito.

Como gostaria de enterrar o rosto nele. Como gostaria de sentir mais que a sedosidade daquele cabelo. Como gostaria de sentir a delicadeza de sua pele. Como gostaria de mergulhar dentro dela, de ser cercado por seu calor, seu cheiro, sua maciez.

O gemido de desejo saiu sem permissão.

Ela abriu os olhos e sorriu para ele, inocente do tormento que causava ao corpo dele.

— Como está sua cabeça? — perguntou ela, como se acordar no quarto de um homem fosse tão natural quanto tomar chá no café da manhã.

— Muito melhor.

— Que bom.

Ela se mexeu, e Luke percebeu alarmado que a tenda entre suas pernas evidenciaria a reação do corpo dele ao tê-la tão perto. Qualquer outra mulher solteira poderia não saber o que aquilo significava, mas Catherine não tinha dito a Jack que fantasiava sobre homens? E se ela fantasiava, então sabia…

Estendendo a mão, ele embalou a bochecha dela para evitar que ela virasse o rosto em uma direção que, sem dúvida, causaria constrangimento para os dois.

— Preciso de um momento.

Ela franziu a testa.

— Para ter certeza de que a dor de cabeça não vai voltar? — Ela passou os dedos sobre o cabelo na testa dele.

— Não deveria, pelo menos não por um tempo. Acho.

Aquilo não estava ajudando em nada. Na verdade, estava só aumentando a tenda de lençol.

— Como você sabia o que fazer? — perguntou Luke, procurando uma distração, qualquer coisa para mantê-la ocupada e dar a si mesmo a chance de recuperar o controle de sua ereção rebelde.

— Eu falei. Meu pai sofria com dores de cabeça.

— Ouvi dizer que ele está doente.

Assentindo, Catherine sentou-se um pouco mais reta e colocou as mãos no colo.

— Sim, ele teve um ataque apoplético.

Luke baixou o braço para não tocar mais nela.

— Sinto muito. Isso é um fardo e tanto para você carregar. Seu irmão não deveria estar aqui?

— Meu irmão não sabe. Ele e meu pai brigaram, e Sterling partiu. Não sei o motivo da briga, ouvi apenas gritos. Aposto que você não sabia disso.

— Não mesmo.

— Todo mundo acha que Sterling é irresponsável, um canalha. Já pensei em escrever para contar a ele, mas meu pai fica muito agitado sempre que menciono isso. Porém, nos últimos tempos, ando pensando sobre o que você disse, sobre o desejo do antigo conde de que você fosse seu neto... E se o desejo mais profundo do meu pai for ver seu filho mais uma vez antes de morrer, mas ele for orgulhoso demais para admitir? Será que Sterling vai me perdoar se eu não escrever para ele? Se eu não contar a verdade? Você escreveria?

As palavras o pegaram de surpresa, o suficiente para que seu corpo voltasse a um estado mais normal. *Graças a Deus. Graças a Deus.*

— Você quer que eu escreva para o seu irmão?

Ela sorriu com doçura.

— Não, claro que não. Mas será que *eu* deveria? Mesmo sabendo que meu pai não quer que eu faça isso? Se ele fosse seu pai, você gostaria de saber?

— Acho que você tem que buscar a resposta dentro de si. Faça o que seu coração mandar.

Catherine soltou uma pequena gargalhada, e Luke sentiu que ela estava achando graça de si mesma. Será que ele conhecia alguma mulher tão confortável consigo mesma quanto Catherine? Quando ele matasse por ela, o que ele também mataria dentro dela? Como suas ações a afetariam? Ele achava que fazer qualquer coisa para mudá-la seria um crime pior que tudo, um pecado imperdoável.

— Sabia que, antes da noite em que apareci na sua biblioteca, pensava que você era um homem sem coração?

— E estava certa.

Ela balançou a cabeça levemente.

— Não, acho que não. Você é um homem muito complexo. Eu nem tenho certeza se percebe o quão complexo é. — Ela passou os dedos sobre o ombro dele. — Como ganhou essas cicatrizes?

O corpo do conde reagiu rapidamente, e ele agarrou a mão dela, a mão machucada. Ela ofegou. Ele praguejou.

— Perdão — falou ele, beijando os dedos dela com cuidado. — Você realmente não deveria... você só não deveria...

Catherine arregalou os olhos, como se finalmente tivesse acordado e percebido que...

— Minha nossa! Claro que não deveria. Estou no quarto de um homem! Jesus! Perdão! O que eu estava pensando? Vou sair agora mesmo.

Ela saiu da cama rapidamente e correu para a porta. Ele rolou para o lado, longe dela, mas virou a cabeça para trás para olhá-la.

— Catherine? — Ela parou na porta, com a mão na maçaneta, o rosto escondido. — Diga-me que você não mandou sua carruagem deixá-la na porta da minha casa.

Ela negou com a cabeça.

— No parque, mas disse ao cocheiro para não esperar.

— Então me dê alguns minutos para ficar apresentável e eu a acompanho até em casa.

Assentindo, ela abriu a porta e saiu. Ele rolou de costas e olhou para o dossel de veludo sobre sua cama. Nunca tivera uma mulher em seu quarto, em sua cama, sem fazer amor com ela. Parecia inconcebível que isso tivesse acontecido na noite anterior, mas o que era ainda mais incrível era a imensa satisfação que ele sentira em simplesmente tê-la ali. Parecia o suficiente.

Ah, ele queria mais, muito mais, mas o que ela tinha dado era o suficiente.

Luke amava Frannie, sempre amara Frannie. Mas, ultimamente, só conseguia pensar em Catherine.

11

Catherine estava envergonhada. Pura e simples vergonha.

Sentando-se em um banco no corredor, ela tentou controlar o tremor que tomara seu corpo. Estivera conversando com um homem no quarto dele — e pior que isso: na cama dele! — como se estivessem tomando chá com biscoitos num jardim! Com nada além de um lençol fino escondendo os tesouros do corpo dele.

E como ela queria explorar aqueles tesouros...

Adormecer apoiada nele tinha sido incrível. O conde tinha um peitoral magnífico, e nem mesmo as cicatrizes diminuíam sua beleza natural. Ele certamente não ganhara nenhuma delas depois de ter ido morar ali, deviam ser da época em que vivia nas ruas.

Catherine queria chorar pelo que ele devia ter suportado.

Quem poderia culpá-lo por recorrer a mentiras para ter uma vida melhor?

Ela queria abraçá-lo apertado, acariciá-lo e sumir com todas as lembranças ruins que com certeza deviam assombrá-lo. Não era espanto algum que ele sofresse com dores de cabeça debilitantes. Quem não teria enxaquecas ao se lembrar de experiências horrendas que ele certamente tivera?

Será que Catherine estava aumentando o fardo dele ao pedir que matasse por ela? Quando Claybourne abrisse mão da última parte de sua alma, também estaria abrindo mão de sua humanidade?

Ela não esperava que ele fosse gentil. Muito menos carinhoso.

Antes, se alguém lhe perguntasse quem seria o pior homem de toda a Inglaterra para se casar, quem bateria em sua esposa e aterrorizaria os filhos, que se importaria apenas com as próprias necessidades, desejos e vontades, quem se colocaria acima de todos os outros — se alguém tivesse lhe perguntado tudo isso, Catherine teria respondido "Claybourne" sem hesitar. Ela o havia procurado porque acreditava que ele era pior que Avendale, pois, para destruir um diabo, era necessário outro.

Mas ele era muito diferente do que ela imaginara.

Por Deus, ele nem havia se aproveitado da presença dela em sua cama! E tal comportamento cavalheiresco, para a eterna vergonha de Catherine, a decepcionou mais que tudo.

A porta do quarto se abriu e ele saiu. Vestido. Totalmente vestido. Agradeça ao Senhor por pequenos favores, mesmo que eles sejam acompanhados de um pouco de arrependimento.

— Eu me sinto uma fracote — disse ela. — Não há necessidade de você me acompanhar até em casa. Se puder apenas me oferecer sua carruagem...

— Você acha mesmo que, depois de sermos atacados por bandidos, vou simplesmente colocá-la em uma carruagem sem garantir que chegue segura em casa?

Antes que ela pudesse discutir, a barriga dele roncou alto, e Catherine pensou tê-lo visto corar. Quem diria que o

Conde Diabo ficaria envergonhado com tamanha facilidade? Catherine teria achado fofo se ele não fosse tão másculo. Claybourne era muito diferente do que ela pensara. Sim, podia ser formidável quando queria — ela nunca esqueceria como ele a fizera estremecer na biblioteca e questionar se fora sábio procurá-lo —, mas também podia ser igualmente gentil.

— Peço desculpas — disse ele. — Não consigo comer quando tenho dor de cabeça e, agora que estou me sentindo melhor, estou com fome — explicou, olhando para o relógio do corredor. — Temos algumas horas antes do amanhecer. Gostaria de tomar café da manhã?

Ela tinha toda a intenção de ser adequada e dizer não, mas ouviu-se responder:

— Claro.

Graças a Deus, sua boca foi sábia o suficiente para se fechar antes de acrescentar que *adoraria*. Como o mordomo dele parecia não saber quem ela era, talvez não virasse alvo de fofocas.

Para sua surpresa, ele não acordou a cozinheira depois de chegarem na cozinha. Em vez disso, o conde sentou Catherine em uma cadeira à mesa, pegou alguns panos e segurou a mão dela.

— Pensei que íamos comer — protestou, enquanto ele abria o curativo.

— E vamos — respondeu ele, estudando a mão dela. — Não parece muito ruim. Está doendo?

— Um pouco, mas nada que eu não possa suportar.

Ele a encarou e ela ficou impressionada com a força de seu olhar, como se ele tivesse o poder de perscrutar seu coração.

— Ontem à noite você mentiu quando disse que não estava doendo.

— Não estava doendo muito. De verdade.

— Foi o suficiente para fazê-la sangrar.

— Parece um tanto ingrato da sua parte falar isso depois que me esforcei para fazer sua dor sumir.

A boca dele se contorceu levemente.

— Suponho que seu argumento seja válido.

Com muita delicadeza, Claybourne começou a enrolar uma tira de pano limpa em volta da mão dela.

— Seremos iguais agora — comentou ela. — Cada um com uma cicatriz na mão. A sua é da prisão, não é?

— É, sim.

— Notei que o sr. Dodger tem uma, mas a sua é bem diferente.

— A minha me envergonhou, por isso tentei cortá-la. Só serviu para deixá-la ainda mais perceptível.

Catherine sentiu o estômago embrulhar ao imaginá-lo mutilando a si mesmo. Ele deveria ter querido desesperadamente se livrar da marca...

— Você ficou muito tempo preso?

— Três meses.

— E qual foi o seu crime?

O conde deu um sorriso arrogante.

— Ter sido pego.

Ele se levantou, e ela agarrou o pulso dele.

— O que você fez?

— Roubei um pedaço de queijo. Não é fácil correr com um bloco de queijo. Lição aprendida: roubar itens menores — contou, afastando-se. — Minha omelete de presunto e queijo é muito boa. Gostaria?

— Achei que você odiaria queijo, já que foi pego roubando um.

— Pelo contrário. Adoro queijo. Por que acha que tentei roubar um?

Catherine observou enquanto ele tirava o paletó, colocava-o sobre uma cadeira e arregaçava as mangas.

— Você mesmo vai cozinhar? — perguntou Catherine.

Claybourne abriu um sorriso autodepreciativo.

— Tenho horários estranhos. Muitas vezes não consigo dormir. Seria injusto pedir à cozinheira para trabalhar nesse período.

— Mas esse é o objetivo de ter criados: para que eles fiquem à sua disposição.

— Eles estão disponíveis quando eu preciso. Mas, no momento, não preciso — afirmou, e acendeu a lenha já empilhada no fogão. — Vê? Minha cozinheira deixa tudo pronto para mim.

O conde olhou para ela e arqueou uma sobrancelha.

— Omelete?

— Sim, por favor. O que posso fazer para ajudar?

Catherine começou a se levantar, mas ele gesticulou para que ela ficasse onde estava.

— Você já fez o suficiente, Catherine. Agora é a minha vez de fazer algo por você. Relaxe e aproveite.

Ela o observou mover-se pela cozinha. Ele sabia onde tudo ficava. Inclinando-se para a frente, ela apoiou os cotovelos sobre a mesa e o queixo na palma da mão que não estava machucada.

— Por acaso isso é um sorrisinho no seu rosto? — perguntou ela, pensativa.

O sorriso o transformava.

• 167 •

— Eu gosto muito de cozinhar — disse Claybourne, antes de quebrar ovos em uma tigela e mexê-los. — Traz boas lembranças.

— Da sua casa? Antes de ficar órfão?

Ele parou por um momento, meneando a cabeça, e voltou a mexer os ovos.

— Não. Quando ficamos mais velhos, Frannie começou a cozinhar. Eu gostava de observá-la. Ela era como uma mãezinha.

— Quando você morava com aquele homem? Feagan?

— Isso, Feagan.

Ele acrescentou o presunto e o queijo, depois bateu os ovos mais um pouco antes de despejar tudo na frigideira que esquentava no fogão.

— Seu castigo por roubar queijo parece ter sido um pouco excessivo — comentou ela.

— Eu também pensava assim, e por isso jurei nunca mais ser pego.

— Como foi crescer com o Feagan? De verdade.

Claybourne estudou os ovos cozinhando na frigideira. Ela achou que ele não ia responder, mas então ele disse:

— Cheio, muito cheio. Morávamos e dormíamos em um único quarto, nos encolhendo e nos abraçando para não morrermos de frio. Mas não passamos fome. E todos se sentiam bem-vindos. A primeira vez que entrei na casa do Feagan foi uma experiência muito diferente da primeira vez que entrei em um salão de festas.

— Suspeito que sua idade tenha algo a ver com a forma como você foi recebido. Crianças sempre se animam mais com novos companheiros de brincadeira do que os adultos.

— Talvez.

— Ando lendo *Oliver Twist* para o meu pai. É a história...

— Eu li.

— E Dickens estava certo?

— Ele pintou um retrato muito preciso da vida na periferia, sim.

— Não era uma vida muito agradável, então.

— Por quem você morreria, Catherine?

Que pergunta estranha. Claybourne a olhou por cima do ombro, como se realmente esperasse uma resposta.

— Nunca pensei nisso. Acho que... hum... Realmente não sei. Meu pai, eu acho. Meu irmão. Não sei.

— A questão principal sobre a forma como eu vivia quando menino é que ela me deu amigos pelos quais eu morreria. Então, por mais que eu tenha passado por momentos horríveis no geral, não era uma maneira tão horrível de viver. Ela nos uniu de uma maneira que uma vida mais fácil talvez não fizesse. — Claybourne colocou a omelete em um prato. Juntando-se a ela na mesa, ele colocou o prato entre eles, entregou-lhe um garfo e uma faca antes de abrir um sorriso irônico. — Só sei fazer um de cada vez. Ou deixamos este esfriar enquanto eu cozinho outro, ou compartilhamos.

Ele parecia estar esperando que ela respondesse. Compartilhar parecia algo tão íntimo, mas, de certa forma, Catherine já havia compartilhado a cama dele...

— Não me importo de compartilhar — disse ela.

O conde sorriu como se achasse aquela resposta divertida.

— Quer um pouco de leite?

— Sim, por favor.

Ele tirou uma garrafa da caixa gelada, serviu leite em um copo e o colocou sobre a mesa. Então, esticou as mangas e vestiu o paletó antes de se sentar à mesa com ela.

— Experimente — ordenou.

Catherine cortou um pouco de omelete e colocou na boca. Mastigou, engoliu e então sorriu para ele.

— É muito bom.

— Achou que não seria?

— Nunca conheci um lorde que sabia cozinhar.

— Mas nós dois sabemos que sou mais que um mero lorde — comentou ele, cortando um pedaço bem maior e comendo.

— Eu estava tomando chá com algumas damas outro dia — começou Catherine —, e uma delas mencionou que você não acha que crianças devem obedecer à lei.

— E de onde ela tirou uma ideia dessas?

— Ela disse que leu em um texto que você escreveu no *Times*.

— Não, o que eu argumentei foi que não devemos esperar que as crianças, mesmo as com mais de 7 anos, entendam a lei e, portanto, não devemos puni-las como se tivessem o poder de raciocínio de um adulto.

— Mas a lei deve valer para todas as pessoas.

— De fato, mas uma criança não percebe que está infringindo a lei.

— Mas se ela for punida, vai aprender a diferença entre o certo e o errado.

— Você está presumindo que foi ensinado para essa criança o que é certo e errado, e que ela está escolhendo fazer o que é errado. Mas as coisas não são assim quando você é uma criança das ruas. Dizem a você que é um jogo. "Está vendo aquele carrinho com as maçãs? Você precisa pegar uma maçã sem ser vista. E se você for vista, precisa correr o mais rápido que puder e não ser pega. Traga uma dúzia de maçãs e seu prêmio será uma delas. Assim você não irá para a cama com fome." As crianças acreditam que os carrinhos estão lá por causa do jogo. E, quando são pegas, são punidas como se soubessem a verdade. Outro dia, soube de uma menina de 8 anos que foi mandada para a prisão por três meses por roubar doces, que provavelmente não valiam mais que um centavo.

Quanto mais falava, mais ele soava indignado, o que a surpreendia. Catherine nunca imaginaria que aquele homem se importava com crianças ou com a reforma prisional. Ela pensava que Claybourne era do tipo que se importava apenas com o próprio prazer.

De repente, ela perdeu a fome, mas ele tinha se esforçado tanto para fazer a omelete...

— Foi isso que aconteceu com você?

Ele meneou lentamente a cabeça.

— Não, eu tinha mais noção. Não sei como sabia a verdade, mas sabia.

Ele cortou mais da omelete e estudou o pedaço na ponta de seu garfo antes de olhar para ela.

— Você é encantadora em conversas durante a refeição. Espero que não seja isso que esteja ensinando a Frannie.

Não importava em que direção a conversa fosse, sempre voltava para Frannie. Catherine não conseguia imaginar ser tão adorada por um cavalheiro a ponto de nunca sair da cabeça dele. Ela nunca tinha invejado ninguém, e não achava que o que sentia por Frannie era inveja, mas se viu desejando o que a jovem tinha — o que ela tinha e estava com medo de aceitar.

— Você já falou sobre esse assunto no Parlamento? — perguntou.

— Não. Eu ainda não ganhei a aceitação dos outros, e até que isso aconteça, eles não vão ouvir nada do que eu diga ou me dar qualquer crédito.

— É difícil culpá-los. Você não frequenta bailes ou outros eventos sociais...

— Não acho que eles sirvam de alguma coisa.

— Foi por isso que ignorou todos os meus convites?

— Até parece que está magoada.

— Ninguém gosta de ser rejeitada.

Ele colocou o cotovelo sobre a mesa e se inclinou em direção a ela.

— E *por que* me convidou?

Catherine inclinou o queixo com altivez. Ela não revelaria que ele sempre a intrigara.

— Era a coisa educada a se fazer.

O conde teve a audácia de rir, e ela ficou impressionada com a alegria daquela risada. Como se ele realmente tivesse achado graça, como se suspeitasse que ela não tivesse contado toda a verdade.

— E eu pensando que você tinha me convidado por ter um lado maléfico e por querer brincar com o diabo. Você acredita que é importante ser educada? — perguntou.

— Acredito. Sempre. Por exemplo, é muito rude colocar o cotovelo na mesa enquanto estamos comendo. Será que você, além de Frannie, também precisa de lições de etiqueta?

— Garanto que, quando a situação pede, tenho modos impecáveis.

— Como posso acreditar só em palavras? Talvez eu precise de provas. Você acha que seria possível para nós três, você, Frannie e eu, jantarmos aqui uma noite? Seus criados sabem o necessário para servir convidados?

— Acredito que sim. O velhote contratava apenas os melhores.

— Você nunca se refere a ele como seu avô.

— Como você bem sabe, ele não era.

— Tem certeza absoluta?

Claybourne baixou o olhar, e só então ela percebeu que havia se inclinado para a frente, colocando os cotovelos em cima da mesa. Os dois, ainda por cima. Uma ofensa muito pior. *Droga!* Ela se endireitou.

— Você está evitando a minha pergunta.

— O filho do velhote e sua esposa tinham levado o filho de 6 anos para passear no zoológico. O casal foi encontrado morto em um beco cercado de lixo. Acredito que, se eu fosse a criança, não me esqueceria tão cedo de ver meus pais sendo assassinados.

— A não ser que você tenha fugido, a não ser que não tenha visto.

Ele pareceu ponderar a ideia por um momento, mas negou com a cabeça.

— Ainda deveria me lembrar deles, mas não me lembro.

— Mas os nomes Lucian e Luke são muito parecidos...

— Coincidência.

Ele era irritante em sua determinação de desacreditar a hipótese de que fosse o herdeiro legítimo. Por razões que não conseguia explicar, Catherine queria que ele fosse — desesperadamente. Ela não queria que ele fosse um canalha que roubara o que pertencia a outro por direito.

— Quem são seus pais, então?

— Não faço a menor ideia. Na minha cabeça, é como se eu não existisse antes de ser levado para o Feagan.

— Então você poderia ser o menino.

· 173 ·

— É inconcebível que eu possa ser — garantiu ele, apertando a testa. — Quando fui levado para ele, Feagan teria reconhecido que eu era um nobre pela roupa que eu vestia. Ele teria se aproveitado da situação.

— Talvez suas roupas estivessem esfarrapadas na época em que você foi...

O conde bateu a mão na mesa, fazendo-a pular na cadeira.

— Por que está determinada a me fazer acreditar que sou quem eu não sou?

— O primeiro conde de Claybourne recebeu seu título por serviços prestados ao rei ou rainha. Ele ganhou o direito de passar esse título para o filho. Se você não é descendente desse primeiro conde, por mais que eu goste de você, é uma desonra para você ter o título.

— Como você bem sabe, vivo pela desonra.

— Não. Você fala como se o fizesse, mas suas ações mostram que você é um mentiroso. Você é muito mais honrado do que se dá crédito.

Ele estreitou os olhos.

— Suponho que você ache que eu deveria dar o título a Marcus Langdon.

— Não é uma questão de dar. É uma questão de a quem o título pertence por direito.

— O velhote acreditava que me pertencia. Em respeito aos seus desejos, vou mantê-lo até o meu último suspiro.

Catherine não conseguia acreditar na decepção que estava sentindo ao ouvir as palavras dele, ou no alívio. Apesar de todos os motivos que indicavam que ele não era o conde, ela precisava admitir que não conseguia imaginar outro como o conde de Claybourne.

Suspirando, ele esfregou as têmporas.

— Como acabamos nessa discussão?

— Sua cabeça está doendo de novo?

— Um pouco. Vai passar. E, por falar em passar, olha a hora. É melhor eu levá-la para casa.

Catherine ficou surpresa ao descobrir que a omelete havia desaparecido, embora ele tivesse comido a maior parte. Ela ouviu barulhos vindos da casa.

— Meus criados estão acordando.

Os dois ficaram de pé. Claybourne deu a volta na mesa, pegou a capa dela e a cobriu. As mãos dele pareceram demorar um pouco mais em seus ombros, e ela quase imaginou que ele lhe beijava a nuca. Um delicioso arrepio perpassou seu corpo.

— Obrigado — agradeceu ele baixinho, fazendo sua respiração arrepiar a pele sensível perto da orelha dela. — Por se importar.

— Preciso de você com saúde para cumprir sua parte do acordo — disse Catherine sucintamente, antes de se afastar e virar-se para encará-lo. — Acho que você está dando muito crédito às minhas ações.

Será que ele conseguia ver que ela estava ofegante? Que sua proximidade causava prazeres inexplicáveis por todo o corpo dela?

Rindo baixinho, ele passou por ela e abriu a porta. Ela ainda estava passando pelo portal quando ele disse:

— Então você não quer que eu a beije de novo?

Ele estava um pouco atrás, então não conseguia ver o rosto dela. Ainda assim, Catherine fechou os olhos e balançou a cabeça. Ela sentiu as mãos sem luvas dele — seus dedos fortes e quentes — embalarem seu queixo e virar sua cabeça.

Abriu os olhos para encontrar os orbes prateados fixos em sua boca.

— Que pena — disse ele, baixinho.

— A primeira vez que você me beijou foi para me intimidar. A segunda, para me distrair. Qual seria a sua desculpa desta vez?

— Eu não tenho a menor e maldita ideia.

Ela ficou imensamente satisfeita com aquela resposta, mas não quis revelar seus pensamentos.

— Um cavalheiro não usa palavrões na presença de uma dama.

— Mas eu e você sabemos que não sou um cavalheiro.

Ela lambeu os lábios, perguntando a si mesma que mal haveria em ter mais um gostinho dele.

Gemendo, ele a soltou e a conduziu pela porta. Catherine podia ouvir a cidade ganhando vida, entregas sendo feitas, e esperou enquanto ele mandava a carruagem ser preparada.

Claybourne não disse nada quando a carruagem chegou ou quando a ajudou a subir no veículo. Também continuou em silêncio enquanto viajavam pelas ruas. Somente quando chegaram no portão dela é que ele finalmente falou:

— Você me intriga, Catherine Mabry.

— Não tenho certeza se isso é algo bom.

— Perdão por não ser o homem que você gostaria que eu fosse.

— Na verdade, dou-lhe muito mais crédito pela sua honestidade do que você provavelmente merece.

— Provavelmente — concordou ele, tocando a ponta do nariz dela. — Nos vemos esta noite.

Ela assentiu.

— Certo.

Foi só quando ela fechou o portão atrás de si que o ouviu caminhando de volta para a carruagem. Aquele homem era uma contradição ambulante. Ele era mesmo um canalha ou não?

Catherine não sabia dizer. Entretanto, mais perturbador que isso era o fato de que ela não se importava mais com a resposta.

A exaustão a dominou assim que ela entrou em seu quarto. A cama a seduzia como o canto de uma sereia. Catherine usou todo o seu autocontrole para continuar paciente enquanto Jenny a ajudava a tirar a roupa. Catherine queria só rasgar o vestido e se jogar na cama. Lidar com Claybourne era sempre cansativo — e emocionante. O que só deixava tudo ainda mais cansativo.

Ela precisava estar sempre atenta, embora os dois tivessem chegado a uma espécie de companheirismo naquela manhã. Talvez se tornassem amigos e, quando ele se casasse com Frannie e eles passassem a frequentar mais os círculos de Catherine, o maldito conde finalmente aceitasse seus convites. Ou pelo menos sua esposa aceitaria…

Catherine se sentira atraída por ele na primeira noite em que o viu — em seu primeiro baile. Mas o que sentia naquele instante era mais profundo. Ela queria saber *tudo* sobre ele. Porque talvez, depois que soubesse de tudo a respeito dele, não ficasse mais intrigada.

Ela se arrastou para a cama, bocejou e pediu a Jenny que a acordasse às duas da tarde.

Precisava pegar os convites do baile. E, mesmo que Winnie ficasse abismada, Catherine estava determinada a enviar um para Claybourne. Nem que fosse só para irritá-lo. Ele não iria mesmo, então que problema teria?

Winnie nunca saberia, e isso daria a Catherine um gostinho de satisfação.

Antes mesmo de terminar de imaginar a reação de Claybourne, ela estava dormindo. Então, no que pareceu apenas questão de segundos, alguém estava tocando seu ombro gentilmente.

— Milady? Milady?

Ela tentou abrir os olhos.

— Que horas são?

— Duas da tarde.

Gemendo, Catherine jogou a coberta para o lado.

— Chegou um pacote — disse Jenny. — Coloquei na sua mesa.

— Um pacote?

— Sim, milady. Da Lord's.

— Da Lord's?

A loja era especializada nos melhores acessórios de vestuário, mas Catherine não tinha comprado nada lá nos últimos tempos.

Com a curiosidade instigada, foi descalça até a mesa, onde estava um pacote comprido. Ela o desembrulhou e encontrou um lindo porta-luvas florido pintado à mão. Dentro, colocado com delicadeza em um cetim macio, estava um requintado par de luvas de couro cor de creme.

— Algo errado, milady?

Só então Catherine percebeu que estava com os olhos marejados. Que bobagem! Ela nunca chorava.

— Não tinha nenhuma nota?

— Não, milady. O senhor que o entregou disse simplesmente que o pacote era para lady Catherine Mabry.

Claro que não havia nota, porque se houvesse, ela teria que queimá-la. As luvas eram um presente de Claybourne. Sua mão ferida estava dolorida, mas ela não resistiu a pedir que Jenny a ajudasse a vestir uma luva na mão ilesa. Coube perfeitamente.

Por Deus, como Catherine desejava que o conde não tivesse feito aquilo. Era muito mais fácil lidar com ele quando acreditava que era o diabo, mas muito mais difícil quando sabia que ele era um homem que poderia facilmente conquistar seu coração.

— Você perdeu o jeito. Ela percebeu que estava sendo seguida.

Luke havia decidido que precisava falar com Jim antes de encontrar Catherine para seu ritual noturno. Naquele momento, estava andando de um lado para o outro no alojamento de Jim. O lugar havia encolhido? Ele mal tinha espaço para esticar as pernas. Desde que Catherine deixara sua cama naquela manhã, Luke se sentia como uma fera voraz à espreita — sem saber direito o que estava caçando.

O que tinha dado nele para perguntar se ela queria mais um beijo? Por mais de um ano, o conde fora ferozmente leal a Frannie e não havia se interessado nem um pouco por outra mulher. Ele estava louco? O que tinha na cabeça para tentar aos dois com a promessa de um beijo? Ficara decepcionado, e ainda mais quando ela negou com a cabeça. Então ele fora à Lord's e comprara luvas novas, como um tolo apaixonado.

Não, repreendeu a si mesmo. Ele estava apenas substituindo o par que havia sido destruído quando foram atacados, substituindo luvas que naquele instante estavam guardadas em uma gaveta na mesinha em seu quarto de dormir. As que ele havia segurado e estudado naquela manhã depois de voltar para sua casa, pensando em quão perto Catherine chegara da morte.

Uma dor atravessou sua cabeça. Ele precisava parar de pensar no ataque no beco. Por que aquilo o incomodava tanto? Catherine não era nada para ele além de um meio para um fim.

— Ela não me viu — insistiu Jim, relaxado em sua poltrona junto ao fogo, como se não houvesse nada de errado no mundo.

— Sabe todas as compras que ela fez no começo da semana? Fez isso apenas para confundi-lo, para ter certeza de que você a estava seguindo.

— Se ela percebeu que alguém a seguia, não fui eu. Ela viu outra pessoa.

Jim parecia convicto. Não que Luke pudesse culpá-lo. Ele sempre fora o melhor, sem dúvidas. Era tão bom que conseguia cumprir suas funções na Scotland Yard durante a noite enquanto seguia Catherine durante o dia. Havia alegado apenas estar verificando algumas testemunhas de um assalto.

— Por que alguém a seguiria? — perguntou Luke.

— Talvez seja a pessoa que ela quer matar.

A ideia de que Catherine estava em perigo fez com que Luke começasse a suar frio.

— Você viu alguém a seguindo?

— Eu não estava prestando atenção em mais ninguém. Estava me concentrando nela e me certificando de não ser visto.

— Precisamos determinar se foi você que ela viu.

— Nossa, que ótima ideia. Por que não perguntamos a ela? E então a moça saberá que você mandou que eu a seguisse. Acha que ela vai gostar disso?

— Não sou tão burro assim. Precisamos criar uma oportunidade inocente de vocês se encontrarem.

Luke caminhou até a janela, moveu a cortina ligeiramente para o lado e espreitou para fora.

— Se ela me ver, vai conseguir me identificar depois e ficar desconfiada.

— Se ela fizer isso, podemos apenas dizer que eu fiquei preocupado com a segurança dela e que você passou a segui-la por isso.

— E como acha que podemos nos encontrar *inocentemente*?

De fato… Como fazer isso sem levantar suspeitas?

— Só precisamos de um plano simples — disse Luke baixinho. — Algo pequeno, fácil de realizar.

Ele considerou as suas opções e os jogadores à sua disposição. Finalmente, encarou Jim.

— Chame o Bill. Vamos jogar esta noite no Dodger's.

— Eu sempre gosto de um carteado, mas como vou encontrá-la assim?

— Pediremos para Frannie levar Catherine ao salão, *inocentemente*. A reação de Catherine ao vê-lo deve nos dizer tudo.

— Que desculpa Frannie usará para levá-la a um salão onde cavalheiros estão jogando cartas? Vai ficar evidente que é uma armação.

Luke dispensou as preocupações de Jim.

— Talvez Frannie queira me mostrar algo que aprendeu. Vamos deixar que ela decida a melhor desculpa. Não tenho dúvidas de que conseguirá levar Catherine para o salão sem levantar suspeitas.

Os filhos de Feagan eram todos hábeis em enganar os outros com facilidade — um talento que permitira Luke convencer o velhote de que era seu neto. O que pediria de Frannie naquela noite não era tão complicado, mas, de certa forma, ele temia o que podia ser ganhado ou perdido.

— Sabia que Luke nunca me beijou?

Catherine tirou os olhos de sua terrível tentativa de escrita. Enquanto Frannie estava escrevendo um cardápio que Claybourne poderia dar à cozinheira para o jantar que os três teriam na casa dele na noite seguinte, Catherine estava usando aquele tempo para testar sua capacidade de escrita, rabiscando bobagens. Com a mão ferida, ela estava com dificuldade para segurar o lápis corretamente. Como conseguiria ajudar Winnie a endereçar os convites para o baile? No entanto, essa preocupação passou para o fundo de sua mente ao ouvir a confissão de Frannie.

Catherine sentiu as bochechas ficarem quentes e se perguntou se Frannie sabia que Claybourne a havia beijado. Será que seus lábios naquele instante carregavam uma marca tão visível quanto a da mão dele?

Ela engoliu em seco.

— Porque ele a respeita.

— Suponho que sim... Sempre achei que um homem é incapaz de se controlar quando sente atração por uma mulher. Que devemos repreendê-lo e fazê-lo se comportar.

— Mas um cavalheiro não beija uma dama até estarem noivos, então, já que você ainda não aceitou a oferta de casamento dele... Você não aceitou, não é?

— Não. Ele não perguntou de novo, graças a Deus. Não estou pronta para dizer que sim — afirmou ela, apoiando o cotovelo na mesa e o queixo na mão. — Eu me senti tão mal naquela noite. Ele me levou na carruagem dele, que estava cheia de flores. Foi muito romântico.

— Parece ter sido — comentou Catherine, descobrindo outra coisa sobre Claybourne que nunca havia esperado. — Sorte a sua ter o amor dele.

— Sorte? — perguntou Frannie. — Trabalho a noite toda e depois tenho que ter aulas, enquanto o Luke fica por aí, jogando. O amor dele só aumentou meu fardo.

A fala surpreendeu Catherine. Ela nunca consideraria o amor de Claybourne como um fardo. Por um momento indelicado, sentiu que Frannie não o merecia, mas não cabia a ela julgar, ou decidir a quem ele deveria amar e quem deveria amá-lo.

— Pensei que ele ficasse aqui — disse Catherine.

Nunca havia perguntado o que o conde fazia enquanto ela dava aulas à Frannie.

— Ele fica, mas em um salão nos fundos, jogando cartas com Jack e os outros.

— Os outros?

— Amigos. Velhos conhecidos. Rapazes com quem crescemos. Se eu não tivesse que ter essas aulas, estaria jogando com eles. Prefiro jogar do que ter aulas.

— É tão difícil assim criar um cardápio?

— Para que precisamos servir tantos pratos diferentes? Uma pessoa realmente consegue comer tudo isso?

— São porções muito pequenas. Eu sei que você está nervosa, mas não é tão ruim assim.

— Ainda assim, não parece justo que tenhamos que trabalhar enquanto eles jogam. E não é justo que você tenha que me ensinar etiqueta enquanto eu não estou ensinando nada a você em troca.

Frannie estava ensinando mais do que sabia: ensinando Catherine sobre Claybourne. Será que ele beijara Catherine porque não tinha absolutamente nenhum respeito por ela? Ou será que a suposição de Frannie estava certa — ele não conseguira resistir porque se sentia atraído por Catherine? Não, com certeza era a primeira opção. Ele nunca deixara dúvidas de que Frannie era a dona de seu coração. As razões dele para beijar Catherine foram apenas para perturbá-la, provocá-la ou distraí-la. Não eram resultado da paixão, embora certamente parecessem.

— Você não precisa me ensinar nada — respondeu Catherine. — Meu acordo é com o Claybourne, e estou bastante satisfeita com isso.

— Mas não seria divertido pregar uma pequena peça no Luke?

Catherine não achava que ele era o tipo de pessoa que gostava de brincadeiras. No entanto, ficou intrigada com a ideia.

— Que tipo de peça?

Frannie abriu uma gaveta, pegou um baralho de cartas e o colocou sobre a mesa entre elas.

E então sorriu, um tanto arrogante — o primeiro sorriso verdadeiramente confiante que Catherine havia visto nela —, como se estivesse enfim confortável. Catherine percebeu que o sorriso a transformava e, pela primeira vez, viu o motivo da atração de Claybourne.

— Que tal eu ensiná-la a vencer um homem no seu próprio jogo?

Luke espiou o relógio, que herdara do velhote, antes de enfiá-lo de volta no bolso do colete. Estava quase na hora de levar Catherine para casa. Por que Frannie ainda não tinha aparecido com ela?

— Vai passar? — perguntou Jack.

Luke olhou para as cartas e depois para a porta.

— Elas já deveriam estar aqui.

— Levando em conta a teimosia de lady Catherine, imagino que Frannie esteja tendo dificuldades para trazê-la.

Luke encarou Jack.

— O que você sabe sobre a teimosia de Catherine?

— Conheci a mulher. É o suficiente.

— Achei ela simpática — comentou Bill.

Na viagem até o clube, Jim havia explicado a Bill exatamente quem era Catherine e o acordo de Luke com ela.

— Ela é entediante, isso sim — disse Jim.

— Catherine não é entediante. Quantas vezes preciso dizer isso? Juro por Deus, acho que você está seguindo a mulher errada — afirmou Luke.

— Ela faz compras — falou Jim para os amigos. — Ela faz compras e visita outras damas para tomar chá. Que vida emocionante, não? A única coisa que ela faz de diferente é se encontrar com Luke à noite.

— E fazer picadinho da mão — comentou Bill baixinho.

Algo pelo qual Luke continuava a sentir-se culpado. Assim que se acomodaram na carruagem mais cedo, ela agradecera pelas luvas, falando que não era necessário. Fizera-o sentir-se um tanto bobo por ter ficado tão satisfeito ao comprá-las.

— Vai sarar — retrucou Luke.

— Vai deixar uma cicatriz desagradável — disse Bill.

E mais um peso para a culpa.

— Ela não deveria ter saído da carruagem — lembrou Luke.

— Ela não me parece uma mulher que obedece — resmungou Jack.

— Você acha que a conhece bem, mas não sabe nada sobre ela.

Jack inclinou-se para a frente, colocando os cotovelos sobre a mesa, e encarou Luke.

— Então me conte.

O que Luke poderia dizer? Que ela era ousada, corajosa, gentil, carinhosa... que o cheiro dela havia impregnado seu quarto e ele não tinha certeza se conseguiria dormir bem lá. Certamente acordaria procurando-a. Como ela estava conseguindo dominar todas as partes da vida dele?

Antes que ele pudesse formar uma resposta compreensível, a porta se abriu. *Graças a Deus!*, pensou Luke, que havia se posicionado para ficar de frente para a porta, então ter uma visão clara de seu rosto, suas feições e sua expressão enquanto ela analisava o ambiente. Os quatro cavalheiros ficaram de pé.

— Senhores — cumprimentou Frannie, docemente. — Lady Catherine me deu permissão para uma pequena pausa nos estudos, e pensei em vir dar um oi.

Só isso? Aquilo era o melhor que ela tinha conseguido inventar? A artimanha tão elaborada?

Então Catherine sorriu com toda sua graça.

— Dr. Graves, eu não sabia que você estava aqui. Fico contente em vê-lo novamente.

Ela estendeu a mão, e ele a pegou com cuidado, dando um beijo na ponta dos dedos. Luke não entendeu sua reação. Seu corpo enrijeceu e ele quis socar o rosto de Bill, além de puxar Catherine para longe do homem que naquele instante estava examinando sua mão enfaixada.

— Como está? — perguntou o médico.

— Um pouco dolorida, e não consigo escrever direito, mas, fora isso, não posso reclamar.

Ela voltou sua atenção para Jack, que estava à esquerda de Luke.

— Olá, sr. Dodger.

— Olá, lady Catherine.

— Não quero ser provinciana, mas achei que jogos de aposta estavam proibidos.

Ele abriu um sorriso diabólico.

— Não em clubes privados. E este, milady, é um clube muito privado. Exclusivo, na verdade.

— Você está ganhando?

— Eu sempre ganho.

— Achei que era Claybourne que sempre ganhava.

O coração de Luke palpitou.

— Por que acha isso?

— Deve ser a fé que tenho no seu sucesso.

Por acaso ela estava zombando dele? Seria pior se ela não estivesse? Se realmente tivesse fé nele? Será que alguém da aristocracia — além do velhote — já havia considerado que Luke era digno de fé?

Ele pigarreou e estudou-a mais de perto.

— Acho que você não conheceu o sr. Swindler.

Jim estava à direita de Luke, fora de seu campo de visão, mas ele conhecia o homem bem o suficiente para saber que ele não entregaria nada com suas expressões.

— É um prazer conhecê-lo, senhor. — Catherine não fez nada além de dar-lhe um sorriso simpático.

— O prazer é todo meu, milady.

Ela franziu a sobrancelha. *Ahá!*, pensou Luke. Ela o reconhecera!

— Um nome curioso, não? — perguntou Catherine.

Ou não.

Jim riu.

— Quando eu era jovem e estava em busca de um nome, pareceu-me apropriado. Conforme cresci, vi a insensatez da juventude.*

— Você também era uma das crianças do Feagan.

Ele inclinou levemente a cabeça.

— Sou, sim.

— Não julgarei sua escolha de nome. Se fôssemos todos honestos, admitiríamos que fomos insensatos vez ou outra.

— Você é muito gentil.

O que diabo ela estava fazendo? Estava encantando a todos. Como se fossem iguais, como se tivessem algo em co-

---

*Complementando a nota da página 60, *swindler* pode ser traduzido como "enganador", "farsante". [N.E.]

mum. Todos os seus três companheiros a olhavam como se fossem tolos apaixonados.

Ela olhou para a mesa.

— O que temos aqui? Que jogo é esse?

— *Brag* — disse Luke.

— É mesmo? — disse ela, e o olhou com interesse e um sorriso nos lábios vermelhos, lábios que ele sabia muito bem o gosto. — Como se joga? Aquele com a melhor carta ganha?

Luke fez uma cara feia, rosnou, perto demais de perder a paciência.

— Apostamos no resultado. O cavalheiro com a melhor mão vence, ou blefa para que os outros acreditem que ele tem a melhor mão.

— E se uma dama tiver a melhor mão?

Quanta ousadia! Com o queixo levantado e olhos provocadores, Catherine estava os desafiando a deixá-la jogar.

— Então a dama ganharia, mas nunca vi isso acontecer. Frannie já tentou em muitas ocasiões, mas nunca teve sucesso.

— Então é um jogo de cavalheiros?

— Basicamente.

Catherine abriu um sorriso meigo.

— Posso tentar?

— Tem ideia de como jogar?

— Um pouco. Afinal, tenho um irmão, e ele é um canalha infame.

— Então você já jogou antes.

— Já observei — explicou ela, dando um sorriso travesso. — Eu estava brincando antes. Sei como se joga *brag*. Então, posso jogar?

— Mas é claro. Jack, dê seu lugar para ela.

— Não vou ficar fora dessa — afirmou Jack, sorrindo. Ele ofereceu sua cadeira a Catherine, mas rapidamente puxou outra para a mesa.

— Quer jogar, Frannie? — perguntou Luke.

— Não. Como você tão gentilmente apontou, eu não sou boa em jogos de carta.

Droga! Será que ele tinha magoado os sentimentos dela?

— Não quis ofendê-la.

— Não fiquei ofendida. No entanto, darei duzentas libras para a lady Catherine.

Luke estreitou os olhos. Tinha algo de estranho acontecendo...

— O que vocês estudaram esta noite?

— Como determinar o cardápio para um jantar. É bem chato, na verdade — explicou Frannie enquanto puxava uma cadeira e sentava-se entre Jack e Catherine, um pouco para trás de Catherine. — Mas ficarei feliz em assistir a isso. Talvez eu aprenda alguma coisa.

— Você vai aprender a perder duzentas libras bem rápido — provocou Jim.

Frannie só respondeu com um sorriso travesso.

Luke juntou as cartas e começou a embaralhar.

— Vou dar as cartas. A aposta mínima é de cinco libras, a máxima é de vinte e cinco.

Ele viu Jack deslizar as fichas para Catherine.

— Cada uma dessas vale cinco, e a primeira coisa que fazemos é a aposta inicial.

Ele jogou uma ficha no centro da mesa. Catherine seguiu o exemplo, e todos os outros fizeram o mesmo.

— Este jogo é com cinco cartas — explicou Luke. — As regras são estas: nunca mostre suas cartas para ninguém, nem mesmo para Frannie. Nunca diga nada sobre sua mão. Para desistir da rodada, é preciso depositar as cartas na mesa viradas para baixo, mas *nunca* faça isso se não for a sua vez.

— Ah, eu não gosto de desistir. Não terei chance de ganhar se desistir — afirmou Catherine. Então, inclinou em direção à mesa, olhou ao redor e sussurrou: — Meu irmão sempre desistia com facilidade, e então os outros cavaleiros ficavam com o dinheiro dele. Acho que ele não entendia muito bem a estratégia do jogo.

Luke encontrou o olhar de Jack e soube que ele estava pensando a mesma coisa: seria como roubar doce de criança. Muito, muito fácil.

Ela pegou as cartas que recebeu e as estudou. Primeiro franziu a testa, depois fez uma cara feia. Em seguida, ela as colocou no colo.

— Você deve mantê-las na mesa — disse Luke a ela.

Rindo, Catherine colocou as cartas na mesa.

— Ah, você acha que vou trapacear?

— Não, mas regras são regras.

Ela assentiu.

— Muito bem. Eu aposto primeiro?

Luke assentiu.

Mordendo o lábio inferior, ela olhou para cada um dos jogadores e suas cartas — embora só pudesse ver a parte de trás delas.

— Vou apostar cinco — concluiu, e jogou uma ficha na mesa.

— Dez — seguiu Jack.

— Poxa, Jack! — repreendeu Frannie, dando um tapinha no braço dele. — Não pegue todo o dinheiro dela na primeira rodada.

— Mas é sempre mais divertido quando há mais em jogo, Frannie.

— Provavelmente, vou me arrepender, mas... — disse Bill — desisto.

— Eu cubro a aposta — falou Jim, jogando suas fichas na mesa.

— Não deveria ser quinze? — perguntou Catherine.

— Não, você só cobre a última aposta feita — explicou Luke, também apostando dez. — Agora você cobre a aposta de dez.

— Ou posso apostar mais?

— Pode, mas...

— Então aposto vinte.

— Vinte e cinco — falou Jack.

Catherine olhou para ele e sorriu.

— Você deve estar com uma mão muito boa.

Jack abriu um sorriso que Luke conhecia muito bem. O canalha não tinha nada.

Jim balançou a cabeça e abaixou as cartas.

— Desisto.

Luke apostou seus vinte e cinco, seguido de Catherine.

Jack estudou Luke e, depois, Catherine.

— Eu desisto.

Catherine parecia incrivelmente satisfeita.

Luke cobriu a aposta, e Catherine colocou cinquenta libras de fichas no centro.

— Eu dobro.

Luke suspirou profundamente.

— Catherine, a aposta máxima é de vinte e cinco, e a única maneira de ganhar neste jogo é não deixar as pessoas saberem o que você está pensando.

— E por acaso você sabe o que estou pensando?

— Sim, sei.

— Então eu vou perder.

— De fato.

— Eu não deveria ter feito a aposta.

— Você não deveria ter feito nenhuma delas. Pelo menos pegue a última de volta e desista.

— Mas, uma vez feita uma aposta, ela não pode ser retirada.

— Vamos abrir uma exceção.

— Não quero abrir uma exceção. Acredito que uma pessoa aprende mais com seus erros do que com seus acertos, e estou disposta a colocar essa crença à prova.

Ele suspirou novamente e gesticulou com a mão sobre as fichas.

— Cavalheiros, vou permitir que a dama aprenda com seu erro.

Ele virou três reis.

Catherine virou as cartas. Luke olhou fixamente para os três três. Não havia mão melhor no *brag*.

— Se bem me lembro da classificação das melhores cartas, embora pareça que três reis são melhores, na verdade minha mão é a melhor, e então parece que todo esse lindo dinheirinho é meu.

— Mas…

— Eu arrisco dizer, milorde, que você *não* sabia o que eu estava pensando — falou ela, e ficou de pé. — Acredito que provei meu ponto. Já está ficando tarde e devemos partir em breve.

Frannie ajudou Catherine a juntar todas as fichas, e Catherine saiu como se tivesse acabado de ser coroada.

Luke não conseguiu se conter e caiu na gargalhada.

— Minha nossa, eu gosto mesmo dela.

Sua confissão foi recebida com silêncio e, de repente, ele percebeu o que havia dito. Ficando de pé, Luke encarou Jim com um olhar sério.

— Ela não pareceu reconhecê-lo.

— Eu disse que ela não tinha me visto.

— Descubra quem a está seguindo e o porquê.

Ele estava sorrindo quando chegou para buscá-la. Sorrindo de verdade, não de forma sardônica ou zombeteira. Muito menos com uma carranca ou a testa franzida.

Catherine não esperava aquela reação, e nem achava que o conde era capaz de ser sorridente. Ela esperava que ele estivesse bravo por ter perdido dinheiro para ela, esperava encontrá-lo de mau humor. Mas seus olhos estavam mais claros do que ela jamais vira, como se de repente houvesse um brilho dentro dele.

Ele a conduziu pelo já conhecido corredor escuro até a porta dos fundos, onde sua carruagem esperava do lado de fora. Pela primeira vez desde que haviam começado o ritual noturno, Claybourne manteve a lamparina acesa dentro do veículo. As cortinas continuaram fechadas, impedindo que alguém de fora visse o interior. Ele se acomodou no canto e, embora ela soubesse que deveria ficar envergonhada pelo olhar dele, não ficou. Pelo contrário, ela gostava bastante. E estava muito feliz por tê-lo enganado.

Catherine ouviu a risada profunda dele antes de ver seu sorriso aumentar, e ela se perguntou se ele conseguia ler seus pensamentos.

— Você não se importa com o que as pessoas pensam — apontou ele.

Ela não conseguia distinguir se o conde estava fazendo uma pergunta ou uma observação. Ainda assim, sentiu-se na obrigação de responder.

— Claro que me importo. Todos nós nos importamos de alguma forma, mas não podemos nos importar a ponto de vivermos com medo da opinião dos outros, de permitirmos que mudem quem somos. Devemos estar sempre dispostos a defender a nossa verdadeira natureza. Caso contrário, qual é o propósito da individualidade? Seríamos apenas imitações um do outro, e imitações bem entediantes, diga-se de passagem.

— Acho que ninguém com um pouco de senso poderia acusá-la de ser entediante. Na verdade, você é a pessoa menos entediante que conheço.

A confissão dele a deixou desconfortável, porque a agradava demais. Aquela que ele amava não deveria ser a pessoa menos entediante que ele conhecia?

Catherine olhou para as mãos enluvadas, aninhadas em seu próprio colo. Claybourne se mexeu até estar sentado diretamente na sua frente e segurou as mãos dela. As mãos dele eram tão grandes. Com os polegares, ele começou a acariciar os dedos dela.

— Sua ferida está doendo? — perguntou.

Ela ergueu o olhar para ele.

— Não.

Catherine queria se apoiar nele, queria beijá-lo. Era errado o querer tanto, quando o coração dele pertencia a outra.

— Eu estava pensando que talvez fosse uma boa ideia chamar o dr. Graves para jantar conosco amanhã à noite — disse ela.

Ele estreitou os olhos.

— Por quê?

— Deixaria o jantar mais parecido com um de verdade, em vez de simplesmente você e Frannie jantando enquanto eu os observo.

Claybourne soltou a mão dela, recostou-se no assento e cruzou os braços.

— Você gosta dele?

Ela ficou surpresa com o tom da pergunta, que parecia um pouco hostil — como se ele estivesse com ciúme. Por Deus!

— Gosto, sim. De todos os seus amigos, ele parece o mais educado.

— Você não gosta do Jack?

— Não muito.

— Por quê?

— Não sei exatamente o porquê. Eu não... — Ela balançou a cabeça. — Eu não confio muito nele.

— E o Jim?

— Jim?

— O Swindler.

— Ah, sim... Não formei nenhuma impressão sobre ele. Na verdade, ele parecia até se misturar com os móveis.

— Ele é bom nisso.

— Com o que ele trabalha?

— Ele é inspetor da Scotland Yard.

— Então todos são respeitáveis, menos o sr. Dodger.

— Jack não força as pessoas a pecarem.

— Mas ele facilita muito para que o façam.

— Guarde seus sermões para alguém que gostaria de ouvi-los, Catherine.

— Eu não ia pregar sobre os males da bebida, do jogo e da fornicação...

— Espero mesmo que não. Isso só a faria uma hipócrita, depois de ter jogado esta noite. E você bebeu uísque... o que deixa apenas um pecado faltando. Já o experimentou?

— Isso não é da sua conta, milorde.

O conde sorriu, parecendo muito satisfeito com a resposta dela.

— Não deveríamos estar em casa agora? — perguntou ela.

— Mandei meu cocheiro nos levar por uma rota que dá mais voltas. Vamos andar por ruas diferentes todas as noites para diminuir a chance de termos um caminho definido, caso o ataque de antes tenha sido planejado. Ele pode ter sido aleatório, feito por bandidos em busca de um assalto rápido.

Catherine esperava que fosse só isso e que nunca mais acontecesse.

— Sobre o jantar amanhã à noite, vai convidar o dr. Graves?

— Se é o que você quer.

— É, sim. E Frannie deve ter lhe dado o menu. Posso chegar às...

— Vou mandar minha carruagem buscá-la. A que horas você deseja que o jantar seja servido?

— Eu gostaria que fosse às oito, mas é mais difícil passar despercebida a essa hora da noite. Eu realmente acho que seria melhor se eu chegasse sozinha.

— E o homem que está te seguindo?

A fúria na voz dele a pegou de surpresa. Aparentemente, Claybourne também ficou surpreso, pois olhou para a janela como se pudesse ver através da cortina. Ela observou enquanto ele lutava para recuperar o controle de suas emoções.

Estava com raiva, mas não dela, e sim *por* ela. Ele queria protegê-la, mas isso não era parte do acordo entre os dois.

— Vou tomar cuidado — garantiu Catherine. — Já o despistei antes, e farei de novo.

O conde a olhou.

— Você me preocupa, Catherine, pois parece achar que é invencível.

— Sei muito bem que não sou, mas não vou passar a vida me acovardando. Isso não seria uma vida.

Ele a estudou de novo, como se ela tivesse revelado algo monumental.

A carruagem parou e Claybourne apagou a chama na lamparina. A porta se abriu e eles seguiram o ritual de sempre. Ela se despediu dele no portão.

Mas, desta vez, quando ela fechou o portão atrás de si, pareceu mais difícil deixá-lo.

— O que aconteceu com a sua mão? — perguntou Winnie.
— O que aconteceu com o seu queixo? — respondeu Catherine.

Elas estavam na biblioteca da residência de Winnie, onde planejavam endereçar os convites para o baile. Mas Catherine ainda estava com dificuldade para escrever, e não tinha nenhuma vontade de discutir os planos para o baile.

Winnie esfregou o queixo.

— Dei de cara com uma porta.

— Ai, Winnie, você acha que sou burra? Onde mais você está machucada?

A amiga fechou os olhos.

— Em nenhum outro lugar. Ele me deu um tapa porque eu não queria cumprir meus deveres de esposa.

— Deu um tapa? Parece mais um soco. Ele acha que essa é a melhor maneira de atraí-la para a cama?

— Por favor, não diga mais nada. Deve sarar até o baile. E se não passar, você é a única que não vai acreditar que eu bati em uma porta. Todo mundo acha que sou destrambelhada.

Porque ela muitas vezes atribuía qualquer hematoma visível a pequenos acidentes que não haviam acontecido.

— Eu odeio Avendale — resmungou Catherine.

— Você já disse isso em mais de uma ocasião, mas ele é meu marido e eu devo honrá-lo. Conte-me sobre sua mão.

— Cortei em um pedaço de vidro. Foi um acidente.

— Parece que terei de escrever todos os convites.

— Desculpe-me, mas acho que sim.

— Não me importo. É uma tarefa que gosto. Acho que, se eu não fosse nobre, tentaria um emprego escrevendo coisas para pessoas ou endereçando convites.

— Você sempre teve uma caligrafia lindíssima.

Winnie corou.

— Obrigada. Gosto de pensar que sim.

— Posso levar um convite e um envelope sem marcação para o meu livro de memórias?

Catherine não gostava de sua facilidade em mentir para sua melhor amiga — sobre a mão enfaixada e sobre o motivo para querer um convite sem destinatário. O envelope certamente não iria para seu livro de memórias. Com sorte, chegaria às mãos de Claybourne.

Era uma loucura a quantidade de tempo que ele passava obcecado por Catherine.

Mesmo sabendo que Jim a observaria com mais cuidado, que faria o que pudesse para descobrir quem a seguia, Luke andava de um lado para o outro no jardim, aguardando a chegada do amigo, completamente nervoso e tenso. Bill ia buscar Frannie na carruagem dele e passariam por algumas partes perigosas de Londres — no entanto, Luke não estava nem um pouco preocupado com isso.

Mas só de pensar em Catherine, indo de uma parte chique de Londres para outra, já ficava agitado. Ele disse a si mesmo que era porque Frannie fora criada nas ruas e sabia cuidar de si mesma, enquanto Catherine se colocava em risco sem pensar. Deveria ensiná-la a se defender, comprar uma espada-bengala para ela. Ou talvez uma pistola.

Luke deveria convencê-la a lhe dizer o que precisava saber. Ele deveria perguntar por que ela queria alguém morto, *quem* ela queria morto. Esse jogo de gato e rato estava colocando todos em perigo.

Ele ouviu o trinco do portão abrir, e no segundo seguinte estava lá para puxá-la para dentro.

— Ah — ofegou Catherine. — O que foi?

— Nada. Eu... Há algum problema?

Mesmo nas sombras, sem nada além do brilho das lamparinas do jardim, ele podia ver o sorriso divertido dela.

— Você estava preocupado.

— É claro. Se pelo menos você finalmente revelasse o motivo para querer que eu mate alguém...

— Você está pronto para fazer a ação?

Fazer a ação? E como ela o veria depois? Frannie nunca saberia, mas Catherine... Catherine saberia o quão baixo ele estava disposto a ir: tirar uma vida para ganhar uma esposa.

O que dera nele para concordar com aquela ideia?

A ironia era que Luke seria fiel à sua palavra, embora quisesse resguardar o que restava de sua alma por um pouco mais de tempo.

— Acho que Frannie não aprendeu nada.

— Então esta noite será muito reveladora, não é? — comentou Catherine, andando na direção da casa. — Seus convidados já chegaram?

— Não sei. Eu estava aqui fora.

— Que tipo de anfitrião é você?

— Eles são meus amigos. Não preciso recebê-los em minha casa. Eles sabem que são bem-vindos.

— O foco desta noite é apresentação e etiqueta.

Quando Catherine entrou na casa e tirou sua capa de pelica para entregá-la ao mordomo, Luke não pôde negar que ela se apresentava muito bem. Ela usava um vestido azul profundo que caía por seus ombros e revelava um decote tentador.

— O dr. Graves e a srta. Darling acabaram de chegar, milorde. Levei-os ao salão.

Luke acompanhou Catherine até lá. Ele instruiu Fitzsimmons para que evitassem usar a biblioteca naquela noite. Luke ficaria distraído com muitas lembranças de Catherine naquele cômodo em particular. Será que teria o mesmo problema quando levasse Frannie para seu quarto pela primeira vez? Será que pensaria em encontrar Catherine em sua cama quando acordasse? Não, isso não aconteceria.

— Ah, aí estão vocês — disse Bill.

Luke notou que Catherine pareceu radiante ao vê-lo. Assim como a atenção de Bill para com ela havia irritado Luke na noite passada, a dela para com o médico o irritava naquele instante.

— Você está linda esta noite — falou Bill, pegando a mão dela e dando um beijo nos dedos.

— Você disse a Frannie que ela estava linda? — perguntou Luke.

Bill pareceu ter tomado um susto — sem dúvida uma reação ao tom de Luke —, mas se recuperou rápido.

— Sim, na verdade. Você está incomodado com o fato de eu achar as damas da sua vida adoráveis?

— Não, de jeito nenhum. Eu só queria garantir que Frannie não foi ignorada. — Mas, ao terminar a frase, percebeu que o único que a ignorava era ele, e virou-se para ela. — Faz um tempo que você não vem aqui.

— Sim, mas parece tudo igual.

Ela também usava um vestido azul-escuro, mas o dela tinha botões fechados até o pescoço. Parecia ser algo que usaria para trabalhar, não para um jantar.

— Temo que, como anfitriã, não sei bem o que fazer — disse ela.

— Como assim? Já se passaram semanas — afirmou Luke.

— Imagina. Não tive nem duas semanas de aula.

Luke virou-se para encarar Catherine, que recuou como se quisesse evitar um golpe. Ele só podia imaginar a frustração que seu rosto revelava.

— O que vocês duas têm feito todas as noites? Você disse que ela estava aprendendo.

— E ela está, mas eu também disse que um clube de jogos não era o melhor ambiente para aprender tudo o que precisa ser ensinado.

— Tive uma ideia — disse Frannie. — Por que não fingimos, só por esta noite, que Catherine e Luke são um casal? Bill e eu estamos fazendo uma visita, e então você pode me *mostrar* o que fazer. Aprendo muito melhor vendo como se faz.

— Quero ver o que *você* sabe — reclamou Luke.

— Eu já disse: ainda não aprendi a organizar adequadamente um jantar.

— Mas, Frannie, nós já falamos… — começou Catherine.

— Eu sei, mas não me lembro de tudo. Por favor, apenas me mostre.

— Vamos, decidam logo, pois estou morrendo de fome — falou Bill.

— Está bem — concordou Catherine, levantando as mãos em rendição. — Não vamos fingir que somos casados, mas serei a anfitriã. Primeiro, precisamos verificar os preparativos para o jantar.

— Ótimo. Vamos para a cozinha, então?

Frannie pegou no braço de Catherine e elas saíram do salão. Luke caminhou até a mesa lateral, onde serviu uma generosa quantidade de uísque e a virou num gole só, antes de servir outra para si e uma para Bill.

— Você parece nervoso — comentou o amigo, parando ao lado do conde.

— Eu deveria estar agindo como um maldito conde esta noite. Você não acha que ela vai julgar meu comportamento tão rigorosamente quanto o de Frannie?

— E por que você se importa com a opinião dela?

Luke tomou mais um gole de uísque.

— Por acaso quer impressioná-la? — perguntou Bill.

— Não, é claro que não.

— Seja você mesmo. O velhote lhe ensinou isso.

Luke temia que fosse decepcionar o velhote nesse quesito.

— Às vezes, acho que ficaria muito mais feliz voltando para o mundo de Frannie do que com ela se mudando para o meu. E se eu acabar deixando nós dois miseráveis?

— Você a ama desde que eu o conheço. Tudo o que já fez foi para garantir a felicidade dela. Não consigo ver você a fazendo infeliz.

Luke desejou ter a mesma certeza.

— Você está nervosa com esta noite? — perguntou Catherine enquanto ela e Frannie caminhavam pelo corredor até a cozinha. Ela ainda estava tentando entender a reação e sugestão estranhas de Frannie.

— Um pouco, acho. Isso tudo me lembra de quando morávamos com Feagan e tínhamos que aprender a tirar um lenço ou moedas de um bolso sem sermos notados. Não vai ter nenhum sino tocando para alertar todo mundo dos meus erros, vai?

— O quê? Um sino...

Sorridente, Frannie parou.

— Feagan pendurava casacos e sinos em uma corda. Você tinha que colocar a mão no bolso de uma jaqueta sem fazer o sino tocar. Se tocasse, você levava uma bengalada do Feagan nos dedos — contou Frannie, corando. — Bem, eu nunca levei. Luke sempre colocava a mão sobre a minha, então ele levava o golpe. De uma forma estranha, isso fazia eu me esforçar ainda mais para aprender a tarefa, porque eu odiava vê-lo machucado.

— Parece que vocês sempre foram próximos.

Frannie assentiu.

— A primeira noite que Jack o levou para nós, não sei explicar, mas algo nele era diferente. Ele parecia esperar que fizéssemos as coisas por ele, mas Feagan tirou essa atitude de Luke rapidinho.

— Você acha que é possível que ele seja o legítimo conde de Claybourne?

— É claro que ele é. O velhote fez perguntas e ele sabia todas as respostas. Eu sei que ele duvida às vezes, e eu não entendo isso. Ele sabia as respostas.

Não, pensou Catherine, de alguma forma, ele tinha conseguido *dar* as respostas certas, mesmo não sabendo nada. Será que era mesmo tão bom em enganar pessoas? Então um pensamento bastante estranho lhe ocorreu, e ela sentiu um arrepio na espinha. E se Claybourne não tivesse enganado o conde? E se ele tivesse *se* enganado?

O jantar foi um completo desastre.

Meia hora depois, eles tinham acabado de comer o peixe e deveriam ser servidos de carne bovina quando a paciência de Catherine acabou. Ela tentara iniciar conversas sobre o clima, o teatro e o parque. As respostas de Frannie e Claybourne eram todas curtas, como se nenhum dos dois tivesse ideia de como expandir a conversa para algo interessante. O dr. Graves tinha feito uma tentativa tímida, mas parecia que sua vida se limitava a lidar com enfermos, e eles provavelmente não deviam ter conversas banais. Claybourne bebia vinho como se fosse o prato principal e estreitava os olhos toda vez que o pobre dr. Graves falava. Catherine tinha certeza de que o médico estava ciente dos olhares mordazes, e talvez estivesse tão confuso quanto ela.

Claybourne obviamente não estava feliz. Mas ela também não estava. Precisava que ele visse que Frannie estava aprendendo, pois Catherine estava ficando desesperada para lidar logo com Avendale. Infelizmente, Frannie não estava cooperando. Ela agia como se não soubesse nada. E Claybourne estava com o cotovelo na mesa, quase como se fosse escorregar da cadeira.

— Estamos organizando um jantar formal. Não se deve ficar relaxado assim em um jantar formal — alertou Catherine.

Ele só bebeu mais vinho.

— Quem precisa das lições é Frannie, não eu.

— É difícil pensar isso vendo seu comportamento. Ou fazemos o que deve ser feito da forma correta, ou não fazemos.

— Voto a favor de não fazermos. Estou entediado com essa empreitada. Tenho certeza de que Frannie entendeu o cerne da ocasião.

Catherine tinha se dado ao trabalho de se vestir adequadamente para a ocasião e deixado de fazer a leitura noturna para seu pai em prol daquelas pessoas. Seu pai, que estava mais fraco e pálido que nunca. Ela passara a tarde tranquilizando Winnie de que Avendale não a mataria. Encontrara-se com o administrador de negócios do pai apenas para descobrir que alguns dos investimentos que ele havia recomendado não renderiam tão bem quanto ele esperava e que, na verdade, perderiam o dinheiro.

Não tinha notícia nenhuma do irmão, mas, quando ele finalmente retornasse à Inglaterra, talvez descobrisse que não tinha mais uma fonte de renda e que as propriedades estavam em declínio — tudo por causa de empreendimentos que ela havia aprovado.

E Claybourne tinha a ousadia de estar entediado! Ele tinha sorte de estar longe graças ao comprimento da mesa, ou Catherine teria lhe dado um tapa na cara. Como não conseguia alcançá-lo, resolveu agredi-lo com palavras.

— Você parece não entender como a aristocracia funciona. Acha que fazemos só o que gostamos? Posso lhe garantir, milorde, que não. Fazemos o que é necessário. Fazemos porque é um dever. Fazemos porque é esperado. E é muito mais difícil fazer as coisas porque elas são corretas, adequadas e necessárias. A vida seria muito mais fácil para todos nós se pudéssemos fazer só o que quiséssemos. É por entendermos a importância da responsabilidade e aderirmos a ela que estamos acima de um homem comum. Estou ficando cansada de você zombar de mim. Acha que isso é fácil para mim? Ficar zanzando por horas ridiculamente tardias? Talvez você possa descansar durante toda a manhã, mas eu não. Tenho uma casa para cuidar.

De repente, ela percebeu as lágrimas que escorriam por seu rosto.

— Catherine? — Claybourne não estava mais relaxado na cadeira. Estava se levantando.

— Perdão. Isso... isso não foi nada educado. Por favor, me deem licença, preciso de um momento.

Ela se levantou e saiu da sala.

Luke a viu partir. Ele tinha sido insolente e rude. Estava chateado com Frannie por ela não se esforçar mais. Estava irritado com Catherine por ter o hábito de tocar a ponta da língua no lábio superior — um toque rápido, quase imperceptível, mas que ele não deixava de notar — após cada gole de vinho, como se precisasse coletar a última gota. Estava furioso consigo mesmo porque queria sorver aquela última gota de vinho dos lábios de Catherine com os seus. Estava com raiva de Bill por sorrir para Catherine, por fingir ter interesse em como estava chovendo muito no verão de Londres. Estava furioso porque estava intrigado por Catherine, porque estava percebendo muitas coisas sobre ela — a maneira como a luz refletia em seu cabelo, revelando diferentes tons de loiro. Alguns fios eram mais claros que outros. Ele disse a si mesmo que só estava interessado em Catherine porque não a conhecia bem, enquanto sabia tudo sobre Frannie. Os dois tinham crescido juntos e não havia muito mais a aprender sobre o outro. Mas Catherine era diferente.

Ele olhou para Bill e Frannie.

— É melhor eu ir atrás dela.

— Você deveria ter feito isso há quase um minuto — afirmou Frannie.

Luke saiu da sala e olhou para o salão. Catherine não estava lá. Ele foi tomado por uma onda de pavor. E se ela tivesse saído da casa? E se estivesse andando pelas ruas escuras? E se ela se colocasse em perigo?

Entrando na biblioteca, ele a viu perto da janela, olhando para o jardim, como estivera naquela primeira noite em sua casa. Só que, desta vez, Catherine não tomou um susto quando ele chegou. Quando o encarou, ele viu a fúria e a decepção em seus olhos. Ela não lhe deu tempo de dizer uma única palavra antes de continuar sua ira:

— Você diz que está disposto a fazer o que for necessário para se casar com Frannie, mas não vejo você fazendo *nada*. Só faz o que quer e diz que é o suficiente para conseguir o que deseja. Enquanto *eu* preciso...

Luke cobriu a boca dela com um beijo escaldante antes de pensar no que fazia. Ele podia dizer a si mesmo que estava entediado com o jantar, entediado com a conversa fútil, mas a verdade é que estava enlouquecendo ao vê-la beber vinho, ao observar seu pescoço esguio e os ombros delicados, ao vê-la sorrindo para Bill quando Luke queria que ela sorrisse para ele.

Enquanto passava a língua pela boca dela, ele sabia que estava cometendo um erro, mas a desejava, a desejava de uma forma que nunca havia desejado Frannie. Ele desejava

Catherine de uma forma bruta, e a desejava com ternura. Nunca havia pensado em levar Frannie para a cama. Pensara em se casar com ela, em tê-la como esposa, mas nunca tivera pensamentos devassos com a amiga. No entanto, com Catherine, sua mente era um caleidoscópio de corpos nus e entrelaçados.

Naquela noite, Luke conseguia sentir a urgência crescendo dentro de si, sentia a urgência crescendo nela quando Catherine ficou na ponta dos pés e o abraçou pelo pescoço, enfiando os dedos em seu cabelo. Ela mordiscou o lábio inferior dele, sugou...

Ele gemeu, pensando na localização do sofá mais próximo.

Empurrando-o para longe, ela recuou para as sombras das cortinas.

— Jesus! — ofegou ela. — Sua noiva está na sala ao lado e...

— Ela ainda não é minha noiva, e tenho dúvidas de que algum dia será. Você acha que Frannie diria que sim se eu pedisse a mão dela hoje à noite? Você a convenceu de que ela consegue ser uma condessa? Ela não quer nem ser a anfitriã de um maldito jantar!

Luke se afastou de Catherine, não queria ver que a tinha intimidado. Como se fosse possível intimidar aquela mulher, a mesma que enfrentara um bandido armado. Ele passou a mão no cabelo.

— Peço desculpas. Meu comportamento foi abominável. Não sei o que deu em mim. Não vai acontecer de novo.

Ele ouviu um passo hesitante, depois outro. Sentindo um toque em seu ombro, Luke enrijeceu. Queria se virar e pegá-la nos braços novamente.

— Frannie me disse que você nunca a beijou.

— Não penso nela dessa forma.

— Você não pensa em beijá-la?

— Ela não é uma criatura carnal.

— Você é.

Ele se afastou, antes que provasse que ela estava certa.

— Sim, bem... Consigo me conter quando a situação pede.

— E eu não mereço essa contenção?

O conde a encarou.

— Quero me casar com Frannie, mas penso em você dia e noite. Tudo o que eu pensava naquela maldita mesa de jantar era no sabor do vinho na sua língua. E quando você descontou sua fúria em mim, isso só me fez desejá-la ainda mais. No entanto, esse sentimento não passa de luxúria, Catherine. É só físico. Eu a vejo todas as noites, é lógico que meu corpo reagiria à sua proximidade. Estou acostumado com você.

Não ajudava em nada que o cheiro dela ainda estivesse impregnado em sua cama.

— Você já fez alguma coisa com Frannie? — perguntou ela.

A mudança de assunto parecia abrupta, estranha, mas ele agradeceu a distração de seu péssimo comportamento.

— Como assim?

— Já a levou ao teatro, ao parque ou a um passeio de barco? Você a conhece fora do Dodger?

— Mas é claro.

— O que vocês fizeram juntos?

— Quando éramos crianças...

— Não quando eram crianças. Recentemente. Já adultos.

Ele considerou a pergunta. Tudo sempre parecia envolver o Dodger. E, antes do clube, a casa do Feagan.

— Não me lembro da última vez em que fizemos alguma coisa juntos.

— Então deveriam, não acha?

Era constrangedor admitir que ele nunca tinha feito nada com uma dama que não fosse questionável.

— O que sugere?

— Você já foi à Grande Exposição?

Luke não conseguia compreender como Catherine conseguia falar com ele com tanto entusiasmo sobre um passeio com Frannie minutos depois de ser beijada. Percebeu que ela estava colocando um muro entre os dois. Afinal, era filha de um duque, uma mulher de sangue nobre. E os dois sabiam que Luke não tinha nada de nobre.

Frannie era a mulher com quem ele se casaria. Precisava se concentrar em conquistá-la.

— Não fui — respondeu à Catherine.

— Eu também não, mas dizem que a rainha Vitória já foi cinco vezes. Consegue imaginar? Planejo ir amanhã. Talvez você pudesse levar Frannie algum dia. Seria um passeio divertido.

— Vou pensar nisso.

Catherine assentiu com a cabeça, lambendo o lábio como se tivesse acabado de beber vinho. Luke se perguntou se ela estava sentindo o gosto dele. Catherine pigarreou.

— Provavelmente devemos voltar para nossos convidados.

— Provavelmente.

Mas ele não queria. Jantares eram tediosos.

— Vamos esquecer o que aconteceu mais cedo, e não vou permitir que aconteça de novo — disse ela.

Ele a estudou na sombra de sua biblioteca.

— Você diz sobre o beijo?

Catherine assentiu, e então ele assentiu também. Ela poderia esquecer o que acontecera, mas ele duvidava que algum dia o faria, que fosse capaz de esquecer qualquer detalhe sobre ela.

— Você já conheceu alguém que o enfrenta como ela? — perguntou Bill, antes de beber seu vinho.

Frannie sorriu.

— Não. E acho que ele não sabe muito bem o que fazer com isso.

— Luke sempre amou você, Frannie. Por que está dificultando tanto para ele? Você não é medrosa, não é covarde. Acredito que, se quisesse tudo isso, nada a impediria de conquistar o que deseja.

— Mas essa é a questão, Bill. Eu não quero tudo isso. É muito grandioso, é muito... bem, é demais para mim.

— Pense em todas as coisas boas que você poderia fazer.

— Eu posso fazê-las agora. *Estou* fazendo-as agora.

— Mas você poderia fazer muito mais. Como esposa de Luke, você teria influência, você...

— Seria esnobada a todo momento. Não entendo por que ele fica nesse mundo, de verdade. Vejo como olham para ele no clube. Luke não tem amigos entre a aristocracia. É desprezado.

— Não consegue enxergar a ironia? Você os julga com a mesma severidade quanto eles nos julgam. O que realmente sabe deles? Você não gosta de Catherine?

Frannie apertou os lábios.

— Você só está querendo dificultar as coisas.

— Você se preocupa com o que a aristocracia pensa de você.

— E você não?

— Não. A única coisa que aprendi na minha juventude como ladrão de túmulos foi que todos são iguais quando estão mortos. Somos todos iguais. Então, quando encontro um engomadinho, no alto de sua arrogância, o imagino morto e de repente ele já não é mais tão intimidador.

Frannie riu.

— Você é horrível.

Ele sorriu para ela. Bill tinha um sorriso tão atraente. Sempre fora muito quieto e reservado. Quando o conheceu pela primeira vez, Frannie tinha medo de morrer se ele a tocasse. Ela achava que todas as crianças tinham medo dele, ou pelo menos algum tipo de admiração. Bill era o primeiro que conheceram que não tinha medo dos mortos.

Um jovem apareceu na residência de Luke logo após o jantar para informar a Bill que um de seus pacientes havia piorado. O médico rapidamente se despediu.

Coube a Luke levar as duas damas para casa. Como ele não estava pronto para confiar em si mesmo sozinho com Catherine, a levou primeiro. Frannie não passou a impressão de que suspeitava que algo inapropriado tivesse acontecido enquanto Luke e Catherine conversavam fora da sala de jantar, mas ela nunca suspeitaria.

Depois que acompanhou Catherine até o portão dos fundos da casa dela, Luke ficou sozinho na carruagem com Frannie. Era estranho perceber como haviam viajado juntos pouquíssimas vezes, quando ele e Catherine viajavam todas as noites e conversavam sobre muitas coisas. Talvez porque eram novos na vida um do outro e sabiam pouco sobre o outro, enquanto ele e Frannie haviam crescido juntos. Eles sabiam tudo um do outro.

— Acho que Bill trabalha demais — comentou Frannie depois de um tempo.

— Quem de nós não trabalha? — perguntou ele.

— É verdade. Eu gosto bastante de Catherine.

— Você dificultou as coisas para ela esta noite.

— Acho que todos nós dificultamos, mas eu realmente não estava com vontade de participar de um jantar formal. Vou fazer direitinho quando for preciso, Luke.

— Sei que vai. Também foi tedioso para mim. Duvido que vamos receber visitas formais com frequência.

Ela afastou a cortina e olhou para fora.

— Jim estava me contando sobre a Grande Exposição. Ele gostou bastante.

— Você gostaria de ir?

Ela voltou a cortina para o lugar.

— Eu adoraria.

— Pode ser amanhã?

Frannie sorriu.

— Pode, sim.

— Ótimo!

Assim que chegaram ao Dodger, o conde acompanhou Frannie até a porta dela. Em seguida, desceu a escada e atravessou a porta dos fundos que dava acesso ao clube. Ele caminhou pelo corredor até a sala onde sabia que encontraria Jack. Um valete de punhos fortes acenou com a cabeça para Luke e abriu a porta. Luke sabia que o homem era mais guarda do que criado, e sua presença indicava que Jack estava contando seu dinheiro.

E era exatamente isso que ele estava fazendo quando Luke entrou na sala. Jack olhou por cima de pilhas de moedas e notas.

— Como foi o seu jantar chique?

— Tedioso e não tão chique.

Jack pegou um copo, serviu uísque nele e o empurrou para a borda da mesa. Luke sentou-se na cadeira, pegou o copo, virou o conteúdo num gole só e colocou o copo de volta na mesa. Jack imediatamente serviu outra dose. Luke presumiu que seu rosto revelava que ele era um homem precisando de álcool.

— O que foi? — perguntou Jack.

Jack era a única pessoa que Luke conhecia que era melhor em ler pessoas do que ele mesmo.

— Você já amou alguém?

— Além da minha mãe?

Luke olhou para Jack, chocado. Ele conhecia a história do amigo.

— Ela vendeu você com apenas 5 anos.

Jack deu de ombros.

— Não quer dizer que eu não a amava. Só quer dizer que ela não me amava.

Bebendo seu uísque aos poucos desta vez, Luke ponderou as palavras de Jack. Sempre presumiu que Frannie retribuía seu sentimento. Será que o amor poderia ser unilateral e ainda ser amor?

Será que alguém o amou antes de ele ser adotado extraoficialmente por Feagan e seu bando? Se fosse o caso, ele não deveria se lembrar?

— Naquela noite que você me encontrou no beco, atrás do lixo, eu falei alguma coisa?

— Como o quê?

Luke passou o dedo pela borda do vidro.

— Algo que poderia ter dado alguma pista sobre o que eu estava fazendo ali.

— Não precisei de pista nenhuma. Era óbvio. Você estava morrendo.

— Mas como é que eu cheguei lá?

— Fiquei com a impressão de que você tinha sido expulso de casa. Estava magro e com roupas rasgadas. Quer mesmo saber a verdade?

Luke esfregou a testa quando sentiu a cabeça latejar. Ficar acordado até tarde e o encontro com Catherine estavam começando a cobrar um preço.

— Você não está achando que é realmente um Claybourne, não é? — perguntou Jack.

Luke negou com a cabeça. Claybourne, o verdadeiro Claybourne, teria sido digno de Catherine. Algo que Luke nunca seria. Ela era uma dama, e ele era um canalha.

— Lady Catherine ensinou a Frannie o que ela precisa saber? — indagou Jack.

Luke suspirou.

— É como se ela não tivesse ensinado nada.

— É por isso que você está com essa cara de que perdeu o melhor amigo?

Inclinando-se para a frente, Luke apoiou os cotovelos nas coxas e segurou o copo entre as duas mãos, estudando as poucas gotas que cobriam o fundo.

— Estive com várias mulheres ao longo dos anos, Jack. Não importa o que eu fizesse com elas, nunca me senti desleal a Frannie. Mas com Catherine… Sinto-me desleal com Frannie só de falar com ela.

— Não há mal nenhum em apenas falar com ela.

Luke não confessaria que tinha feito mais que falar com Catherine.

— Às vezes acho que Frannie não me ama e não sabe como me contar — desabafou em vez disso, e estudou a maneira como Jack bebeu seu uísque. — Se este fosse o caso, você me diria? Se soubesse? Você não me deixaria ser feito de bobo, não é?

— Eu não sei o que é amor, Luke. Além da minha mãe, nenhuma mulher jamais teve meu afeto.

— Nem mesmo a Frannie?

— Gosto muito dela, mas isso não é amor, não é?

Luke tinha certeza de que Jack estava mentindo. Ele certamente estava escondendo algo.

Ele colocou o copo sobre a mesa e se levantou.

— Não. Gostar não é o mesmo que amar.

Assim como luxúria não era o mesmo que amor, e isso era tudo o que sentia por Catherine — uma luxúria profunda, quase incontrolável.

Já em casa, Luke estava caminhando em direção à biblioteca para tomar um pouco de uísque para ajudá-lo a se deitar quando notou um envelope na bandeja de prata sobre a mesinha no corredor de entrada. Ele reconheceu a caligrafia — mesmo que não fosse tão graciosa como de costume. Catherine, sem dúvida, mais uma vez convidando-o para um de seus bailes bobos.

Será que ela havia deixado o convite antes ou depois do encontro deles na biblioteca? Será que esperava que ele levasse Frannie?

Com um suspiro, dirigiu-se à biblioteca. Aquele era mais um convite que seria ignorado.

• 219 •

Do diário de Lucian Langdon

Poucos foram ao velório do velhote. Até aquele momento, eu não tinha percebido o que tinha custado a ele me acolher, anunciar ao mundo que eu, o suspeito de assassinar seu segundo filho, era na verdade seu neto.

Uma semana depois de seu falecimento, fui a um baile. Eu sabia que estava com uma aparência péssima, e que quando se está de luto não se participa de eventos considerados alegres. Mas eu também sabia que cavalheiros eram muitas vezes perdoados por não seguirem as restrições da sociedade.

Além disso, eu tinha um ponto a provar. Não queria que ninguém duvidasse que eu estava tomando meu lugar como sucessor do velhote.

Lembro-me pouco do baile, exceto de que, no momento em que comecei a descer a escadaria, me arrependi no mesmo instante de ter ido. As pessoas me olhavam como se eu fosse uma criatura estranha exposta em um zoológico, e pensar nisso fez minha cabeça latejar. Eu desejava desesperadamente um copo de uísque. Eu desejava desesperadamente estar no Dodger.

As damas baixaram a cabeça. Os homens desviaram o olhar. Alguns recuaram, como se temessem ser contaminados pela minha presença.

E então eu a vi.

Ela.

Adorável, elegante e ousada, ela não só encontrou meu olhar, mas o sustentou como se estivesse tão fascinada comigo quanto eu estava com ela. Por alguns segundos, pensei em pedir-lhe a honra de uma dança, mas sabia que tal ação mancharia sua reputação. Naquela noite, pela primeira vez na vida, entendi os sacrifícios que eram necessários para ser um cavalheiro de verdade.

Com pesar, afastei-me, mas o mistério de como seria tê-la em meus braços continuou a me assombrar.

14

Catherine não conseguia dormir, e parecia um desperdício de tempo ficar deitada olhando para o teto. Ela poderia pelo menos ser útil, então foi ao quarto do pai e disse à enfermeira para descansar um pouco. Catherine a acordaria quando estivesse pronta para se deitar.

Seu pai parecia estar dormindo, mas ela ainda encontrou conforto em segurar sua mão. Mesmo que ele estivesse acordado, ela não poderia contar que havia permitido que Claybourne a beijasse três vezes. Entendia as razões de Claybourne para beijá-la: intimidação, distração, frustração.

Mas as razões de Catherine para beijá-lo — porque ela havia aceitado ser beijada todas as três vezes, para sua vergonha e horror — eram um mistério. A verdade é que ela quisera continuar sendo beijada, só o afastara porque achou que suas pernas iam ceder. E então se lembrou de Frannie e dr. Graves aguardando o retorno dos dois na sala de jantar.

Quando finalmente voltaram, Frannie havia se recusado a olhá-la nos olhos. Será que havia algo nos olhos de Catherine, ou em seus lábios inchados, que haviam deixado explícito que ela era uma devassa?

Não queria desejar Claybourne, mas parecia não ter controle sobre isso.

Não deveria ter deixado o convite na casa dele, mas pensou que seria feliz pelo resto da vida se pudesse dançar com Claybourne pelo menos uma única vez. Embora não pudesse imaginar que uma dança fosse tão satisfatória quanto um beijo dele.

— Nunca conheci ninguém como ele, papai — sussurrou ela baixinho. — Às vezes, acho que ele vai partir meu coração. Não de propósito, porque ele não sabe como meus sentimentos estão mudando, mas vai parti-lo mesmo assim — desabafou, acariciando a mão do pai. — Será que você amava a mamãe? Se sim, como suportou a vida quando ela não estava mais aqui? Acho que isso é o que mais me preocupa. Eu me acostumei tanto a tê-lo em minha vida que não sei como vou sobreviver quando ele não fizer mais parte dos meus dias.

Ou melhor, das noites, pensou, mas não disse.

Ela apertou a mão do pai contra a bochecha. Encontraria uma maneira de sobreviver.

Catherine tinha pensado que seria divertido levar o filho de Winnie, Whit, para a Grande Exposição. Winnie quis ir também. Na verdade, insistira, pois estava convencida de que a reputação de Catherine seria irrevogavelmente arruinada se ela fosse vista em público sem uma acompanhante e, como Winnie era casada, ela era perfeita para o papel.

Chegaram ao Hyde Park logo após o café da manhã para esperar na fila. Era o dia do ingresso barato, apenas um xelim, e havia mais pessoas comuns que da nobreza. O hematoma de Winnie estava desaparecendo, mas ela não queria correr o risco de encontrar ninguém que conhecia, e achou menos provável que alguém da aristocracia fosse visitar o museu naquele dia.

O edifício de ferro e vidro conhecido como Palácio de Cristal era um local de dez hectares de exposições e cheio de coisas em todos os cantos, completamente encantador para uma criança de 4 anos. A impressionante fonte de água de vidro no centro do edifício deixou Whit de olhos arregalados, e Catherine teve que segurar a mãozinha dele para impedi-lo de tentar entrar na água.

Mas, três horas depois, Whit já estava ficando abatido e rabugento porque suas pernas estavam cansadas. Catherine o carregava havia algum tempo, esperando ver mais obras de arte antes de ser forçada a sair porque seus braços estavam ficando tão cansados quanto as perninhas do menino. Catherine entendia naquele momento por que a rainha já tinha visitado a exposição cinco vezes. Era impossível ver tudo em um único dia.

— Whit está ficando muito inquieto. Você acha que devemos ir? — perguntou Winnie.

Catherine ouviu a decepção na voz dela e se perguntou se a amiga estava triste por sair da exposição ou por voltar para casa.

— Por que não insistimos um pouco mais? Eu queria muito ver o diamante Koh-i-Noor.

— Você acha que é mesmo tão espetacular quanto dizem?

— Tudo o que vimos até agora foi.

— Até as pessoas — sussurrou Winnie. — Você já viu tanta gente diferente? Elas são de todo o mundo. Toda vez que olho ao redor... ai, minha nossa!

Winnie ficou terrivelmente pálida.

— O que foi? — perguntou Catherine.

— Claybourne, e ele está vindo para cá — falou ela, fechando os olhos. — Eu sabia que nunca deveríamos ter falado dele no jardim de lady Charlotte naquele dia.

Catherine se virou. Era, de fato, Claybourne, e ele estava acompanhado de Frannie, e era evidente que os dois estavam caminhando na direção delas — como se Catherine e a amiga fossem uma obra a ser estudada. Ela sentiu um pequeno arrepio de expectativa. Mas sabia que estava segura ali, com as pessoas ao redor e Frannie. O conde não a tentaria a pensar em um beijo. Seria tudo muito formal e adequado.

— Ignore-o — disse Winnie, enfiando os dedos no braço da amiga.

Ignorá-lo? Como ela poderia ignorá-lo quando ele estava tão lindo, vestindo um casaco e calças azul-marinho? Sua gravata também era azul, mas sua camisa e colete eram de um cinza quase do mesmo tom que o prateado de seus olhos. Uma mão com uma luva de couro segurava sua cartola preta e bengala. Catherine sabia do que aquela bengala era capaz. Era quase tão perigosa quanto seu dono.

— Não vou ignorá-lo. Ele não fez nada para merecer isso.

Embora pudesse sentir o olhar horrorizado de Winnie sobre ela, Catherine deu um sorriso para Claybourne e se perguntou como lidar melhor com aquela situação sem fazer com que Winnie suspeitasse que ela e o conde tinham algum tipo de amizade. Deveria saber que ele já estaria preparado para a situação.

— Lady Catherine Mabry, se me lembro bem — cumprimentou Claybourne preguiçosamente, com uma pitada de provocação nos olhos que Catherine duvidava que Winnie notaria. Ela suspeitava que a amiga temia tanto o homem que não arriscaria olhá-lo nos olhos. — Nossos caminhos se cruzaram em um baile uma vez, alguns anos atrás, mas acredito que nunca fomos apresentados formalmente. — Ele se curvou um pouco. — Eu sou Claybourne.

— Sim, eu me lembro daquele baile. Já se passaram alguns anos. Que surpresa vê-lo aqui hoje, milorde.

— Ouvi dizer que a Grande Exposição estava imperdível.

— Acredito que ela será assunto de conversas por anos. — comentou Catherine, e virou-se para Winnie. — Duquesa, permita-me apresentar Lucian Langdon, o conde de Claybourne.

Os dedos de Winnie ainda estavam apertando seu braço, e Catherine podia senti-la tremendo. O que ela temia tanto? O homem não tinha feito nada ameaçador.

— Milorde — disse Winnie sucintamente, e Catherine duvidou que Claybourne não tivesse notado a grosseria no tom dela, mas ele não parecia incomodado.

— Sua Graça — respondeu ele. — Permita-me apresentar a srta. Darling. Uma amiga.

Frannie usava um vestido parecido com o da noite anterior, de um cinza sem graça, como se não quisesse chamar atenção para si mesma. Até seu chapéu quase não tinha cor, como se ela estivesse em um estágio posterior de luto.

— Ah, sim, certamente — falou Winnie, altiva e desconfiada.

Claybourne estreitou os olhos, e Catherine tinha certeza de que ele havia se ofendido. Uma coisa era menosprezá-lo, mas menosprezar a mulher que ele amava era...

— Vocês estão aqui há muito tempo? — perguntou Catherine, tentando compensar a falta de educação de Winnie.

— Não muito. A srta. Darling queria se apressar e visitar todas as salas, mas eu prefiro um passeio mais relaxado. Qual a senhorita recomenda?

— Acredito que é impossível ver tudo de uma vez. Pelo menos indo devagar é possível ver tudo com mais detalhes.

— Exatamente o que penso.

Whit começou a balançar contra ela, chutando suas costas e quadril com as perninhas.

— Vamos! Vamos!

Catherine colocou-o no chão antes que perdesse a força dos braços. Claybourne imediatamente se agachou na frente dele.

— E quem é você?

Winnie ofegou.

— O conde de Whitson — falou Whit, imitando o tom altivo da mãe. Por mais jovem que fosse, ele já reconhecia a diferença entre as classes.

— Você sabia que eles têm limonada, doces e pirulitos ali? Gostaria de comprar alguns para você e sua mãe? — perguntou Claybourne.

Whit assentiu com entusiasmo, repentinamente curado de seu cansaço.

— Estenda a mão — ordenou Claybourne.

Whit obedeceu.

— Agora feche-a — disse Claybourne, demonstrando como fechar a mão em um punho. Então, estalou os dedos. — Abra a mão.

O garoto o fez, arregalando os olhos ao ver uma moeda de meio centavo na palma de sua mão. Winnie ofegou de novo.

— Humm, não sei se isso é o suficiente — comentou Claybourne. Ele olhou para Frannie. — O que acha, srta. Darling?

— Definitivamente não é o suficiente. Acho que ele precisa de pelo menos um xelim.

— Creio que você tenha razão — concordou Claybourne, e voltou-se para Whit. — Feche a mão em volta da moeda e diga: "Por favor, senhor, posso ter mais?"

Whit fechou a mão em torno da moeda.

— Por favor, senhor, posso ter mais?

Claybourne estalou os dedos. Whit abriu a mão, com os olhos mais arregalados do que antes. A moeda de meio centavo havia sumido, dando lugar para uma de seis centavos.

Frannie deu um tapinha em Claybourne.

— Ora, que bobagem! Isso não é um xelim.

Catherine percebeu que era uma performance, e ela se perguntou quantas vezes eles haviam trabalhado juntos em algo semelhante. Era assim que roubavam as pessoas? Essa apresentação era um resquício da infância deles? Os dois pareciam tão naturais, tão confortáveis um com o outro.

— Tem toda razão, srta. Darling. O que eu estava pensando? Vamos tentar de novo, lorde Whitson?

Sorrindo abertamente, Whit balançou a cabeça para cima e para baixo e fechou os dedinhos sobre a moeda.

— Por favor, senhor, posso ter mais?

— Mas é claro que pode, senhor — disse Claybourne, estalando os dedos.

Whit abriu o punho e gritou.

— Olha só! Um xelim!

Catherine percebeu que o menino não era o único com um grande sorriso. Winnie também sorria, como se seus problemas tivessem desaparecido tão facilmente quanto as moedas.

— Como fez isso, milorde? — perguntou Catherine.

— Mágica.

— Ora, isso é óbvio. Mas qual é o segredo?

— Um mágico nunca revela seus segredos. Acaba com a graça.

— Sua Graça, posso levar seu filho para comprar um refresco? — perguntou Frannie.

Winnie afirmou com a cabeça, depois disse:

— Eu vou junto.

Catherine viu o trio andar até a vendinha de refrescos.

— Provavelmente deveríamos ir com elas.

— Provavelmente — concordou Claybourne, oferecendo o braço.

Seria rude ignorá-lo, então ela colocou a mão no braço dele.

— Você percebe que está criando um escândalo ao sair com Frannie sem que ela esteja acompanhada?

— Por Deus, Catherine, crescemos dormindo juntos, agarrados um ao outro. Você acha mesmo que nosso relacionamento precisa de uma acompanhante?

Catherine foi atingida por uma pontada inesperada de ciúme e os imaginou fazendo muito mais que dormindo agarrados de forma inocente.

— A aparência é tudo.

— Está bem, mas ela tem quase 30 anos. Não é essa a idade mágica em que uma mulher não precisa mais de acompanhantes?

— Ela já tem quase 30 anos? Não parece. Ainda assim, ao vê-los juntos em público, as pessoas vão achar que ela é sua amante.

— Nunca a levei para a cama.

Catherine ficou surpresa com o alívio que sentiu ao ouvir aquela confissão inapropriada.

— E vai usar uma placa nas costas dizendo isso?

— Foi você quem sugeriu que eu fizesse algo com ela.

O conde não se preocupou em mascarar sua impaciência.

— Presumi que você teria bom senso o suficiente para perceber que precisava de uma acompanhante.

— Bom, não há outro jeito, então. Teremos que passar o resto do dia com você e a duquesa de Avendale, que, como uma mulher casada, pode servir como acompanhante para salvar a reputação de Frannie.

Catherine estreitou os olhos para ele. Por acaso ele tinha acabado de ludibriá-la para que os grupos se unissem pelo resto do passeio?

— Se eu não lhe conhecesse bem, acharia até que você arranjou este encontro de propósito, e não trouxe uma acompanhante também de propósito para que eu me sentisse obrigada a proteger a reputação de Frannie.

— Sou um canalha por gostar da sua companhia?

— Não, você é um canalha por ser um canalha.

— Bom, não tenho como negar, mas Frannie aprende melhor observando. Pensei que seria bom que ela tivesse a chance de vê-la em ação.

— Então hoje é uma lição, não um passeio para apreciar a companhia um do outro? Isso estraga todo o propósito.

— Como pode estragar o propósito quando isso nos deixa mais perto de obtermos o que cada um deseja?

A atenção de Catherine foi atraída para o som de passos. Whit se aproximava segurando um pirulito.

— Senhor, o senhor vai vir com a gente agora?

Claybourne agachou-se.

— Você gostaria disso?

Catherine ficou espantada com a atitude dele com a criança.

— Sim, senhor.

— Você já viu um elefante?

Whit negou com a cabeça.

Ficando de pé, Claybourne estendeu seu chapéu e bengala para Catherine.

— Você se importa?

Ela os segurou, e Claybourne voltou sua atenção para Whit.

— Então vamos, jovem senhor.

Ele levantou Whit sobre seus ombros e o menino gritou mais uma vez, afundando o pirulito no cabelo grosso e encaracolado de Claybourne.

Quando Winnie e Frannie se juntaram a eles, todos começaram a andar, com Claybourne liderando o caminho. Ele parecia saber para onde estavam indo e, mesmo que não soubesse, estava mantendo Whit ocupado, o que permitia que Catherine aproveitasse um pouco mais as exposições.

Ou teria aproveitado, se sua atenção não estivesse focada em Claybourne.

Catherine percebeu que aquela era a primeira vez que o via de dia. Ele parecia menos sinistro iluminado pela luz que entrava pelas janelas e o teto de vidro. Ela já sabia que ele era alto, mas, de alguma forma, parecia ainda maior. Ela sabia que ele tinha ombros largos, mas ali também pareciam mais largos. O conde caminhava com confiança, apontando as coisas para Whit.

Ela nunca o imaginara com crianças, e agora não podia imaginá-lo sem uma. Ele tinha sido um cavalheiro com Winnie e totalmente encantador com Whit. Claybourne havia dito a Catherine que conhecia truques com moedas, mas ela nunca imaginou um como o que ele havia feito. Tirar uma moeda de trás da orelha de alguém era algo que até o pai dela fazia. Mas o que Claybourne fazia era algo que exigia mãos muito hábeis.

Ela tentou não pensar que outras coisas maravilhosas aquelas mãos habilidosas poderiam fazer — com os botões do corpete de uma dama ou os laços de um espartilho. Ela sentiu o rosto ficando quente ao pensar em coisas inapropriadas.

Vê-lo durante o dia era literalmente vê-lo sob uma luz muito diferente, o que ela temia — pelo bem de seu coração — não ser uma coisa boa, porque naquele instante desejava algo que não poderia ter.

A Grande Exposição era fascinante, mas mediana quando comparada com as expressões de fascínio de Catherine e Frannie ao verem o enorme diamante Koh-i-Noor. Ele estava dentro de uma gaiola, iluminado por baixo com luzes de gás. Luke ficara tão intrigado com a gaiola quanto com o próprio diamante, e mesmo assim não conseguiu prestar atenção na pedra por muito tempo.

Sua cabeça começou a doer assim que deixou o menino descer de seus ombros. Ele tinha sentido uma pontada quando estavam na exibição de elefantes de pelúcia, e desconfiou que a causa era o entusiasmo do garoto, que estava quase pulando nos ombros dele.

Mas ele lutou contra a dor porque não queria abrir mão de ver Catherine e Frannie juntas. Conversando, sorrindo. Será que elas virariam amigas quando ele se casasse com Frannie? Será que sairiam todos juntos?

Ele descobriu um contraste interessante entre as três mulheres. A duquesa de Avendale não parava de olhar para os lados, como se temesse ser atacada a qualquer momento. Talvez ela não ficasse muito confortável em lugares cheios, embora sua reação fosse mais parecida com a de alguém que estava fazendo algo errado e com medo de ser descoberta. Catherine parecia alheia ao fato de que estava sendo vigiada. Jim estivera lá por um tempo, até Luke chegar com Frannie. Depois, eles assumiram a vigia, tentando determinar quem estava seguindo Catherine. Era possível que o homem não tivesse condições de pagar pelo ingresso. Frannie era observadora, e seu olhar vagava por todos, analisando pessoas e procurando um alvo fácil. Não que ela fosse ter um alvo. Eles haviam parado de roubar quando o velhote os tirou da rua. Mas hábitos da infância eram difíceis de serem mudados.

A atenção de Luke continuava a voltar para Catherine e seu sorriso radiante. Ele provavelmente nunca teria outro dia com ela como aquele. A relação dos dois voltaria a ser confinada às sombras.

Era o lugar ao qual pessoas como ele e Frannie pertenciam, enquanto Catherine Mabry caminhava na luz.

Luke sentou-se à mesa de seu escritório, o gosto do uísque ainda amargo na língua, e estudou o convite em sua frente.

Tinha passado mais de uma semana desde o passeio à Grande Exposição, uma semana durante a qual Catherine pareceu se distanciar dele. Os dois mal se falavam na carruagem. Seus encontros não tinham um ar de constrangimento ou inimizade, mas ele sentia uma tensão no relacionamento e suspeitava que tinha mais a ver com o beijo na biblioteca do que com a visita ao Palácio de Cristal. Ela fora simpática durante o passeio, provavelmente porque se sentira segura com a multidão e a claridade do lugar.

Luke sabia que nenhuma aula aconteceria naquela noite. Frannie parecia bastante aliviada com a perspectiva de uma noite sem aprender sobre a vida aristocrática. Àquela altura, ela não deveria estar mais à vontade com a ideia de se tornar a esposa dele? Ele sempre imaginara sua vida com Frannie, vivendo naquela casa, compartilhando os pequenos e mundanos detalhes do dia. Sempre os imaginara tendo filhos. Se imaginara finalmente feliz.

Ele estava cansado de ficar sozinho, de ter apenas pequenos momentos de felicidade com os amigos em volta de uma mesa de jogos, de saber que também não ficavam confortáveis naquele mundo da aristocracia — assim como ele.

Nenhum deles era como Catherine, acostumado a jantares, bailes e visitas matinais. Não se portavam com a confiança impassível que ela tinha. Não o desafiavam a todo o momento. Eles pararam de considerá-lo um igual quando Luke subira no pedestal da nobreza. O desconforto que cada um demonstrava ao seu redor era sutil.

Jack, sempre lembrando que ele não era o herdeiro legítimo.

Jim, sempre fazendo o que Luke pedia, independentemente da hora, como se fosse direito de Luke esperar que um homem aceitasse uma perturbação em sua vida só para agradá-lo.

Bill, que sempre aparecia quando chamado, cuidando de tudo e indo embora tão rápido quanto chegou. Nunca ficando para tomar uma dose de uísque, nunca dividindo os fardos que certamente devia carregar como alguém que lidava com a vida e a morte.

E Frannie, apavorada de se tornar sua esposa, não por causa das intimidades que compartilhariam, mas por causa das lutas diárias que enfrentariam, por causa dos malditos bailes que seriam obrigados a ir.

O convite de Catherine na mesa zombava dele, de sua vida, desafiando-o a mostrar seu rosto e...

Maldita!

Ele serviu mais uísque no copo, levou-o aos lábios, inalou o doce aroma da coragem... e lentamente devolveu o copo à mesa. Pegou o convite e passou o dedo sobre as letras. Será que tinha doído na hora de escrever? Será que ela queria *muito* que ele fosse?

Luke lembrou-se da noite em que jogaram cartas.

"Eu arrisco dizer, milorde, que você não sabia o que eu estava pensando."

Mas ele sabia no que ela estava pensando quando escrevera o nome dele em seu belo convite: que Luke não apareceria.

Talvez ele fosse só para contrariá-la.

Talvez, naquela noite, ele a fizesse se arrepender de ter feito uma visita à meia-noite à biblioteca dele.

Catherine sabia que Claybourne não iria ao baile, mas ainda assim, quando o relógio marcou meia-noite, sentiu uma onda de decepção. Era terrivelmente difícil participar do baile e não revelar o quanto detestava o anfitrião. Ele parecia tão simpático. Ninguém via o monstro que vivia dentro dele.

Winnie não dava indícios de nada, mantendo um sorriso no rosto e fingindo que estava tudo bem com o mundo. Às vezes, Catherine ficava tão brava com a amiga quanto com Avendale.

No entanto, Catherine sorriu, riu e flertou com todos os cavalheiros que dançaram com ela, sem revelar a nenhum deles que, na verdade, queria estar valsando com outro. Apenas uma vez, ela queria estar nos braços de Claybourne e mergulhar naqueles olhos prateados enquanto dançava. Apenas uma vez, desejou que ele a olhasse da mesma forma que olhava para Frannie. A adoração que ele tinha por Frannie era algo que toda mulher deveria ter pelo menos uma vez na vida.

O conde poderia ser um canalha com muitos defeitos, mas tinha um coração muito mais generoso que alguns dos homens com quem ela havia falado naquela noite.

Catherine olhou para seu cartão de dança. As três danças seguintes não haviam sido reivindicadas. Que alívio! Estava cansada de fingir que estava se divertindo. Sentia-se muito angustiada por Winnie, preocupada que Avendale pudesse encontrar falhas na festa, mas tudo parecia estar correndo esplendidamente bem. Até a mão de Catherine estava melhor. O médico de seu pai havia retirado os pontos e a cicatriz não era muito feia. Como sempre usava luvas em público, poucas pessoas a veriam.

Ela ficou grata por ter um respiro como anfitriã, e estava indo em direção às portas que dariam acesso ao terraço quando Winnie a parou.

— Para onde vai?

— Pegar um pouco de ar. Quer vir comigo?

— Não, acho que não. Estou aproveitando os elogios de Avendale. Ele está muito satisfeito com a organização do baile.

— Fico feliz, Winnie.

— Eu deveria dizer que grande parte disso foi responsabilidade sua.

— Não. Você ajudou no planejamento. Deixe que ele pense que foi tudo obra sua — falou Catherine. *Se isso for facilitar a convivência com ele*, pensou. Ela apertou a mão da amiga. — Vá se divertir. Não vou demorar.

Catherine foi até o terraço. Com as lamparinas no jardim, podia ver alguns casais passeando pelos inúmeros caminhos. Nunca tinha passeado em um jardim com um cavalheiro. Não, isso não era verdade. Claybourne havia caminhado pelo jardim com ela na noite em que fecharam o acordo.

Ela seguiu até a lateral do terraço, onde o brilho das luzes não alcançava. Ela queria solidão, queria...

— Me daria a honra desta dança?

O coração de Catherine quase parou ao ouvir a voz de Claybourne. Ela deu meia-volta e o viu à espreita nas sombras, como um malandro.

— O que está fazendo aqui?

— Fui convidado.

— Não, sim, quer dizer... Eu sei que você foi convidado, mas você não fez sua entrada.

— Por que eu deveria passar por esse incômodo quando você é a única com quem eu me importo de dançar? Presumi que sairia do salão em algum momento, então esperei aqui.

E Luke quase desistira de esperar. Ele estava espiando discretamente através de uma janela, observando-a. Ela estava lindíssima naquela noite, com um vestido que revelava um decote tentador. A música os embalou e, pela primeira vez na vida, ele *sentiu vontade* de dançar com uma mulher.

Sabia que estava sendo observado e analisado por ela. Vestira-se como se pretendesse aparecer para todos no baile, mas, assim que chegou, não viu sentido em passar pelo incômodo de realmente estar na companhia de quem não gostava dele. Tudo o que queria era uma dança com Catherine. E naquele momento ele teria seu desejo atendido.

— Você estava esperando nas sombras... — falou ela, espreitando pelo canto da casa. —... e olhando pelas janelas, como uma espécie de *voyeur*?

— Não fale como se fosse algo assim. Eu estava só esperando que você aparecesse, e minha paciência foi recompensada — afirmou ele, e pegou a mão dela para puxá-la. — Dance comigo.

— Meu Deus, você é um covarde!

Foi como se Catherine tivesse lhe dado um tapa. Luke soltou a mão dela.

— Não seja ridícula.

— Entre pela porta da frente. Dance comigo na pista de dança. Participe do baile como um cavalheiro.

— Eu já participei de um maldito baile como um cavalheiro! — retrucou. — Sei o que pensam de mim. Sei a forma como todos desviam o olhar... exceto você. Eles acham que vou roubar suas almas e seus filhos.

— Porque eles não conhecem você. Você não lhes deu a chance de conhecê-lo. Tudo o que devem saber é que você ganha o dinheiro deles no Dodger. É claro que fofocas, especulações e desconfiança rondam sua vida. Seu passado garantiu isso. Enquanto você se acovardar, enquanto se esconder e correr...

— Não sou covarde — resmungou ele.

Catherine levantou o queixo.

— Então prove. Ou você precisa de Frannie ao seu lado primeiro? É isso que está esperando? Ter uma esposa forte o suficiente para ficar ao seu lado, para que você seja forte o suficiente para sair das sombras? Acha que isso vai facilitar as coisas? Você vai mesmo levá-la para o covil do leão sem antes ter certeza de que é seguro?

— Você não sabe de nada! Não sabe o que pretendo ou não fazer.

Ela segurou a mão dele com a dela, a que possivelmente salvara a vida dele, oferecendo conforto, apoio. Aquilo quase o desfez. Ele não queria a solidariedade de Catherine, muito menos sua compreensão. Luke nem sabia mais por que estava ali.

— É como beber uísque — disse ela baixinho. — O primeiro gole é amargo, mas o segundo nem tanto. E, eventualmente, você até antecipa o sabor.

— Você pode beber uísque na privacidade de sua casa. Deixe-me dançar com você aqui na privacidade do jardim.

Ela o analisou por um momento, enquanto a música terminava, e outra melodia começou a ecoar pelo jardim.

— Está bem. Se é assim que deseja... — falou ela.

E Luke viu nos olhos dela e sentiu em sua voz: a decepção de que ele escolhera o caminho mais fácil.

— Mesmo que eu aparecesse, não conseguiria dançar com você.

— Por que não?

— Eu arruinaria sua reputação.

— Talvez no começo, mas acredito que depois, quando tivessem a chance de conhecê-lo melhor, eu seria vista como uma visionária.

— Você tem uma fé desmedida na minha capacidade de conquistar a aristocracia.

— Tenho mesmo — concordou ela, acariciando a bochecha de Luke. — Afinal, você me conquistou.

Ela o encarou por apenas mais um segundo, antes de desviar os olhos, como se tivesse revelado demais.

— Maldita — rosnou ele.

Em seguida, deu meia-volta e saiu andando. Como ela ousava desafiá-lo? Como ela ousava...

Como ela ousava fazê-lo se arrepender de não ser um homem melhor?

A o voltar para o salão de festas, Catherine percebeu que havia forçado demais e, por isso, afastara Claybourne.

Deveria ter aceitado a dança no jardim com alegria e gratidão, mas estava cansada de tudo relacionado a ele precisar ser feito nas sombras, como se o relacionamento dos dois fosse algo vergonhoso. Até o encontro no Palácio de Cristal fora uma farsa, já que fingiram ser apenas meros conhecidos.

Pior, ela se sentia boba por continuar a convidá-lo para bailes que ele não tinha intenção de participar. Mesmo ali, sabendo que ele não apareceria, ainda continuava esperando...

— Lucian Langdon, o conde de Claybourne!

O anúncio ecoou pela sala como uma sentença de morte. Com o coração palpitando furiosamente, Catherine voltou sua atenção para a escadaria.

E lá estava ele, com uma postura ao mesmo tempo orgulhosa e desafiadora.

— Ai, meu Deus, o que ele está fazendo aqui? — perguntou Winnie, que de repente apareceu ao lado de Catherine e a segurou pelo braço. — Não o convidei.

— Eu o convidei.

— O quê? Por quê? O que deu em você?

— Ele me intriga.

Catherine o observou descer a escadaria com um ar de arrogância que ela naquele momento sabia que não passava de um fingimento. Claybourne havia crescido aprendendo como enganar os outros, mas não usava esse poder apenas para obter o que desejava. Ele o usava como uma capa feita sob medida para proteger sua verdadeira essência.

Estava ali para provar a ela que não era um covarde.

Seu rosto era uma máscara ilegível, assim como na primeira noite em que Catherine o vira em um baile. Ele ron-

• 241 •

dava o salão da mesma forma, desafiando qualquer um a refutar seu direito de estar ali — e ela sabia *por que* ele os desafiava: porque ele mesmo duvidava do próprio lugar.

Claybourne queria — precisava — que aceitassem sua posição na aristocracia, porque ele mesmo não conseguia aceitá-la.

Enquanto o observava, Catherine ficou surpresa ao perceber que, de alguma forma, contra todas as chances, ela passara a se importar com aquele homem. Não queria que ele se machucasse. Não queria que perdesse o último pedaço de alma ao qual se agarrava.

— Já que o convidei, vou recebê-lo — disse Catherine, e começou a caminhar até o convidado antes que Winnie pudesse se opor.

A música havia parado com o anúncio e ainda não havia sido retomada. Enquanto Claybourne adentrava o salão, as pessoas recuavam como se um leproso caminhasse entre elas. Catherine sabia que ele estava ciente das reações, dos olhares abaixados, do medo, do desprezo. Mesmo assim, ele não recuou. Avançou com a elegância de um rei, muito mais digno de respeito do que aqueles que o cercavam.

Quando ela estava perto o suficiente, ele parou. Se não o conhecesse tão bem, Catherine não teria percebido o que aquele momento estava custando ao conde. Quase cada grama de seu orgulho. Ele não era um homem que dava o braço a torcer e, no entanto, estava fazendo isso por ela.

Catherine fez uma reverência.

— Lorde Claybourne, estamos muito felizes por você ter vindo esta noite.

Ele se curvou.

— Lady Catherine, estou muito honrado por ter sido convidado.

— Meu cartão de dança está em branco, mas não é costume uma dama pedir uma dança a um cavalheiro.

— Um covarde pode não pedir por medo de ser rejeitado.

— Mas você não é covarde, não é, milorde?

Ela o viu engolir em seco.

— Me daria a honra de uma dança?

— A honra será toda minha, milorde.

Catherine estendeu a mão para ele e, quando Claybourne a segurou, ela sinalizou para a orquestra. As notas de uma valsa encheram a sala.

— Espero que não dancemos sozinhos — sussurrou ele.

— Não me importo se isso acontecer. Só me importo de estar dançando com você.

Claybourne a pegou nos braços, e foi como Catherine sempre imaginou que seria. Ela conseguia sentir a força daquele homem enquanto ele a segurava, o calor dos olhos prateados enquanto ele a olhava.

De forma lenta e cautelosa, outros começaram a se juntar a eles na pista de dança. Catherine suspeitava que os casais estavam disputando quem ficaria mais perto para ouvir o que o escandaloso Conde Diabo e lady Catherine Mabry estavam conversando.

— Vão fofocar horrores sobre nós dois amanhã — disse ele baixinho.

— Aposto que vão fofocar sobre nós dois ainda esta noite.

— E você não se importa.

— Nem um pouco. Eu queria dançar com você desde o primeiro baile em que o vi.

— Você parecia tão jovem e inocente naquela noite, vestida de branco. Quem diria que é uma diabinha?

Claybourne estava tentando elogiá-la ou insultá-la? Bom, não importava. Só o que importava era que ele parecia se lembrar de tantos detalhes quanto ela sobre aquela noite.

— Você lembra o que eu estava vestindo?

— Lembro-me de tudo sobre você naquela noite. Usava fitas cor-de-rosa no cabelo e um colar de pérolas.

— As pérolas eram da minha mãe.

— Você estava no meio de um grupinho de garotas, e se destacou não por sua beleza, que excedia em muito a delas, mas por sua recusar em se acovardar e desviar os olhos. Ninguém nunca me desafiou como você, Catherine.

— Ninguém nunca me intrigou como você, milorde.

Ela temia que eles estivessem andando no limite do que seria considerado flerte.

As notas finais da música pararam, e Catherine respirou fundo.

— Estou com calor. Faria a gentileza de me escoltar até o terraço, onde está mais fresco?

— Se é o que deseja.

Ela enganchou o braço no dele e manteve a cabeça erguida enquanto cruzavam o salão, encontrando olhares que eram rapidamente desviados, observando à medida que sua reputação era destruída de maneira irremediável. Seu pai nunca saberia, mas se — quando — seu irmão voltasse, ele ficaria furioso. Bom, Catherine lidaria com a repercussão quando fosse a hora.

Do lado de fora, ela levou Claybourne para o canto do terraço, onde tinham um pouco de privacidade, mas ainda estavam à vista de todos. Sua reputação estava em frangalhos, mas ela ainda queria manter um pouco do que restava.

— Decidi que não quero a morte de alguém, mas estou determinada a redobrar os esforços para convencer Frannie de que o lugar dela é ao seu lado, de que terá uma vida confortável. Acredito que ela não precisa ser ensinada, mas sim ser aceita, então pretendo mudar de estratégia e trazê-la para este mundo. Aos poucos, mas com mais sucesso.

— Você cumprirá sua parte do acordo sem que eu cumpra a minha?

— Por mais estranho que pareça, sinto que nas últimas semanas criamos um… tipo de amizade, e gostaria de ajudá-lo a conquistar sua esposa. Como amiga.

Independentemente do que custaria a ela, e seria um preço alto. Catherine pensou que nunca sentiria por um homem o que sentia por Claybourne, que nunca respeitaria um homem como o respeitava, que nunca ficaria tão fascinada, tão impressionada, com um homem como ficava com ele.

Mas o coração de Claybourne tinha outra dona, enquanto o dela já era dele.

— Isso é muito generoso da sua parte. Nem sei como agradecer.

— Não é nada. Como você tão bem apontou na noite em que fechamos nosso acordo, só estou ensinando-a como ser a anfitriã de um chá da tarde.

— Pelo contrário! Sob a sua tutela, ela está ganhando uma confiança que lhe faltava antes. Na verdade, tenho medo de que ela fique tão teimosa quanto você.

— Você quer mesmo uma esposa que nunca vai desafiá-lo? Você ficaria entediado num piscar de olhos.

— Acha que sabe o que eu desejo em uma mulher?

— Eu gosto de pensar que sei o que você *merece* em uma mulher. Como esta noite nos mostrou, você ainda precisa superar certos obstáculos, mas não tenho dúvidas de que conseguirá.

— Você me lembra do velhote. Ele nunca duvidou de mim. Nunca entendi muito bem o que ele via em mim.

— Ele via o neto.

16

"Ele via o neto."

As palavras ecoavam pela cabeça de Luke enquanto sua carruagem chacoalhava pelas ruas de paralelepípedos. Estava vagando sem rumo por Londres havia mais de duas horas, tentando acalmar seus pensamentos.

Deixara o evento pouco depois de Catherine e ele terem voltado para o salão de festas. Não havia motivos para ficar. Luke suspeitava que nenhuma outra dama dançaria com ele, e ele não tinha vontade de dançar com ninguém além dela. Ademais, não arriscaria ainda mais a reputação dela ao dançarem uma segunda valsa. Ele já tinha a colocado em risco com uma dança e um passeio no jardim. Por que ela estava disposta a se sacrificar tanto só para que ele fosse aceito pela aristocracia?

Amizade? Deus sabia que ele arriscaria tudo — inclusive a própria vida — por seus amigos. E eles não arriscariam menos que isso por ele. Mas Catherine… O que ela ganharia com isso? Se passassem mais tempo juntos, nenhum homem decente a tomaria como esposa.

Naquela noite, ela havia acabado com o propósito do relacionamento deles. Por algum motivo, decidira que não valia mais a pena matar alguém. Luke deveria estar grato por não ter aceitado o acordo na primeira vez em que Catherine foi visitá-lo e matado a pessoa.

Ainda assim, estava incomodado com a mudança repentina de ideia. Ela não era uma pessoa irracional, muito menos tola. Se achava que alguém precisava morrer, o sujeito provavelmente merecia. E ainda havia a questão do homem que a seguia. Luke precisava conversar com Jim, mas primeiro queria ver Frannie.

A carruagem parou do lado de fora do Dodger, e Luke desembarcou. Ele entrou pela porta da frente, mas o clima não ficou pesado como no baile de Avendale. Afinal, ali era sua casa. Onde ele pertencia.

Jack se aproximou dele.

— Luke…

Luke ergueu a mão.

— Agora não.

Ele era um homem com um propósito. Abrindo a porta dos corredores dos fundos, foi até a sala onde sabia que encontraria Frannie, que estava trabalhando em seus registros. Ele bateu no batente da porta, e a ruiva olhou para cima e sorriu. Como sempre, o sorriso dela o aquecia por inteiro.

— Nossa, que roupa chique.

— Fui ao baile da duquesa de Avendale — disse ele.

— Pensei que você não se interessava pelos eventos da aristocracia.

— Achei que era hora de começar a abrir o caminho para nós.

Ela olhou para os livros contábeis.

— Então vamos participar de bailes?

— Acho que você vai gostar. É um ambiente animado e tem muitos vestidos bonitos. Comida, bebida e pessoas.

— Sim, pessoas que eu não vou conhecer.

— Você vai conhecê-las. E o melhor de tudo, vamos dançar — afirmou ele, entrando na sala e estendendo a mão. — Dance comigo agora.

Ela ergueu a cabeça.

— Que bobagem é essa?

— Nem eu sei. Mas eu quero muito dançar com você.

— Mas não há música...

— Posso cantarolar.

O que dera nele? Por que sentia tanta necessidade de dançar com Frannie?

Rindo com doçura, ela se levantou.

— Está bem.

Ela deu a volta na mesa.

— Se me lembro bem, eu deveria ficar em cima dos seus pés.

Luke riu. Era a maneira como o velhote dançava com ela. O homem tinha garantido que eles tivessem aulas, muitas aulas. Por que Frannie sentia que precisava de mais naquele momento? Certamente não se esquecera de tudo que aprenderam.

— Os movimentos são os mesmos, mas você fica com os pés no chão.

Ele colocou uma das mãos dela em seu ombro, segurou a outra mão e colocou a que estava livre na cintura dela.

Então começou a cantarolar a valsa que dançou com Catherine, movendo Frannie no ritmo de sua cantoria desafinada. O espaço era pequeno e ele não conseguia movê-los para muito longe, mas era o suficiente.

Com Frannie nos braços, o corpo dele não ficava tenso, a mente não tinha visões carnais. Disse a si mesmo que era porque, quando a olhava, só via tecido e botões. Mas quando olhava para Catherine, um retrato totalmente diferente surgia. Ele via com detalhes o vale de seus seios, a curva suave de seu pescoço. Ele a via sorrir, via os olhos azuis brilharem de alegria.

Luke parou a valsa e, com sutileza, puxou Frannie para mais perto. Segurou o queixo dela como se fosse feito da mais fina e frágil porcelana e observou quando ela arregalou os olhos ligeiramente e lambeu o lábio inferior. Ele sentiu um frio gostoso na barriga.

O conde abaixou a cabeça, os olhos dela se fecharam e ele, com muita delicadeza, roçou os lábios sobre os dela, antes de recuar.

— Viu, não foi tão ruim assim, não é? — perguntou ele.

Também não havia sido particularmente satisfatório, mas isso viria com o tempo, à medida que ela se familiarizasse com a natureza física dos homens.

Frannie negou com a cabeça.

— Não, nem um pouco.

— Eu te adoro.

— Eu sei.

Ele acariciou o lábio inferior dela com o polegar. Deveria querer outro beijo. Deus sabia que ele nunca se cansaria de provar Catherine. No entanto, o que ele e Frannie haviam compartilhado parecia muito... adequado.

Adequado. Não passional, nem fogoso, nem atordoante.

Civilizado. Não bárbaro, nem bestial, nem indomável.

Apropriado. Não escandaloso, nem errado, nem vergonhoso.

— O que foi? — perguntou Frannie.

E ele percebeu que estava carrancudo, franzindo tanto a testa que acabaria ficando com outra dor de cabeça debilitante.

Sacudindo a cabeça, soltou-a e deu um passo para trás.

— Nada. Não foi nada.

Mas algo *estava* terrivelmente errado, porque ele estava duvidando de seu afeto por Frannie, algo que nunca havia feito.

— Catherine estava no baile? — perguntou Frannie.

— Sim.

— Você dançou com ela?

Luke virou-se.

— Dancei.

Por que se sentia culpado? Não era como se ele a tivesse levado para a cama. Tinha sido uma dança inocente, embora ele não sentisse que fosse.

— O que ela estava vestindo?

— O que todas as damas vestem. Um vestido de baile.

— Você seria um péssimo escritor de fofocas. — Frannie voltou para sua cadeira atrás da mesa. — Aposto que ela estava linda.

— Ela está sempre linda.

— Por que acha que ela ainda não se casou?

— Porque é muito teimosa, obstinada e crítica. Um homem quer paz em sua casa, e com Catherine, paz seria a última coisa que ele teria.

— Então você acha que um casamento comigo seria pacífico?

— Acho.

— E é isso que você quer? Paz?

— Quero contentamento.

— Você me acha entediante?

— É claro que não.

— Às vezes me pergunto... às vezes acho que sou. Fico aqui com todos esses números, e eles parecem tão tediosos...

— Nada em você é tedioso. Aguardo ansiosamente pelo tempo que vamos passar juntos — garantiu ele, sentando-se na cadeira em frente a ela. — E esse tempo parece tão escasso nos últimos tempos.

Como que para provar as palavras dele, uma batida soou na porta. Luke olhou por cima do ombro e viu Jim parado na entrada.

— Não quis interromper, mas Jack disse que não conseguiu falar com você antes, e tenho algo que acho ser do seu interesse.

— O que é? — perguntou Luke.

— O homem que anda seguindo lady Catherine.

O coração de Luke deu um salto e nada mais parecia ser tão importante quanto aquilo.

— Onde ele está?

Jim jogou a cabeça para o lado.

— No escritório de Jack.

Luke saiu correndo da sala.

— Como o encontrou?

— Lady Catherine correu de um lado para o outro como uma louca esta manhã, cuidando das coisas para o baile desta noite — explicou Jim, e entrou na sala. Ele apontou para um homem surrado de cabelo escuro sentado em uma cadeira, apertando nervosamente a aba de um chapéu. — O sr. Evans teve trabalho para acompanhá-la.

O valete corpulento de Jack estava de guarda. Ele assentiu uma vez e saiu discretamente da sala, fechando a porta.

— Ele está cooperando muito desde que passou algumas horas na cadeia — afirmou Jim.

— Abuso de poder, isso sim. Me trancafiar quando eu não fiz nada de errado.

Luke sentou-se na borda da mesa de Jack, estudando o homem.

— Você sabe quem eu sou?

— Claybourne — o homem praticamente cuspiu.

— Sabe que eu já matei um homem?

— Eu também. Não é uma coisa difícil de fazer.

— Meu ponto, camarada, é que gosto de lady Catherine, mas não gosto que bandidos como você estejam seguindo-a.

— Eu não machuquei ela.

— E essa é a única razão pela qual você ainda está respirando. Quero respostas e, se não as conseguir, não serei tão gentil quanto a Scotland Yard. Fui claro?

Evans engoliu em seco e assentiu. Ele era um valentão, e era fácil colocar valentões em seu lugar.

— Por que estava a seguindo? — perguntou Luke.

— Fui pago.

— Por quem?

— Um engomadinho.

— Quem?

— Não sei o nome dele. Ele contratou um monte do nosso bando.

— Contratou um monte para fazer o quê?

Ele levantou os ombros como se estivesse pronto para se proteger de um soco.

— Seguir pessoas.

— Vamos, campeão — disse Jim, em um tom autoritário.

— Desembucha tudo de uma vez sem que ele precise ficar fazendo todas as perguntas.

— Que pessoas exatamente você estava seguindo? — questionou Luke.

— Lady Catherine, como ele falou... — ele apontou para Jim — uma duquesa, e você.

— Que duquesa você estava seguindo?

— Sei lá. Eu não segui ela. Foi meu companheiro. Sei que ela era a mulher do engomadinho. Ele achou que ela ia aprontar algo.

— Por que ele mandou você seguir a lady Catherine?

— Sei lá. Só queria saber para onde ela ia, quem ela conhecia, o que fazia. Eu falei pra ele. Só coisa chata, tipo compras.

— Não falei? — disse Jim. — Não sou o único que achou que ela era entediante.

Luke balançou a cabeça e olhou para Jim, e o amigo ergueu as mãos em rendição.

— Desculpe, mas senti a necessidade de apontar o óbvio.

Luke voltou sua atenção para Evans.

— Você é um dos homens que me atacou uma noite dessas?

O chapéu do homem quase desapareceu nas mãos grandes tamanha a força que ele estava usando para torcê-lo. Aquilo já respondia a pergunta.

— Era para vocês me matarem?

Evans assentiu com brusquidão.

— E lady Catherine?

Ele levantou a cabeça rapidamente e o encarou com olhos arregalados.

— Não, juro! A gente não sabia que ela tava lá até ela sair da carruagem. Eu não seguia ela de noite. Por ser uma dama, achei que já estaria dormindo.

— E você contou sobre ela ao seu patrão?

Evans negou com a cabeça rapidamente.

— Ele já tava bravo por não termos feito o trabalho direito. Não queria arranjar mais problema pra minha cabeça.

— Onde você o encontra?

— Em nenhum lugar específico. Ele sempre acha a gente.

— E você não sabe quem ele é?

— Foi mal, camarada.

— Muito mal, mesmo... — comentou Luke, e considerou o que sabia. Nada fazia sentido. Faltava alguma informação. Por que ele seguiria uma duquesa? E qual duquesa? — A duquesa que vocês estavam seguindo. Você já a viu com lady Catherine?

— Quase todos os dias. Elas são mais grudadas que unha e carne.

— E não achou que valia a pena mencionar isso?

O homem deu de ombros.

— Se elas estivessem juntas, só um de vocês precisava segui-las, mas dois ainda estavam sendo pagos, não é? — perguntou Jim.

Evans suspirou e assentiu como se fosse uma criança flagrada furtando um biscoito. No entanto, Luke tinha preocupações maiores. Ele se afastou da mesa, caminhou até Jim e disse em voz baixa:

— Catherine passa muito tempo com a duquesa de Avendale. Você já a viu na companhia de alguma outra duquesa?

Jim negou com a cabeça.

— Se eu tivesse visto, já teria lhe dito antes.

— Não faz sentido. Por que Avendale...

A porta se abriu e Jack entrou, estendendo um pedaço de papel.

— Isso acabou de chegar para você.

Luke pegou. O lacre estava rompido.

— Você leu.

— Eu precisava saber se era tão urgente quanto o entregador alegou.

Luke fez uma cara feia para ele, depois desdobrou o bilhete. Quase perdeu o chão.

> *Eu preciso de você na casa de Avendale.*
> *Traga o dr. Graves.*
> *Rápido.*
> *— C*

O conde deixou Evans com Jim e se apressou para a casa de Avendale, parando rapidamente na residência de Bill para alertá-lo de que seus serviços eram necessários. Bill tinha ido com seu próprio veículo para que não dependesse de Luke para o transporte. Frannie também tinha ido. Luke não sabia o que esperar, mas temia o pior. Ele quase desabou de alívio quando percebeu que era a duquesa, e não Catherine, que precisava dos serviços de Bill.

Naquele momento, Luke estava sentado em um banco junto a Catherine do lado de fora do quarto da duquesa de Avendale. Ele só tinha visto a mulher de relance antes de Bill expulsar todos do quarto, exceto Frannie. Se não soubesse quem ela era por causa da preocupação de Catherine, nunca a teria reconhecido como a duquesa.

— O nome que você teria eventualmente me dado, se não tivesse mudado de ideia esta noite, seria o de Avendale? — perguntou ele baixinho.

Com lágrimas nos olhos, Catherine assentiu.

— Presumo que não é a primeira vez que ele bate na esposa.

Batido nela e depois fugido. Sem dúvida para o Dodger.

Catherine negou com a cabeça.

— Mas desta vez foi pior. E a culpa é minha. Ele não gostou nada de você ter vindo ao baile. Eu deveria ter adivinhado. Ele é uma besta controladora. Winnie precisa explicar o que faz em cada minuto de cada dia e seu nome não estava na lista de convidados, mas eu queria dançar com você em um salão de festas. Fui burra e egoísta. Eu deveria ter mentido naquela noite e dito que ele tinha me violentado para acabar logo com isso.

— Não é fácil conviver com uma mentira, Catherine — afirmou Luke.

Ele sabia bem disso.

— Você acha que é fácil saber que é responsável pela morte da sua amiga?

— Ela ainda não morreu. Não desista dela com tanta facilidade. Bill é muito bom no que faz.

— As duas primeiras esposas de Avendale morreram. Eu nunca me perdoarei se Winnie também morrer só porque fui covarde e esperei. Por mais que eu quisesse que ele fosse morto, comecei a me preocupar em como me sentiria depois, como viveria comigo mesma. E agora olha só o que aconteceu com ela.

— Catherine, a culpa não é sua.

— É sim. Acabei de explicar que é.

— E o que você fez, querida? Você mandou um convite para uma pessoa que ele não esperava. Eu já matei um homem e ninguém me deu uma surra — afirmou ele, e colocou o braço em volta dela, puxando-a para perto e dando-lhe um beijo na testa. — Seu crime não justifica a punição dele.

Catherine sentiu um certo nível de conforto com a proximidade de Claybourne. Desde o momento em que a criada de Winnie aparecera na residência de Catherine chorando, ela temera o pior, e não hesitou em mandar buscá-lo, mais para si mesma do que para Winnie. Sabia que poderia pegar um pouco de sua força, que encontraria conforto em sua presença.

— Quantas facadas são necessárias para matar uma pessoa? — perguntou ela.

— Uma só, se fizer certo. Mas usar uma faca torna tudo muito pessoal, Catherine.

— Uma pistola seria melhor, então.

— Só se você for uma boa atiradora.

Ela saiu de debaixo do braço dele e reuniu sua coragem.

— Você pode me ensinar a ser uma boa atiradora?

— Eu poderia, mas não vejo necessidade. Vou cuidar desse assunto.

Claybourne pegou a mão dela e acariciou os dedos.

Era um gesto tão amoroso, tão terno, tão tranquilizador.

— Pensei que você fosse uma fera — falou ela baixinho.

— Não pensou que eu fosse um diabo?

Ah, sim, o Conde Diabo. Ela não se lembrava da última vez que pensara no apelido dele.

— Por que você matou alguém?

— Porque ele machucou Frannie.

Catherine tentou lembrar-se de quando tudo tinha acontecido.

— Ela não era uma criança na época?

— Era. E apesar da vida que levava até então, ela era uma criança muito doce e inocente.

— Você matou mais alguém depois disso?

Ele negou com a cabeça lentamente.

— Mas vai matar Avendale?

Ele deu um aceno brusco.

— Vai conseguir viver com isso?

Com o polegar, ele enxugou as lágrimas da bochecha dela.

— Isso é algo com que só eu devo me preocupar.

— Você disse que eu estava pedindo para que desistisse do último resquício de sua alma.

— Só me resta um pouquinho. Desistir disso não será difícil.

Mas ela temia que seria, *sim*, muito difícil. Que renunciar ao restante de sua alma o transformasse irrevogavelmente em um homem que ela não poderia mais amar. Ai, Senhor, quando ela se apaixonara por ele? Será que houvera um momento preciso ou fora simplesmente uma junção de muitos?

— Foi mais fácil pedir que fizesse isso antes de eu o conhecer — disse ela.

— E para mim, é mais fácil fazer agora porque a conheço melhor.

A porta do quarto se abriu. Um dr. Graves taciturno e Frannie saíram. Catherine ficou de pé em um pulo, esperando o pior.

— Ela vai se recuperar, mas vai precisar de muitos cuidados — explicou Graves. — Foi terrivelmente abusada de maneiras muito pessoais.

Catherine assentiu. Winnie estivera consciente por um tempo, com dor, sofrendo, chorando pelas atrocidades que seu marido a fizera suportar: estupro, socos e chutes, a tentativa de partir sua alma.

Ela temia que ele tivesse tido sucesso na última.

— Posso cuidar dela.

Claybourne pediu que todos se aproximassem.

— Ela pode viajar?

O dr. Graves arregalou os olhos.

— Não para muito longe.

— Ela não precisa ir para longe — garantiu Claybourne. — Avendale mandou seguirem Catherine. Ele também é responsável pelo ataque que sofremos na outra noite.

— O quê?! — exclamou Catherine. — Como você sabe disso?

— Jim capturou um dos bandidos que ele contratou para segui-la. Estávamos discutindo o assunto com o homem quando recebi sua carta. Precisamos lidar com Avendale, mas não aqui, não em Londres, onde ele pode ter recursos que desconheço. Meu plano é o seguinte: vamos fazer as pessoas acreditarem que estamos levando a duquesa para minha casa no campo. Você deve vir conosco, Catherine. Avendale irá atrás de você primeiro, procurando a esposa.

— Mas meu pai…

— Deixaremos alguém o vigiando. Ele não sofrerá mal algum.

Catherine confiava em Claybourne, sem sombra de dúvida.

— Vamos fazer uma troca — continuou Claybourne. — Leve as damas para sua residência, Bill, onde você e lady Catherine podem cuidar da duquesa. Vou sozinho para Heatherwood. Avendale certamente me seguirá até lá se deixarmos pistas o suficiente. Então, darei um fim nesse assunto.

— E o Whit? — perguntou Catherine.

Graves olhou para ela.

— Quem é Whit?

— O herdeiro de Avendale — respondeu Claybourne antes dela. — Vamos levar o pequeno conosco. Sugiro agirmos rapidamente. Bill, pode me ajudar a preparar a duquesa para a viagem?

— Sim, com certeza.

— Catherine, você busca o garoto — disse Claybourne. — Lembre-se de que queremos dar a impressão de que estamos todos indo para o interior.

Catherine assentiu com a cabeça, inquieta.

— Boa menina — disse ele, pouco antes de desaparecer no quarto de Winnie com o médico.

— Vou ajudá-lo a buscar a criança — disse Frannie. — Vamos falar alto sobre nossa ida para Heatherwood enquanto andamos pela casa.

Catherine agarrou o braço dela.

— Claybourne vai enfrentar Avendale sozinho.

— Parece que sim.

— Não posso deixá-lo ir sozinho, Frannie. Eu o meti nessa história.

— Luke não vai colocar os outros em risco. Não é do feitio dele. E ele também não vai deixá-la ir junto, se é isso que está pensando.

— Vou deixá-lo sem opção. Pode cuidar da Winnie para mim?

— Catherine...

— Eu me importo com ele, Frannie. Não sou nenhuma ameaça para você, pois sei que o coração dele é seu, mas não consigo imaginá-lo enfrentando Avendale sozinho. Sei que não poderei fazer muito para ajudá-lo, mas devo ficar ao lado de Claybourne. Entende?

— Já pensou o que vai ser da sua reputação depois disso? Se souberem que viajou sozinha com ele?

— Quem saberá que eu fui se dissermos que estou com você e Winnie? Os criados dele não sabem quem eu sou. Vão achar que sou apenas uma mulher qualquer. Meu nome não precisa ser associado ao conde — afirmou ela, estendendo a mão e apertando a de Frannie. — Você quer mesmo que ele enfrente isso sozinho?

Frannie negou com a cabeça.

— Não. Na verdade, eu mesma tinha planejado ir com ele, mas você tem razão. Você é a melhor opção. Eu cuido da Winnie e você cuida de Luke — concordou Frannie, e apertou a mão de Catherine com tanta força que ela quase gritou. — Não o deixe sozinho, principalmente à noite. Por algum motivo, ele não fica bem em Heatherwood. Avendale não será o único demônio que ele enfrentará lá.

Catherine identificou uma urgência na voz de Frannie, viu a compreensão em seus olhos verdes, percebeu que ela estava dando permissão a Catherine para algo além do que as duas estavam discutindo. No entanto, antes que pudesse dizer algo, ouviu a porta do quarto se abrindo.

— Busque o Whit — disse Frannie. — Vou com Bill para a casa dele, para que tudo esteja pronto quando Luke sentir que é seguro levar Winnie.

Catherine assentiu e foi até o quarto do menino. Havia muito a ser feito e, para que o plano funcionasse, eles precisavam deixar tudo certinho antes de Avendale voltar para casa.

As coisas avançaram em um ritmo acelerado. Catherine encontrou a criada de Winnie e instruiu-a a arrumar uma pequena mala para a duquesa, que estava indo para a casa de campo de Claybourne para se recuperar. Em seguida, fez uma mala menor para Whit. Enquanto os criados colocavam as malas na carruagem de Claybourne, ela acordou Whit e carregou o garotinho para fora da casa. Claybourne se juntou a ela, carregando Winnie embrulhada em cobertores.

Ele segurou Winnie no colo durante toda a viagem, tentando agir como um amortecedor extra entre ela e a carruagem que sacolejava. De tempos em tempos, Winnie gemia e Whit resmungava.

Eles pararam na residência de Catherine e ela enfiou um vestido simples, camisolas e roupas íntimas em uma bolsa para si. Depois, foi ver o pai. Ele estava acordado, ou pelo menos de olhos abertos.

— Winnie está machucada. Ela vai para o interior para se recuperar, e eu vou com ela. Por favor, não se preocupe. Vou ficar bem. Volto em alguns dias. — Ela o beijou na testa. — Não se vá enquanto eu estiver fora.

Ela deixou instruções sobre os cuidados dele para os criados — não que eles realmente precisassem disso. Estavam cuidando de seu pai havia mais de um ano. A caminho da casa do dr. Graves, Catherine deslizou o dedo por baixo da cortina da carruagem e olhou para fora. Ela podia ver cortiços.

— Você tem certeza sobre o seu plano?

— Tenho — garantiu Claybourne.

A carruagem parou abruptamente e a porta se abriu, mostrando o dr. Graves. Depois que Claybourne colocou Winnie nos braços dele, Graves se afastou. Então foi a vez de Frannie aparecer e estender a mão para Whit.

Claybourne virou-se para o menino.

— Não tenha medo. Eles vão cuidar de você e você vai cuidar da sua mãe. Combinado?

O menino assentiu.

— Bom garoto.

Claybourne o ajudou a descer, e o menino correu até Frannie, que o pegou no colo. Ela olhou para Catherine, deu um aceno quase indiscernível e se afastou.

E então o valete apareceu, estendendo a mão para Catherine. Ela respirou fundo antes de falar:

— Vou com você.

— Nem pensar — disse Claybourne.

Catherine estendeu a mão, pegou a maçaneta e fechou a porta — quase prendendo os dedos do valete no processo. Então se acomodou no assento, cruzando firmemente as mãos no colo.

— Não permitirei que você o enfrente sozinho.

— Por Deus, Catherine! Ele não vai estar de bom humor.

— Não me importo.

— É provável que eu faça coisas que você não aprove.

— Você acha mesmo que, depois de ver o que ele fez com minha melhor amiga, há algo que você poderia fazer com ele que eu não aprovaria?

— Sua reputação...

— Todos os meus criados acham que Winnie está viajando conosco. Quanto aos seus criados, presumo que serão discretos. Até onde sei, Avendale é o único que pode nos causar algum problema, e presumo que você vai lidar com ele.

— Eu deveria pegar você e...

— Me dar uma lição? Você não me assusta, lorde Claybourne. Não faria mal a uma mulher nem se sua vida dependesse disso. Ao contrário de Avendale, que bate na esposa só porque não gosta da cor do vestido dela. Não vou ficar para trás.

O conde praguejou alto, sinalizou para o valete e, segundos depois, a carruagem partiu.

· 264 ·

— Você é a mulher mais irritante que já tive a infelicidade de conhecer — resmungou. Então ele se inclinou para a frente, pegou a mão dela e beijou-lhe os dedos. — E a mais corajosa.

— Se eu fosse tão corajosa, nunca teria envolvido você nessa história.

Claybourne sentou-se ao lado de Catherine e a aninhou.

— Você nunca deveria ter ficado responsável por cuidar desse assunto, para começo de conversa.

— Ela é minha amiga mais querida do mundo.

— Faremos o possível para salvar a sua reputação.

— Só me importo de cuidarmos do Avendale. Quais são seus planos para ele?

— Preciso de algumas respostas antes. Dependendo do que ele falar, posso tentar algum tipo de negociação.

— E se ele não der as respostas ou não for possível algum tipo de negociação?

— Heatherwood é uma propriedade bem grande. Não seria difícil um homem se perder e nunca mais ser encontrado.

17

A carruagem parou do lado de fora da casa de família de Claybourne na noite seguinte, muito depois de escurecer. O valete abriu a porta.

— Fique aqui — ordenou Claybourne.

— Não serei intimidada...

Ele suspirou com impaciência.

— Catherine, você confia em mim?

— E você confia em mim?

— Com a minha vida — garantiu ele.

Ai, Deus, ela não esperava que ele colocasse tal fardo em suas mãos. O que ela estava fazendo ali? Como os fizera acabar nessa situação?

— Acho que as coisas entre nós seriam bem melhores se você simplesmente explicasse o motivo de suas ordens — pontuou ela. — Não quero ser difícil, mas também não quero ficar na ignorância.

— Está bem. Vou mandar a maioria dos meus criados para a povoado por dois motivos. Primeiro, quero que eles saiam da zona de perigo e, segundo, porque isso aumentará a probabilidade de preservar sua reputação. Por isso, preciso que você fique escondida até que todos saiam. Só ficarão um mordomo e alguns valetes.

Assentindo, ela se acomodou na carruagem.

— Vou esperar pacientemente como uma boa menina.

Ele riu baixinho.

— Sinto que você não foi uma boa menina um dia sequer na sua vida.

Antes que Catherine pudesse reclamar do que ele dissera, Claybourne desapareceu pela porta. Ele não permitira que ela fosse vista em nenhuma das pousadas onde pararam para trocar de cavalo e comprar comida. Além disso, sempre comprara uma quantidade desmesurada de comida, como se tivesse várias pessoas para alimentar. Se Avendale parasse nos mesmos lugares e fizesse perguntas, pensaria que Winnie estava na carruagem. Winnie e Whit.

Avendale ficaria furioso quando descobrisse que havia sido enganado.

Catherine ouviu o barulho dos cavalos e o estrondo de rodas na estrada. Deviam ser os veículos que os criados usariam para viajar até o povoado vizinho. Ela não tinha a intenção de expulsar as pessoas da casa, mas Claybourne estava certo. Seria mais seguro.

Os minutos se arrastaram, mas ela finalmente sentiu a carruagem sacudir e presumiu que o valete estivesse pegando as bagagens dela e de Claybourne. A porta se abriu e ela soltou um gritinho.

— Tudo bem? — perguntou Claybourne, e ela pensou ter detectado diversão na voz dele.

— Sim.

Ele estendeu a mão.

— Vamos, então.

Catherine colocou a mão na dele, sentiu os dedos fortes se fecharem em torno dos seus, e todas as suas dúvidas e preocupações se dissiparam. Aquele era Claybourne, que tinha sobrevivido a coisa muito pior do que um imbecil como Avendale. Juntos, garantiriam a segurança de Winnie.

Catherine saiu da carruagem. Embora só pudesse ver a silhueta da casa, era óbvio que a construção era grandiosa. Ela colocou a mão no braço do conde e permitiu que ele a acompanhasse, enquanto o valete corria na frente com as malas.

— Em circunstâncias normais, os hóspedes dormem na ala leste, e a família na ala oeste. Mas não estamos em circunstâncias normais. Instruí o valete a colocar seus pertences no quarto ao lado do meu. Quero você por perto, Catherine, para que eu possa garantir sua segurança. Não vou me aproveitar de você.

A última frase foi dita bem baixinho, quase com um tom de arrependimento. A pontada de decepção que ela sentiu foi inegável.

— Bem, não é como se eu já não tivesse passado a noite na sua cama — brincou ela.

Claybourne deu um passo em falso e, de repente, ela precisou segurá-lo para que não caísse. Quando se recompôs, ele disse:

— Você joga um jogo muito perigoso, lady Catherine Mabry.

Ela se deu conta disso tarde demais, mas não recuaria naquele instante. Catherine faria o que fosse necessário para alcançar seu objetivo.

— Você acha que eu deveria ter um nome falso enquanto estou aqui?

— Tem algo em mente?

Eles haviam chegado aos degraus frontais e subiram em direção à porta.

— Como você se chamava quando menino? Antes do conde de Claybourne encontrá-lo? — perguntou ela.

— Locke. Luke Locke. Eu era muito habilidoso em abrir fechaduras.* Éramos quase todos órfãos e não sabíamos nossos nomes verdadeiros. Mesmo aqueles que sabiam, Feagan sempre insistia para que escolhessem um novo. Eles recomeçavam a vida quando eram acolhidos por Feagan. Então, que nome você gostaria de ter?

Catherine não conseguia pensar em nada.

— Não tenho habilidades. O que você sugeriria?

— Heart. Porque foi o seu coração generoso que nos trouxe a esta aventura.**

Luke abriu a porta.

— É assim que você enxerga a situação? — perguntou ela. — Como uma aventura?

— Por enquanto.

Ela entrou no saguão. O piso de madeira reluzia. Bustos e estatuetas decoravam mesas. Pinturas pendiam nas paredes. Não havia mordomo à vista.

— Eu disse aos demais criados que ficassem fora de vista, a menos que sejam chamados.

— Ah. Você poderia ter dito isso em vez de me acompanhar na brincadeira de um nome falso.

Ele sorriu calorosamente.

— Você nunca sabe quando pode precisar de um nome falso.

— Acho que está zombando de mim.

---

*Complementando a nota da página 60, *Locke* vem de *lock,* que pode ser traduzido como "fechadura" ou "tranca". [N.E.]
** *Heart* é "coração" em inglês. [N.E.]

O conde ficou sério.

— Eu jamais zombaria de você, Catherine.

— Você não está nem um pouco preocupado com o que podemos enfrentar com Avendale?

— Ainda temos tempo, não precisamos nos preocupar antes da hora. Vou levá-la ao seu quarto.

Seus aposentos ficavam exatamente onde ele havia dito a ela — bem ao lado dos dele. Catherine sabia disso porque a porta que separava os quartos estava aberta e ela podia ver o valete guardando as coisas de Claybourne. Será que também tinha guardado as dela?

— Presumo que você não pediu para nenhuma criada ficar aqui — disse Catherine.

— Não. O sexo mais frágil é chamado assim por uma razão — explicou ele, mas logo levantou um dedo. — Sei que você é uma exceção. Se precisar de ajuda para se despir... — pigarreou — farei o que estiver ao meu alcance.

— Não devo ter problemas. Eu já estava deitada quando a empregada de Winnie apareceu — lembrou ela, e abriu os braços. — Como pode ver, eu me vesti da forma mais simples possível para ser rápida.

— Se quiser tomar banho, posso mandar o valete trazer água quente.

— Eu adoraria tomar um banho antes de dormir. Mas agora devo confessar que estou com fome.

— Acabei mandando a cozinheira para o povoado também. Uma omelete seria suficiente?

Ela sorriu.

— Seria ótimo. Obrigada.

Luke sabia que deveria ter contestado mais, que deveria ter insistido para que Catherine ficasse em Londres, mas não havia mais volta. Ele não podia negar que sentira um certo orgulho — imerecido, é claro — em mostrar-lhe vários cômodos enquanto a acompanhava até a cozinha. O legado de Claybourne era grandioso.

Também não podia negar o prazer que sentia ao preparar uma omelete para ela, ou o quanto gostava de ser observado por ela, sentada na mesa onde os criados geralmente comiam uma refeição rápida ou fofocavam um pouco.

Luke planejava enfrentar Avendale sozinho, então convenceria Catherine a partir. No entanto, não tinha pressa em fazê-lo.

— Quando acha que o Avendale vai chegar? — perguntou ela.

Luke notou a preocupação na voz de Catherine. Não achava que ela estava assustada. Apreensiva, talvez. Ele serviu uma taça de vinho tinto e lhe entregou.

— Beba isso. Vai ajudá-la a relaxar.

Ela obedeceu sem discutir. Ah, ela definitivamente não estava tão calma quanto parecia.

— Ele deve demorar um tempo para chegar — garantiu Luke, lembrando-se de outra vez em que havia preparado uma omelete para ela. — Mandei uma mensagem para Jack. Ele vai enchê-lo de bebida. Isso deve atrasá-lo por um dia, e suspeito que ainda vai precisar de mais um dia para criar coragem de vir aqui.

O conde serviu a omelete em um prato e o colocou sobre a mesa.

— Você ainda não consegue preparar dois de uma vez? — perguntou ela, com a sobrancelha levantada.

· 271 ·

— Temo que não.

Ela deu uma mordida na omelete e o estudou.

— Você não está nem um pouco preocupado, não é?

— Sobre enfrentar Avendale? Não. Mas eu ficaria mais tranquilo se você não estivesse aqui.

— Você não vai me convencer a ir embora e eu não vou beber vinho o suficiente para ficar bêbada.

— Você já bebeu tanto a ponto de ficar bêbada?

Assentindo, ela deu um sorriso travesso.

— Na noite antes do casamento de Winnie com Avendale. Fui visitá-la e bebemos várias garrafas da adega do pai dela. No dia seguinte, eu estava me sentindo péssima. Pensei que ia passar mal na igreja.

Claybourne deu um sorriso sardônico.

— Já passei mal inúmeras vezes — falou ele, e cortou parte da omelete. — Ela o amava?

— Acho que ele a fascinava. O duque pode ser bastante charmoso quando quer. Sendo sincera, ele tinha dado a entender que estava interessado em mim, antes de mudar seu foco para Winnie.

Luke sentiu um aperto na barriga e perdeu o apetite. Só de pensar em Catherine com um homem como Avendale...

— Depois daquele baile em que você apareceu, ele parou de me visitar — comentou ela. Então, soltou um gritinho de surpresa e arregalou os olhos. — Meu Deus! Acha que ele mudou de ideia sobre mim porque não me acovardei quando você me encarou?

— Acredito que seja possível.

— Mais do que possível, eu diria. Ele não queria uma mulher que o enfrentasse. Parece que devo mais a você do que pensava.

— Você não me deve nada, Catherine.

— Não foi isso que acordamos.

— Como você disse no baile, temos uma espécie de amizade. Então, como amigo, vou livrá-la de Avendale.

Uma hora depois, enquanto Catherine escovava o cabelo após o banho, ela admitiu a si mesma que havia gostado do jantar na cozinha. Fora relaxando à medida que os minutos avançavam. Não tanto por conta do vinho — mesmo que ela tenha bebido mais do que pretendia —, mas graças à capacidade de Claybourne de distraí-la do que estavam prestes a enfrentar. Os dois conversaram sobre assuntos banais: a chuva que começou a cair enquanto comiam, os móveis detalhados que disseram estar na família havia três gerações, os retratos pintados pelo mais famoso dos artistas. Ele prometeu mostrar-lhe o terreno no dia seguinte.

— Haverá tempo — garantiu o conde.

Ela estava grata por tê-lo acompanhado, por ter tido aquele pouco de tempo com ele — sozinha. Só os dois.

Não parava de pensar no comentário de Frannie, sobre Catherine ser a melhor escolha para acompanhá-lo, e da insistência em sua voz para que Catherine cuidasse dele. Ela não tinha dúvidas de que Claybourne amava Frannie, mas questionava se Frannie o amava tão profundamente quanto ele merecia — tanto quanto Catherine.

Deixando a escova de lado, percebeu que nunca mais teria uma oportunidade como aquela. Depois que confrontassem Avendale — ou ele os confrontasse — e que o assunto fosse resolvido, eles retornariam a Londres, o acordo seria finalizado e Claybourne se tornaria apenas mais um nome escrito à mão em um convite para seus bailes.

Após dançar nos braços de Claybourne, Catherine sabia que sua reputação estava arruinada — mesmo que ninguém nunca descobrisse que ela havia viajado sozinha com ele.

Ele havia dito, ainda naquela primeira noite, que o preço que ela pagaria por valsar com o diabo era morar no inferno. Bem, ela tinha valsado com ele e, se realmente fosse morar no inferno, queria muito mais que apenas uma valsa.

Ele estava dormindo no quarto ao lado. Tão perto.

Mas ela sabia, sem sombra de dúvida, que ele não a procuraria. Que não tiraria vantagem da proximidade. Claybourne era um canalha *e* um cavalheiro.

Ele era o homem pelo qual ela se apaixonara perdidamente. E se pudesse ter apenas uma noite com ele, aproveitaria o suficiente para que a lembrança durasse por toda uma vida.

Luke observava a noite da janela de seu quarto. Ele havia tomado banho mais cedo e não usava nada além de um roupão de seda. Torceu para que o banho quente lhe desse sono, mas nunca dormia bem naquela casa. Para piorar, não conseguia parar de pensar em Catherine no quarto ao lado. O que o possuíra para ceder às exigências dela e permitir que ela o acompanhasse?

O conde não achava que ela correria risco, pois estava confiante de que poderia lidar com Avendale facilmente. Mesmo assim, tinha sido imprudente deixá-la acompanhá-lo. Ainda mais quando ele considerava o verdadeiro motivo: ele a queria por perto.

Catherine o colocara naquela situação e deveria enfrentá-la com ele.

Ah, se ao menos as razões dele fossem altruístas assim. Mas não, elas eram completamente egoístas. Depois que cuidasse de Avendale, a parte de Luke do acordo estaria cumprida e Catherine se tornaria apenas mais uma pessoa que ele encontraria num baile — se ele e Frannie fossem a bailes. Ele não a forçaria, se ela não quisesse. Então, talvez Catherine não fizesse mais parte de sua vida.

Luke ficou surpreso pelo desespero que sentiu ao pensar naquilo.

Não podia negar que se importava com Catherine, que gostava de sua companhia. Admirava sua coragem, sua lealdade a Winnie. Admirava a maneira como ela aguentava seus fardos sem reclamar. Ele admirava a curva de seu pescoço, o volume de seus lábios...

Gemendo, ele apertou a borda da janela. Ele se jogaria dali antes de desonrar Frannie ao levar outra mulher para sua cama depois que a havia pedido em casamento. Mas Frannie ainda não era sua esposa. Ela não era nem sua noiva. Era apenas a mulher que ele adorava, aquela com quem sempre imaginara passar o resto da vida. Luke pressionou a testa no vidro. Adoração era o mesmo que amor?

Ele a conhecia havia anos, muito antes de ter conhecido Catherine, mas naquele exato momento não conseguia se lembrar do formato dos lábios de Frannie. Da tonalidade. Eles eram de um vermelho-escuro ou rosados? Os de Catherine eram vermelhos como uma maçã que acabara de cair de uma árvore.

Não fazia sentido que Catherine ocupasse tanto de sua mente quando Frannie era a pessoa que ele queria como esposa.

Que Deus o ajudasse, pois Catherine era quem ele desejava.

E não só fisicamente. Era com ela que ele ansiava por conversar todas as noites. Era o sorriso dela que fazia seu coração acelerar. Era ela quem o conde queria explorar — não apenas cada curva do corpo, mas cada faceta de sua mente. Catherine o fascinava, provocava e seduzia como ele nunca havia sido fascinado, provocado ou seduzido. Luke dizia a si mesmo que era porque ela era novidade em sua vida, enquanto Frannie era familiar — mas Catherine não parecia algo novo. Nunca parecera. Desde o primeiro momento em que a avistara naquele baile, tantos anos atrás, quando mergulhara naquelas piscinas azuis, Luke pensou que, caso sua alma ainda estivesse completa, teria encontrado sua igual nela. Mas só havia um resquício de sua alma que, em pouco tempo, desapareceria para sempre.

Ele não sabia nem se conseguiria pedir Frannie em casamento de novo. Como Catherine, ela merecia um homem melhor que ele, menos diabólico.

A porta se abriu e, antes de se virar, ele sabia quem estava prestes a entrar no quarto. Deveria mandá-la sair. Deveria pular da janela.

Em vez disso, Luke permaneceu imóvel e rezou para que tivesse forças para resistir ao que temia que ela estava prestes a oferecer.

Com passos descalços e silenciosos, Catherine atravessou o quarto até onde Claybourne estava, diante da janela.

— Não consegui dormir. Pensei que talvez você também não tivesse conseguido. Está de olho para ver se Avendale aparece?

— Não, estou só observando a chuva. Nunca dormi bem aqui, nunca me senti confortável. Costumo sentir muitas dores de cabeça.

— Você está sentindo agora?

— Ainda não.

— Mas vai?

— Provavelmente.

Ela também espiou pela janela, achando muito mais fácil falar olhando para a paisagem do que diretamente para ele.

— Acho que nunca vou me casar — disse Catherine baixinho.

— É mesmo?

— Sei que sou teimosa e franca, e que homens preferem uma mulher obediente como esposa. Não sou muito boa em ser obediente.

— É mesmo?

Ela notou o humor na voz dele.

— Se você não quer conversar, então não seja condescendente.

— Perdão. Não tenho muito a acrescentar quando a verdade já foi dita.

Então ele planejava dificultar a situação — ou talvez fosse lento demais para perceber onde ela estava querendo chegar. Catherine virou a cabeça para encará-lo e descobriu que ele a observava com um olhar ardente, como no primeiro baile. Claybourne a desejava. Ela sabia disso com a mesma certeza que sabia que o desejava.

Ele tinha a aparência de um cavalheiro, mas a natureza de um canalha, e Catherine estava contando com a verdadeira natureza dele naquele momento, esperando não se decepcionar.

— Não quero morrer sem saber o que é me deitar com um homem...

— Você não vai morrer — afirmou ele, um tanto nervoso, e Catherine percebeu que ele achou que ela estava se referindo ao encontro iminente com Avendale.

Considerando isso, a possibilidade de morrer era bem real, e fazia sua decisão de ir ao quarto dele ser ainda mais acertada.

— Não acho que terei uma morte precoce — garantiu. — Sei que você vai se livrar do Avendale. Estou falando daqui a anos, e estou falando de agora. Quero que minha primeira vez seja com um homem passional. Eu sei que você ama Frannie, mas como ainda não estão oficialmente noivos, pensei que talvez você quisesse... — Ela baixou o olhar. — Eu gosto de você. Não quero ficar sozinha esta noite.

Ele segurou o queixo de Catherine e inclinou sua cabeça para trás até olhar no fundo dos olhos dela.

— Não posso ter você na minha cama sem possuí-la, Catherine. Não sou um santo.

— Não quero um santo. Sempre achei que, se uma mulher decide seguir um caminho perverso, então faz muito mais sentido se envolver com o diabo. Algo que imagino que deva ser muito mais satisfatório.

Ele embalou o rosto dela com a mão.

— Tenha certeza, Catherine, porque não há como voltar atrás nessa decisão.

Devagar e deliberadamente, ela desabotoou o vestido e o deslizou pelos ombros, sentindo-o escorregar por seu corpo nu e cair no chão. Ela notou como a respiração de Claybourne ficou ofegante, como os olhos prateados escureceram de desejo.

Ele levou sua outra mão ao rosto de Catherine. Ela sabia a força daquelas mãos, assim como o conforto que podiam oferecer. Claybourne usou os polegares para acariciar as bochechas dela, os cantos da boca, sem nunca quebrar contato visual, como se estivesse medindo a disposição dela, como se estar ali, nua, não fosse prova o suficiente.

— Acho que nunca conheci uma mulher tão bonita quanto você, lady Catherine Mabry. Fico honrado por você ter vindo aqui esta noite.

— Você precisa falar tanto assim?

Claybourne deu um sorriso caloroso, compreensivo.

— Não preciso falar nada.

Então ele a beijou, e qualquer tentativa de civilidade entre eles voou pela janela com o encontro de suas línguas. Claybourne praticamente rosnou, e Catherine gemeu em resposta. Ele moveu as mãos para a nuca dela, entrelaçando os dedos pelo cabelo solto, inclinando a cabeça dela para que pudesse aprofundar o beijo e devorá-la, como se nunca pudesse ter o suficiente.

Deus sabia que Catherine nunca teria o suficiente dele. Ela eliminou o pequeno espaço que separava o corpo dos dois, procurando a faixa do roupão dele com as mãos e soltando-a com dedos frenéticos até abri-lo. Sem pensar, sem vergonha, pressionou os seios expostos contra o peitoral nu. O calor, a maciez da pele dele eram maravilhosos. Os mamilos de Catherine enrijeceram e fizeram seu sexo latejar. Ela o segurou em um abraço apertado e correu as mãos nas costas largas de cima a baixo e de volta.

• 279 •

Claybourne continuou a beijá-la, mesmo enquanto se mexia para tirar o roupão. Não havia mais nada entre eles, e Catherine estava muito consciente do membro dele contra sua barriga. Duro. Quente. Úmido.

Ele finalmente interrompeu o beijo.

— Vou acabar me despejando em você antes de levá-la para a cama.

— E isso é bom?

— Vai ser — ofegou ele. — Não tenho dúvidas.

O conde a pegou nos braços e começou a carregá-la para a cama. Catherine passou as mãos sobre os ombros dele, o peito dele, queria saber como havia ganhado cada cicatriz que ela beijava e lambia naquele instante. Ele tinha apenas uma leve penugem no centro do peito, e ela passou os dedos lá também. Ela beijou seu pescoço, úmido de suor, e mordiscou o lóbulo de uma orelha, aumentado a pressão quando ouviu o som que ele fez. Ele gemeu ainda mais.

Claybourne a deitou na cama. As cobertas já haviam sido jogadas para o lado, e o lençol estava frio contra as costas dela. Catherine estava fervendo. A chuva continuava a bater contra a vidraça, então não podiam abrir a janela. Não havia escapatória. Ela queimaria no inferno naquela noite, mas nunca desejara tanto alguma coisa.

Ela abriu espaço para que ele pudesse se deitar também, mas, em vez disso, Claybourne se sentou no pé da cama, onde começou a subir as mãos pelos tornozelos e pelas panturrilhas dela. Ele beijou seus dedos do pé, seus joelhos, o interior de suas coxas, sua barriga, cobrindo o corpo de Catherine antes de pairar sobre ela e a encarar. Ela achou que deveria sentir vergonha pela forma como

Claybourne a olhava, tão descaradamente, mas sentia apenas alegria por ele gostar do que via.

— Você é linda — disse ele. — Mais do que eu imaginava.

— Você pensou em mim?

Ele deu um sorriso deliciosamente perverso e sensual.

— Ah, Catherine, como pensei. Naquela noite no primeiro baile, eu a imaginei assim, deitada nua em minha cama. E você tem assombrado meus pensamentos desde então.

Ele voltou a beijá-la, e a língua dele não encontrou resistência alguma porque ela queria prová-lo tanto quanto ele queria prová-la. Catherine sentiu o gosto de uísque, um sabor que a intoxicava, que a lembrou da noite em que quase o perdera. Sua paixão ficou mais desesperada, dominada pela vontade de conhecê-lo da maneira mais profunda que uma mulher podia conhecer um homem.

Luke não sabia se alguma vez tinha se deitado com uma mulher tão entusiasmada quanto Catherine. Ela o tocava em todos os lugares, como se não pudesse se cansar dele. Não só com as mãos, mas com a boca, com os lábios, com a língua. Ela beijou cada uma de suas cicatrizes com ternura, depois passou a língua sobre seu peito como se ela fosse um gato e ele fosse o petisco em uma tigela. Ora ousada, ora tímida, sempre o olhando em busca de aprovação, e os lindos olhos azuis escureciam de desejo quando ele a concedia.

Catherine era tudo o que um homem poderia desejar em uma amante.

C*laybourne era tudo o que uma mulher poderia desejar em um amante,* pensou Catherine enquanto ele deslizava as mãos pelo corpo dela. Era atencioso e gentil, selvagem e exigente.

Ela havia reclamado por ele falar tanto, e ele respondera que não precisava falar nada, mas mentira. Ao pé do ouvido, Claybourne atiçava seu lado ousado com uma voz rouca que, na maioria das vezes, soava como se ele estivesse sem ar.

Toque aqui e aqui e *aqui*.

Segure com força. Acaricie lentamente.

E, quando os dedos dela vacilaram, Claybourne colocou a mão sobre a dela para guiar os movimentos, olhando-a no fundo dos olhos, desafiando-a a não desviar o olhar, desafiando-a a testemunhar a paixão escaldante e a descobrir o que ela fazia com ele. Catherine era capaz de levá-lo à loucura. Ele não era um amante silencioso, e cada som que ele fazia era música para os ouvidos dela, instigando-a a dar mais para que pudesse receber mais.

Uma fina camada de suor cobriu o pescoço de Claybourne. Suor era coisa de trabalhadores, não cavalheiros, mas ela beijou o pescoço dele mesmo assim, sentiu a pulsação dele latejar sob seus lábios. Sentiu seu próprio pulso acelerar quando o conde enterrou os dedos no cabelo dela e tomou sua boca de novo.

Catherine não sabia o que havia perdido durante todo esse tempo. Algo rápido e doloroso, mas ainda incrível. No entanto, aquilo era mais do que ela jamais imaginara. Lindo pela intensidade, mas também assustador, porque não sabia como viveria sem isso depois que tudo acabasse.

Ele a tocou em todos os lugares, intimamente, com os dedos e a boca, como se venerasse cada centímetro dela, como se Catherine significasse tanto para ele quanto ele significava para ela.

Claybourne voltou para os pés dela e, desta vez, quando fez uma trilha de beijos por seu corpo, posicionou-se entre as coxas dela.

— Queria poder fazer isso sem machucá-la — afirmou ele.

Ela deu um beijo no centro do peito dele antes de recostar-se de volta no travesseiro.

— Você só vai me machucar se não terminar o que começamos.

Catherine sentiu-o pressionando em sua entrada, sentiu seu corpo acolhê-lo, observou a concentração no rosto dele e quase deixou escapar que o amava...

E então a dor veio, forte e rápida, e ele gemeu tão alto que achou que o tivesse machucado também, mas, quando ele abriu os olhos, não havia nada além de satisfação.

— Você é tão apertada — ofegou ele. — Tão quente. Maravilhosa.

Ele a beijou em seguida, tomando-a com a língua enquanto movia os quadris para a frente e para trás. O desconforto inicial de Catherine logo deu lugar a ondas de prazer que a atravessaram como um mar tempestuoso.

Seus corpos ficaram mais molhados. Suas peles ficaram mais quentes.

Ele agarrou as mãos dela, entrelaçou seus dedos, e as segurou de cada lado da cabeça dela enquanto mantinha o ritmo de vai e vem, enchendo o quarto de gemidos ferais.

— Meu Deus!

Ela nunca tinha sentido algo parecido. Era como se fosse se despedaçar a cada encontro dos quadris.

Então veio o cataclismo, maravilhoso em sua intensidade. Catherine sentiu-se apertar ao redor dele, vagamente consciente dos sons que emitiam, do corpo dele estremecendo, do corpo dela vibrando em torno dele. Ambos estavam ofegantes quando ele beijou a curva do ombro dela e rolou para o lado. Ela mal teve tempo de ficar triste pela perda de contato, pois o conde logo a puxou para aninhá-la em seu peito, o lugar perfeito para ouvir o palpitar selvagem de seu coração. E ela não só ouviu como também sentiu, pousando a mão no peito.

— Você está bem? — perguntou ele.

— Estou ótima.

Ofegante, mole e formigando por toda parte, mas ótima.

Claybourne riu, um som profundo e rico de pura satisfação.

— Que bom.

A respiração dele começou a voltar ao normal. Ela inclinou levemente o rosto para cima, viu os olhos fechados e percebeu que ele tinha caído no sono. Se ela não estivesse se sentindo tão sonolenta, até ficaria desapontada pela noite dos dois já ter acabado.

Em vez disso, deu um beijo no peito dele e adormeceu.

Luke acordou com um susto. Ele não dormia quando visitava aquela casa por causa de sonhos perturbadores, nos quais sempre estava sendo perseguido e tentando se esconder.

Mas não foi um sonho que o acordou desta vez.

Ele olhou para a mulher aninhada sobre ele, para a mãozinha no centro de seu peito. Se não tivesse visto o desconforto inicial dela, teria pensado que ela era tão experiente quanto qualquer cortesã. Mas não era exatamente uma surpresa que ela não fosse tímida na cama. Não a sua Catherine.

Sua Catherine. Ela não era dele. Pelo menos não depois que retornassem de Heatherwood.

Fiel à marca que o assinalara como ladrão, ele estava apenas roubando alguns momentos com ela — momentos que não lhe pertenciam. Luke deveria ter resistido a ela, mas não se arrependeu. Teria vivido o resto da vida imaginando, mas agora sabia. Ela era realmente incrível em tudo.

Catherine abriu os olhos e sorriu para ele.

— Eu tinha razão. Um diabo é melhor que um santo.

Ele rolou até que ela ficasse de costas e ele de lado.

— Como pode ter certeza? Nunca se deitou com um santo.

— Não consigo imaginar que um santo seja capaz de me dar tanto prazer — afirmou ela, pegando a mão de Claybourne e beijando a cicatriz no interior de seu polegar. — Odeio que tenham feito isso com você.

Ele pegou a mão dela, desdobrou-a e olhou para a cicatriz vermelha e recente. Passou a língua sobre a pele, pensando em tudo o que ela havia arriscado para salvá-lo.

— Odeio que tenham feito isso com você.

— Eu, não. Talvez você nunca lambesse minha palma se eu não tivesse uma cicatriz.

— Vou lamber sua palma e muito mais antes da noite terminar.

— Acho que você fala muito mais na cama do que fora dela.

— Normalmente, não.

Luke fez uma careta. Não era de bom tom mencionar experiências passadas com outras damas, mas a verdade é que aquela noite fora muito diferente de qualquer encontro anterior que tivera com outra mulher. Catherine era singular. Era possível que ele nunca tivesse o suficiente dela para se contentar. Ele embalou um seio com a mão e acariciou o mamilo com o polegar, deliciando-se ao vê-lo enrijecer.

— Não deve doer tanto da próxima vez.

— E vai haver uma próxima vez? Com você, digo.

Ele sentiu um nó no estômago ao pensar que a próxima vez de Catherine seria com outra pessoa, e não com ele, mas foi rápido em dispersar tais pensamentos. Em vez disso, sorriu para ela e disse:

— Se depender de mim…

— Diga-me o que posso fazer para deixar a próxima vez melhor para você.

— Se for ainda melhor para mim, Catherine, é provável que eu morra de prazer.

Ela sorriu, e ele viu como suas palavras a agradaram.

— Mas seria um ótimo jeito de morrer, não? — refletiu ela.

— Prefiro ficar vivo, se não se importa.

— Não me importo nem um pouco. Mas quero saber se você está gostando.

— Estou. Muito. Você nunca me passou a ideia de ser uma mulher que precisa de muitas garantias.

— Precisando ou não, uma mulher gosta de ser confortada — explicou ela, enquanto acariciava o peito dele. — Gosto de tocá-lo.

— Gosto que você me toque.

Ela franziu a testa.

— Queria que você não tivesse tido uma vida tão dura.

— Há quem teve uma vida muito pior. Alguns ainda têm.

— É por isso que está trabalhando para fazer a reforma do sistema penitenciário?

Ele deu de ombros.

— É o que pretendo, assim que eu for aceito pela aristocracia. Mas isso não é um assunto agradável para se ter na cama.

— O que é um assunto agradável para se ter na cama?

— Isso.

Ele baixou a cabeça e a beijou, saboreando a ânsia com a qual ela retribuía suas atenções.

Catherine sabia o pior sobre Claybourne, e mesmo assim fora até ele. Sabia o pior sobre ele, mas ainda assim o acolhera. Sem hesitar, sem afastá-lo porque temia o mundo do qual ele viera ou porque se preocupava em não ser boa o suficiente.

Mas Luke não queria mais ninguém naquela cama além deles. Catherine merecia ser a única em sua mente, a única em quem pensava, a única que queria agradar.

Ela *era* a única que ele queria agradar.

Naquele momento, ninguém mais importava. Nada mais importava. Não o possível perigo que podia estar indo em direção a eles. Não os inocentes que precisavam ser protegidos. Nada importava, exceto Catherine, ali, na cama dele.

O aroma almiscarado de sexo misturava-se a sua doce fragrância de rosas. Ele inspirou profundamente, enchendo os pulmões, saboreando o perfume único que criaram juntos. Beijando-a com ardor, ele deslizou a mão pela barriga de Catherine, mergulhando os dedos nos pelos úmidos entre suas coxas. Ela estava molhada e quente, pronta para o que ele tinha a oferecer.

O conde subiu a mão para a cintura dela, arrastou a boca pelo pescoço esguio.

— Por Deus, por favor, não pare! — ofegou ela.

Ele aninhou o rosto na curva do ombro de Catherine, beijando bem embaixo de uma orelha antes de perguntar:

— Você já fantasiou isso?

• 287 •

— Mais do que você jamais saberá.

— Como você sabia o que fantasiar?

Ela virou a cabeça de um lado para o outro, como se estivesse perdida em êxtase.

— Instinto, suponho. Precisamos mesmo conversar?

Rindo baixinho, ele a abraçou e rolou para ficar de costas na cama, puxando-a para cima dele. Ela soltou um gritinho antes de se acomodar, uma perna de cada lado. Quando olhou para baixo, o glorioso e abundante cabelo de Catherine formou uma cortina em torno deles. Luke passou os dedos pelos fios dourados, puxou-a para baixo e a beijou, ávido.

Ele adorava como ela não se segurava, como não fingia timidez. Ela não estava envergonhada por sua nudez. De alguma forma, ele não estava nada surpreso com isso. Catherine estava naquela cama com ele com a mesma coragem que tivera na mesa de jogos de Dodger, quando o vencera no *brag*. Com a mesma coragem que tivera no beco, quando lutara para salvá-lo. Com a mesma coragem que tivera na biblioteca dele, quando fizera uma proposta ousada para proteger uma amiga.

Luke nunca conhecera alguém como ela, alguém que o impressionasse como ela o fazia. Nunca conhecera alguém que desejasse mais que tudo.

Arrancando a boca da dele e ofegando, ela o encarou.

— É possível fazer assim?

Ele sorriu.

— É possível fazer do jeito que quisermos.

Catherine passou as mãos sobre o peito de Claybourne, enquanto ele apalpou seus seios, adorando sentir o peso deles em suas mãos. Ele adorava tudo nela.

Erguendo os quadris, ela segurou seu membro. Luke gemeu baixinho em antecipação.

— Dói? — perguntou ela.

— Nem um pouco.

Ela se encaixou nele e desceu, envolvendo-o em seu calor. Luke quase se despejou ali mesmo, mas cerrou a mandíbula e reuniu todo o seu autocontrole. Então, deslizou as mãos pelas costas esbeltas dela, fazendo o caminho de volta para os seios para acariciar a pele macia e provocar os mamilos eriçados.

Pendendo a cabeça para trás, ela gemeu. Depois, começou a cavalgá-lo como se sua vida dependesse disso.

Ele pensou que morreria de tanto se segurar — mas não cederia ao próprio clímax até que Catherine tivesse o dela. Mas as sensações que ela provocava eram tão boas, e deixavam seu sangue tão fervente...

Ela continuou o ritmo frenético, gemendo cada vez mais alto, e ele acompanhou os movimentos com os quadris. Catherine estava enterrando os dedos em seus ombros, enquanto Luke a segurava com força pela cintura, cada um deles agarrando o outro como se fossem sua única salvação. Ele nunca tinha experimentado nada tão intenso.

Tinha que se segurar, por ela, por ela...

Mas seu corpo não quis ser contido. Ele se curvou sob Catherine, soltando um gemido gutural que quase abafou o grito dela de satisfação. Catherine arqueou as costas, seu rosto esculpido em uma expressão de arrebatamento e choque. O corpo dele estremecia enquanto ela era tomada pelo prazer.

Então, ela ficou mole e caiu sobre o peito dele, esgotada. Luke não soube de onde tirou força para abraçá-la, mas era algo que queria tanto que parecia impossível não encontrar uma forma de fazê-lo. Ficaria ali para sempre. Se morresse naquele momento, morreria feliz.

Nunca na vida sentira tanta paz, tanta alegria. Ele pensou que ter mais um momento de prazer com Catherine seria o suficiente. Mas, ao segurá-la nos braços e ouvi-la respirar, temia nunca se cansar dela.

Eles saíram da casa nas primeiras horas da manhã. Claybourne carregava uma cesta de piquenique, enquanto Catherine carregava um cobertor. Ela usava um vestido de criada que ele havia encontrado nos aposentos dos funcionários, pois levara poucas roupas. O vestido não era apertado e, de certa forma, ela o preferia a seus trajes habituais. Catherine estava surpresa por conseguir ficar tão relaxada, sabendo o que os esperava.

Naquela manhã, depois de mais uma sessão intensa de amor, Claybourne tentou convencê-la a ir para o povoado e esperá-lo lá, mas ela era a responsável por eles estarem naquela situação, e não ia abandonar o navio. O conde achava que ainda demoraria cerca de um dia — possivelmente mais — até Avendale aparecer, já Catherine achava que o homem não teria coragem de dar as caras.

Por outro lado, estava animada com a perspectiva de fazer um piquenique com Claybourne.

Eles caminharam por algum tempo até chegarem a uma lagoa. Enquanto Claybourne estendia o cobertor, ela perguntou:

— Tem peixes na água?

Ele olhou para ela e depois para a lagoa.

— Acho que sim.

— Você nunca pescou nela?

Ele fechou os olhos e negou com a cabeça.

— Não que eu me lembre.

— Sua cabeça está doendo?

Ele abriu os olhos e sorriu.

— Só um pouco. Vai passar.

— Fico imaginando o que causa essas dores de cabeça.

— As pessoas têm dores de cabeça o tempo todo. Não é nada incomum.

— Eu não tenho.

— Então você é muito sortuda.

Luke pegou a mão dela e a ajudou a se sentar no cobertor. Catherine olhou ao redor.

— Você não acha que deveríamos estar mais alertas?

— Vamos ficar mais vigilantes hoje à noite, e deixei alguns homens vigiando as estradas. Vamos fingir que não há nada de errado por mais um tempo.

Claybourne serviu um pouco de vinho em duas taças e tirou um pedaço de queijo da cesta.

Ela tomou um gole de vinho.

— Quer ouvir uma coisa boba?

Debruçando-se, ele lhe deu um beijo rápido.

— Eu nunca achei você boba.

— Pode ser apenas uma loucura da minha cabeça, mas não acho que Frannie acharia errado o que fizemos.

Ele cerrou a mandíbula.

— Não pretendo contar a ela.

— Não esperava que você contasse. É que não paro de pensar em algo que ela falou.

Ele estreitou os olhos.

— O que ela disse?

— Quando falei que não queria que você ficasse sozinho, ela me incentivou a acompanhá-lo, chegou a dizer que eu não deveria deixá-lo sozinho à noite. Acho que ela estava me dando permissão para ser devassa — contou Catherine. Em voz alta, seu pensamento parecia ainda mais tolo que em sua cabeça. — Parece loucura, não é? Se você fosse meu, eu certamente não lhe daria de mão beijada para outra mulher... — Ela parou de falar e olhou ao redor. — Estou cavando uma cova bem grande, não é?

— Você está se sentindo culpada pela noite passada? — perguntou ele.

— Estranhamente, não. E você?

— Sei que deveria, mas não me sinto. Acho que é porque Frannie ainda não me considera dela. Estou começando a perceber que sou apenas um dos meninos de Feagan, e que você estava certa. Preciso passar mais tempo com ela. Temo que nossos sentimentos sejam baseados em nossa infância juntos, não em nossa vida adulta.

Ah, sim, a cova que Catherine havia cavado era monstruosamente grande — grande o suficiente para que ela se enterrasse. Deveria ter ficado de boca fechada.

— Se eu perguntar sobre sua infância, você vai me dizer que não é um assunto agradável para um piquenique?

Claybourne sorriu. Ela amava tanto quando ele parecia não ter preocupação alguma. Ele deveria ter pouquíssimos momentos assim, e apreciava cada um que ele compartilhava com ela. Ele se esticou ao lado de Catherine, apoiando-se em um cotovelo, e a estudou por um momento antes de perguntar:

— O que quer saber?

Ela estava tão animada e... *Droga!* Não conseguia pensar em uma única pergunta, ou pelo menos uma que não fosse estragar o bom humor dele. Mas queria saber de tudo.

— Você matou Geoffrey Langdon.

Ele rodopiou o vinho na taça, tomou um gole e assentiu.

— Como?

— Eu o esfaqueei.

— Como sabiam que você era o culpado?

— Havia uma testemunha.

— Eu vou ter que fazer todas as perguntas? Por que você não pode simplesmente me contar a história toda?

Ele terminou a taça e serviu outra.

— Não é uma história bonita, Catherine.

Ela passou o dedo sobre a cicatriz dele.

— Nada que me disser fará eu pensar mal de você.

— Mas não é uma história só minha.

— Por favor. Eu sei que você o matou por causa da Frannie, então eu sei que algo horrível aconteceu com ela. Até imagino o que foi.

— Mas duvido que você consiga imaginar o quão brutal foi — afirmou ele, tomando mais um gole de vinho, como se precisasse da bebida para reforçar sua coragem. — Alguns homens preferem virgens. Menos chance de pegar doenças assim. Meninas novas são geralmente virgens, e às vezes são levadas das ruas, contra sua vontade, para um bordel, onde são amarradas na cama para terem a virgindade tomada com mais facilidade.

Catherine ficou horrorizada.

— Foi isso o que aconteceu com a Frannie?

Ele negou com a cabeça.

— Geoffrey Langdon a desamarrou porque ele gostava de meninas que lutavam, e Frannie lutou. Que Deus a abençoe. Sabíamos onde ela estava, Jack, Jim e eu, mas chegamos tarde demais. Ela estava ferida e sangrando. Eu a carreguei até a casa de Feagan. Ela não derramou uma única lágrima. Sempre achei que ela teria todos os motivos do mundo para chorar, mas não chorou.

Catherine gostaria de não ter pedido detalhes, mas saber de tudo a fizera entendê-lo melhor — e não apenas ele, como também sua relação com os outros. O forte vínculo que compartilhavam.

— Como você soube quem era o homem?

— Quando Frannie se recuperou, Jack e eu a levamos de volta ao bordel. Ficamos escondidos na rua observando quem entrava e saía. Jack sabia o que eu ia fazer, mas Frannie achou que íamos apenas bater nele. Quando ela o apontou, eu fiz o que havia planejado. Atravessei a rua e enfiei uma faca nele antes que ele pudesse abrir a porta. Infelizmente, ele já havia batido na porta, e a madame abriu. Ela me viu e gritou. Para minha sorte, um maldito policial estava virando a esquina na hora. Eu nem tentei correr. Jim descobriu mais tarde que Langdon visitava o bordel todas as quartas-feiras à noite para violar uma virgem, mas os pecados dele não eram tão graves quanto os meus. Ele era o herdeiro, então minha ofensa foi muito pior.

— Ele mereceu sua faca.

Luke deu um sorriso autodepreciativo.

— Sempre achei isso. Agora você conhece meu passado sórdido. Quando o velhote foi à Scotland Yard para confrontar o garoto que havia assassinado seu filho, ele decidiu que eu era seu neto.

— Por quê?

— Por causa dos meus olhos. A cor prateada é de família.

— Conheci Marcus Langdon. Ele também tem olhos prateados.

— Sim.

— Mas certamente não foi só por isso.

— O velhote fez perguntas. "Você se lembra de um homem alto com cabelo escuro?" "É claro que lembro, senhor." "Seu pai?" "Sim, senhor. Ele segurava minha mão." — Claybourne sacudiu a cabeça. — Foi muito fácil.

— E você não tinha nenhuma dessas lembranças?

— É claro que não.

O conde começou a esfregar a testa.

— Sua cabeça está doendo?

— Sim, acho que são as flores. O cheiro é muito forte.

— Deite a cabeça no meu colo.

Ele não hesitou e deitou a cabeça na coxa dela. Catherine começou a massagear suas têmporas e ele gemeu baixinho.

— Sua massagem faz quase valer a pena ter essas dores…

— Eu me preocupo com essas dores de cabeça que você tem.

— Sofro delas há anos, Catherine. Elas vêm e vão. Não são graves. Se fossem, certamente eu já estaria morto.

Ela sorriu e passou o dedo sobre o nariz dele.

— O que aconteceu com o seu nariz?

— Foi uma briga. Na prisão, eles não separam crianças de adultos enquanto aguardamos julgamento, então ficamos à mercê de valentões e do pior que a sociedade tem a oferecer. Alguns indivíduos na cadeia merecem estar lá, mas isso não é um assunto agradável de piquenique. Conte-me sobre o seu irmão.

— Sterling?

— Você tem outro?

Curvando-se, ela beijou a ponta de seu nariz antes de voltar a massagear suas têmporas.

— Já contei. Ele e meu pai brigaram, mas não sei qual foi o motivo.

— E como está o seu pai?

— Nada bem. Ele fica mais pálido e mais magro a cada dia. Não consegue falar e nem me dizer o que quer. Gostaria de levá-lo para passar um tempo no jardim, mas o médico dele não deixa.

— Penso que entre passar os últimos dias na cama ou num jardim, um inglês sempre escolheria o jardim.

— Você acha que eu deveria desrespeitar a orientação do médico?

— Acho que você deve seguir o seu coração.

Ela roçou os lábios sobre os dele.

— Obrigada.

Claybourne se ergueu, apoiando-se nas mãos, e a beijou com avidez, deitando-a no processo. Ele tinha gosto de vinho. Ela nunca mais beberia vinho tinto sem pensar no conde.

Catherine passou as mãos pelas madeixas encaracoladas de seu cabelo.

Pensou nele quando criança, e em como ele deveria ficar descabelado por correr pelos charcos. O barulho do mar parecia vir de longe, e Catherine supôs que, se andassem mais, acabariam encontrando um penhasco.

Ela interrompeu o beijo.

— Tem algum retrato seu de quando criança?

— Não.

Às vezes era difícil obter informações dele, mas não porque ele estava sendo teimoso de propósito — embora ele certamente fosse —, e sim porque quando ela olhava para ele, sempre via o conde de Claybourne. No entanto, ela sabia que, quando se olhava no espelho, ele via um impostor.

— Há algum retrato do neto do conde? De antes de você entrar na vida dele?

Ele deu um sorriso condescendente.

— Você está tentando encontrar algo em mim que simplesmente não existe.

— Então existe uma foto.

— Na sala que o velhote chamava de "Sala de Estar da Condessa".

— Pode me mostrar?

— Catherine...

— Por favor. Não estou tentando provar que você é um Claybourne. De verdade. Mas o conde deve ter visto algo em você, então será o mais perto que chegarei de vê-lo como criança.

— E por que você quer...

Ela pressionou o dedo nos lábios dele.

— Estou pedindo tanto assim?

Luke arqueou uma sobrancelha, fazendo-a sorrir quando revirou os olhos.

— Está bem. Acho que estou — cedeu ela.

Luke beijou-a na testa, no nariz e no queixo antes de afirmar:

— Mas você também não pede nada que eu não esteja disposto a dar.

Catherine gostava quando ele agia daquela forma — quando ele não era tão sombrio e mal-humorado, quando a provocava, quando a deixava extremamente feliz por estar com ele.

O conde se afastou e a ajudou a se levantar, e juntos começaram a guardar os itens do piquenique.

O vento ficou mais forte, farfalhando as folhas das árvores. Ela olhou para a estrada distante, e um pressentimento ruim a deixou arrepiada. Catherine não sabia se era a perspectiva de ver o verdadeiro conde de Claybourne quando criança ou algo mais sinistro que a incomodava.

Luke tinha visitado aquela sala apenas uma vez, e sentira uma dor de cabeça incapacitante na ocasião.

O velhote o levara ali para lhe mostrar o retrato e explicar como a esposa morrera naquela sala, de tristeza pela perda do filho primogênito e do neto. O quarto tinha um odor de flores pesado naquela época — sem dúvida pela presença persistente da condessa —, e Luke atribuiu isso como causa de suas dores de cabeça.

Mas a sala naquele instante cheirava a lustra-móveis, e ainda assim sua cabeça não parava de latejar enquanto ele observava Catherine traçar os dedos sobre os rostos no retrato sem realmente tocar na tela. Ela deu um passo para trás.

— Eles parecem muito felizes.

— O velhote disse que eles eram.

Ela se virou para encará-lo.

— Já pensou em deixar crescer o bigode?

— Igual ao homem do retrato? Não.

Nada do que ele fizesse o deixaria parecido com o homem do retrato.

— Vejo semelhanças...

— Catherine.

— Eu sei que você não se vê como um Claybourne, mas as semelhanças existem mesmo assim. O cabelo, os olhos... até o queixo, eu acho.

Ele negou com a cabeça.

— Quantos anos você... o menino tinha quando esse retrato foi feito?

— Seis anos. Foi feito pouco antes de serem mortos.

— Por que alguém os mataria? — indagou ela.

Luke não tinha uma resposta.

— Provavelmente foi um roubo seguido de assassinato.

— Mas e o menino? O que aconteceu com ele?

Luke sacudiu a cabeça.

— Deve ter sido vendido, enviado para longe em um navio. Talvez até tenha morrido em outro lugar. Não tem como saber.

— Essa história é muito estranha. E parece que é, sim, possível que você seja...

— Catherine, como você mesmo disse, eles eram felizes. Por que eu não me lembraria disso? Por que não teria lembranças *deles*? Você era jovem quando sua mãe morreu. Não tem lembranças dela?

Suspirando, Catherine olhou para o chão.

— Tenho, mas são muito vagas — revelou, voltando a encará-lo. — Entendo o seu argumento.

— Que bom.

Ele passou a mão pelo cabelo, apertando o couro cabeludo, tentando aliviar a dor que começara sem revelar que estava sofrendo.

— Preciso cuidar de algumas questões.

— Posso andar pela casa?

— Pode fazer o que quiser, embora eu aconselhe você a não sair. Avendale pode aparecer a qualquer momento.

— Não sairei.

Ele se aproximou e acariciou os lábios dela com o polegar. Queria levá-la para o quarto, queria passar cada momento que restava fazendo amor com Catherine. Mas a verdade é que ele já não sabia mais como definir a relação dos dois.

Catherine havia pedido uma noite nos braços dele. Teria sido o suficiente para ela? Certamente não fora para Luke, mas era errado de sua parte pedir mais quando não poderia se entregar para sempre. Era errado de sua parte quando Frannie...

Ele lhe deu um beijo rápido nos lábios.

— Nos vemos no jantar.

Então saiu da sala, rezando para que Avendale aparecesse logo, antes que ficasse louco por tanto desejar Catherine.

A chuva começou perto do anoitecer, acompanhada do uivo do vento e do estrondo de trovões.

Na biblioteca, Claybourne estava com o quadril encostado no peitoril da janela enquanto observava a escuridão e a terra que era ocasionalmente iluminada pelos relâmpagos.

Catherine estava em uma poltrona próxima, com um livro no colo. Ela já havia lido a mesma passagem três vezes e ainda não tinha entendido o que Jane Austen estava tentando dizer. Não era um ponto complicado, mas ela parecia incapaz de se concentrar.

— Estive pensando em algo que você me disse uma vez — comentou Claybourne.

Catherine se agarrou à oportunidade de conversar e fechou o livro.

— No quê?

O conde estava estudando algo além da janela.

— Você disse que o primeiro conde de Claybourne ganhou o direito de passar as propriedades e o título para seus herdeiros.

— Lembro-me vagamente disso...

Ele virou-se da janela.

— Quando voltarmos a Londres, vou à Câmara dos Lordes denunciar meu direito ao título de Claybourne.

Levantando-se lentamente, Catherine sentiu como se tivesse perdido a capacidade de respirar.

— E por que você faria isso?

— Porque estou cansado de viver uma mentira. Porque houve um tempo em que eu não entendia direito o que me foi passado. Eu via apenas a minha vida, não o legado por trás do título. Tudo isso pertence a Marcus Langdon por direito, e vou garantir que ele receba o que merece.

O plano dele tinha tantos problemas que ela mal sabia por onde começar a apontá-los.

— Você será enforcado.

— Duvido. A testemunha do meu crime morreu há vários anos. Que provas eles têm? Além disso, posso muito bem pagar o melhor advogado de toda a Inglaterra para me defender, se precisar.

— Mas Marcus Langdon... ele não é você.

Ele riu baixinho.

— Bem, a questão é essa.

Ela se aproximou de Claybourne.

— Não. Estou querendo dizer que não consigo vê-lo como o conde de Claybourne. Você se encaixa tão bem no papel.

— Essa é outra questão, Catherine. Faz anos que estou desempenhando um *papel*. Não passa de atuação.

Mas ela sabia que as razões dele envolviam mais do que ele havia revelado. Ele ser o conde de Claybourne estava impedindo-o de obter a única coisa que realmente queria: Frannie.

Catherine se aproximou ainda mais de Claybourne, sentindo os olhos lacrimejarem e tocou a bochecha dele.

— Você é um homem formidável, Lucian Langdon. Frannie é muito sortuda por ter seu coração.

— Não estou fazendo isso pela Frannie. Estou fazendo isso por sua causa. Quando vejo meu reflexo nos seus olhos, não quero saber que tudo não passa de uma mentira. Enquanto eu for o conde de Claybourne, não sou um homem digno de mulher alguma.

— Não conheço homem mais digno que você.

Ficando na ponta dos pés, ela o beijou, incapaz de acreditar no quanto o amava. Catherine queria fazer mais do que beijá-lo. Ela queria deixar claro que ele conquistara não apenas seu corpo, como também seu coração e sua alma.

Quanto tempo eles ainda tinham até o diabo aparecer? Ela interrompeu o beijo.

— Quando você acha que ele virá?

Catherine via arrependimento nos olhos de Luke, percebeu que ele entendera o que ela estava pedindo, o que ela queria.

— Pode ser a qualquer momento.

— Quanto tempo vamos esperar até decidirmos que ele não vem?

— Ele virá.

— Como você pode ter tanta certeza?

Claybourne deu um sorriso condescendente. Catherine poderia ter ficado irritada se não o conhecesse tão bem para saber que ele não estava zombando da curiosidade dela, mas sim se divertindo por seu interesse. Talvez até estivesse impressionado pensando em quanto ela se importava.

— Jogo cartas com ele há vários anos. Sei como funciona a mente dele.

— Você me julgou mal quando jogamos cartas.

O sorriso dele sumiu.

— Avendale não pode ser tão bom assim em esconder o tipo de homem que é.

— Você sabia que ele batia na esposa?

Claybourne negou com a cabeça.

— Não, mas ele odeia perder. E odeia especialmente perder para mim. Ele virá aqui para buscar a duquesa. Tenho certeza.

— E o que você vai fazer quando ele chegar?

— Não vou matá-lo, se é isso que está se perguntando — garantiu o conde, pegando a mão dela para beijá-la e acariciar a cicatriz na palma. — Não é fácil conviver com a morte de alguém em sua consciência, mesmo sabendo que a pessoa merecia. Você vê o rosto dela quando fecha os olhos para dormir, e tem vezes que evita dormir porque não quer ver o rosto dela.

— Então, como vai garantir que ele deixará Winnie em paz?

— Vou fazê-lo entender que ela está sob minha proteção, e que *vou* matá-lo se ele tocar nela novamente. Sem remorso. Sem arrependimento. Sem piedade.

Catherine sentiu um arrepio na espinha, mas assentiu.

— Ele é um valentão — disse Claybourne. — Normalmente, é necessário enfrentá-los cara a cara para fazê-los recuar.

Com a mão livre, Catherine afastou algumas mechas de cabelo dele da testa.

— Mas e se Avendale ameaçar você?

Ele deu um beijo na palma da mão dela.

— Tenho meu anjo da guarda.

A porta da biblioteca se abriu e o mordomo entrou.

— Milorde, o duque de Avendale está aqui.

— Viu? — disse Claybourne, sorrindo para Catherine. — Civilizado. — Ele olhou para o criado. — Vou recebê-lo. E não devemos ser perturbados por nada, não importa se você ouvir algo ou se achar que está acontecendo alguma coisa dentro desta sala. Na verdade, depois de trazê-lo aqui, pode dispensar o resto dos empregados pelo resto da noite.

— Está bem, milorde.

Claybourne dispensou o mordomo, caminhou até a escrivaninha e encostou-se nela, cruzando os braços e olhando para Catherine.

— Não acho que você vai aceitar sair para que eu discuta com ele...

— Não vou permitir que o enfrente sozinho.

— Não interfira. — Ela abriu a boca para retrucar, mas ele a impediu: — Estou falando sério, Catherine. Essa conversa será como um jogo de cartas muito complicado, e pretendo blefar bastante.

Ela assentiu e logo depois ouviu o barulho de passos determinados no corredor, o que a fez se sentir nauseada.

Catherine caminhou para o outro lado da biblioteca, perto das prateleiras, longe o suficiente para não incomodar, mas perto o suficiente para oferecer o apoio que podia.

Avendale entrou, e o mordomo fechou a porta atrás do homem. Catherine podia sentir a fúria emanando do duque, enquanto Claybourne parecia completamente inabalável.

A biblioteca estava iluminada por muitas lamparinas, como se Claybourne quisesse ter uma visão clara de seu adversário — ou talvez ele quisesse que Avendale tivesse uma visão clara dele. Infelizmente, a luz também dava a Avendale uma visão clara dela.

O duque a olhou feio.

— Eu deveria saber que você estava envolvida nessa história.

— Sua conversa é comigo, não com lady Catherine — disse Claybourne em tom firme, como um homem que não sabia o que era medo.

Avendale virou-se para encarar Claybourne.

— Não estamos entre outros nobres, quando tenho que fingir ser educado, então deixe-me ser franco: você não é nada. Você não é o conde legítimo, e eu não vou reconhecê-lo como tal. Estou aqui pela minha esposa e pelo meu herdeiro. Traga-os para mim agora.

— Tenho algumas perguntas primeiro.

— Eu não devo respostas a você.

— Por que mandou alguém seguir lady Catherine?

— Onde está a minha esposa?

— Responda a minha pergunta e eu responderei a sua.

Avendale olhou para Catherine, sem se preocupar em disfarçar como a desprezava. Ela só não sabia se era um sentimento recente.

— Essa mulher é uma má influência para minha esposa, e por isso achei que valia a pena ficar de olho nela.

— E por que tentou me matar?

— Porque não gosto de você, seu cão insolente. Você é uma praga para a aristocracia! Agora me traga minha esposa e meu filho!

— Isso vai ser um pouco difícil, já que eles não estão aqui.

— Você está mentindo.

— Não minto desde os 14 anos. Pode procurar pela casa inteira. Você não vai encontrá-los aqui porque eles nunca saíram de Londres.

— Você acha que pode mantê-los longe de mim?

— Se for o necessário para protegê-los. Você e eu vamos chegar a um acordo primeiro...

Avendale gritou, com as mãos fechadas em punhos. Quando olhou de novo para Claybourne, a fúria que ele emanava parecia dez vezes maior.

— Não vou permitir que roube mais nada que não é seu por direito!

Ele balançou o braço de um lado para o outro, derrubando uma lamparina na poltrona e jogando outra na direção das cortinas. Antes que alguém pudesse reagir, ele partiu para cima de Claybourne.

A lamparina da mesa caiu no chão, quebrando e derramando querosene e fogo no tapete. Catherine pegou uma almofada de uma poltrona e já estava correndo para apagar as chamas...

De repente, olhos escuros e insanos surgiram em sua frente. Sem aviso. Ela sentiu uma dor incapacitante se espalhar de seu queixo até a parte de trás de seu crânio, e mais dor ainda quando sua cabeça bateu em algo. O chão, percebeu ela. Catherine sentiu um puxão no braço, ouviu um rugido e o aperto em seu braço desapareceu.

Abrindo os olhos com dificuldade, ela viu Claybourne e Avendale rolando pela sala em chamas, como se estivessem brigando no meio do inferno. Chamas. Fogo!

Catherine precisava se levantar. Precisava buscar ajuda.

Ela lutou para ficar de joelhos. A sala girava ao seu redor, mas conseguiu se arrastar até a mesa para usá-la de apoio e se levantar. Quanto tempo ela havia passado no chão? Gritou por socorro, mas as chamas já dominavam o cômodo, bloqueando seu caminho até a porta e as janelas. Pensou em tentar pular as chamas, mas seu vestido certamente pegaria fogo.

Estava prestes a tirar sua anágua para tentar apagar o fogo quando olhou para Claybourne. Ele tinha prendido Avendale no chão e o socou uma, duas vezes.

Avendale se contorceu e empurrou Claybourne. Alguma coisa quebrou. Outra lamparina. Catherine tirou a anágua e começou a bater nas chamas que já estavam devorando os livros e documentos e a própria madeira das prateleiras.

Jesus, aquele era o pior lugar para um incêndio! O fogo não parava de subir e as chamas eram sufocantes. A fumaça cinza dificultava sua visão. Seus olhos ardiam. Seus pulmões doíam.

Catherine ouviu um grunhido e olhou por cima do ombro. Avendale estava surrando Claybourne, que estava inclinado sobre a mesa. Ela pegou uma estatueta próxima. Tossindo e ofegante, ela tentou cambalear até os dois...

Avendale se afastou de Claybourne e, com um brilho perverso nos olhos, a socou de novo. Ela caiu no chão mais uma vez. Ela tinha se esquecido de como ele gostava de bater em mulheres.

Rosnando, Claybourne se jogou em Avendale, derrubando-o no chão. A cabeça de Avendale bateu na borda de uma mesinha de centro e ele não se mexeu mais.

Claybourne encostou a orelha no peito do duque.

— Ele está vivo.

— Não temos saída, não temos onde nos esconder — gritou Catherine.

Claybourne parecia ter acabado de perceber a situação perigosa em que se encontravam.

— Por aqui — ordenou Claybourne. Ele levantou Avendale e o apoiou sobre os ombros enquanto se levantava. A passos largos, foi até a lareira.

— O que raios você acha que vamos fazer? — gritou Catherine. — Subir pela chaminé?

— Não. Vamos descer. Pegue uma lamparina.

Ela ficou surpresa por encontrar uma intacta, mas de fato havia uma em uma mesinha de canto.

Catherine pegou a lamparina e observou quando Claybourne fez um gesto ao lado da lareira — empurrou algo, ou apertou, ou puxou, ela não conseguia ver direito através da fumaça — e um barulho ecoou pela sala quando uma das grandes prateleiras se deslocou para a frente, mostrando uma passagem secreta.

Algo explodiu. Ela sentiu como se seu sangue estivesse começando a ferver.

— Vamos, rápido! — apressou ele, dando-lhe um empurrãozinho nas costas para que ela entrasse na passagem escura.

A luz revelou uma escada.

— Desça — ordenou ele.

— Onde essa escada vai dar?

— Eu não... Eu não sei. Só sei que é segura. Vá!

Ela desceu. A passagem era fria e o ar, embora bolorento, era mais fácil de respirar. No fim da escada, ela chegou a um túnel.

— Continue em frente — mandou ele.

Catherine se esquivou de teias de aranha e pensou ter ouvido um rato, mas enfrentar um rato era melhor do que enfrentar um incêndio. Então eles chegaram a uma bifurcação na passagem, e ela parou.

— Mantenha-se à direita — instruiu Claybourne.

Ela olhou para ele.

— Para onde vai o outro caminho?

— De volta à casa.

— É, eu não quero voltar para lá.

Catherine seguiu na direção indicada. Depois de um tempo, começou a ouvir o barulho do oceano e sentir o cheiro da maresia. Ela saiu da passagem escura e se viu na praia. Nuvens escuras corriam pelo céu, mas o luar ainda refletia no mar próximo. Será que a antiga família tinha feito sua fortuna contrabandeando coisas?

Claybourne derrubou Avendale na areia, depois cambaleou até sentar-se em uma pedra. Ele olhou para as ondas que se aproximavam para cobrir suas botas antes de retornarem ao mar. Uma garoa leve continuava a cair, mas era a menor de suas preocupações. Catherine ajoelhou-se diante dele, levantando a lamparina para enxergá-lo melhor.

— Luke?

— Catherine, como eu sabia? Como eu sabia dessa passagem?

— Não estou entendendo...

Ele balançou a cabeça.

— Eu não sabia que ela existia. Eu não sabia que estava lá.

— Como não? Alguém deve ter lhe mostrado.

— Não, ninguém nunca me mostrou.

— Nem o antigo conde?

— Não.

Ele parecia tão certo do caminho.

— Mas você não pensou duas vezes antes de usá-la. Sabia o que precisava fazer.

— Só depois que você disse que não tínhamos onde nos esconder. Até aquele momento... — Ele apertou as mãos contra a testa. — Jesus, minha cabeça! Sinto que ela vai rachar em duas. — Ofegando, Claybourne pendeu a cabeça para trás. — Vou ter que me preocupar com isso depois. Agora precisamos decidir o que fazer com o Avendale e garantir que os empregados estão bem.

Ele levantou-se, mas caiu de joelhos. Catherine se agachou ao seu lado.

— Luke, você está me assustando.

Ele ergueu os olhos para ela e embalou seu rosto com uma mão.

— Minha garota corajosa...

Luke a beijou e, quando recuou, ela perguntou:

— O que vamos fazer com o Avendale?

— Encontrar uma maneira de matá-lo sem que nenhum de nós vá para a forca por fazê-lo.

— Se essa era a sua intenção, por que não o deixou morrer queimado?

— Porque eu quero que a morte dele tenha um propósito. Preciso dele vivo para que isso aconteça.

— Não entendo o que você está falando.
— Você confia em mim?
— Com a minha vida.

De repente, ela estava nos braços do conde, tremendo e chorando, sentindo-se uma fracote, mas eles estavam vivos. Claybourne estava vivo, e só isso importava.

19

Usando tiras arrancadas da saia de Catherine, Luke amarrou e amordaçou Avendale depois de sentir uma enorme satisfação ao socar o rosto do homem quando ele começou a se mexer. Não tinha intenção alguma de ser gentil ou clemente, e o fato de sua cabeça estar latejando não ajudava em nada. Até sentia inveja de Avendale, de seu estado inconsciente.

Com muita dificuldade, levantou o duque sobre os ombros e, acompanhado de Catherine, começou a voltar para a mansão. Não havia um caminho demarcado no chão, mas o terreno não era muito acidentado. A chuva, no entanto, piorou, embora Luke não se importasse. Com sorte, ela poderia ajudar a reduzir os danos da mansão.

— Se a casa ainda estivesse pegando fogo, você não acha que veríamos de longe? — perguntou Catherine.

— Sim. Os criados e os bombeiros do povoado devem ter conseguido controlar o incêndio.

— Sua cabeça está doendo, não é?

— Vou ficar bem.

— O que vai fazer com Avendale esta noite?

— Se a mansão ainda estiver de pé, vou prendê-lo na adega. Tem uma porta com fechadura.

— E depois disso?

— Eu e você retornaremos para Londres. Voltarei aqui para cuidar de Avendale assim que tiver feito os arranjos necessários. Até lá, meus criados mais confiáveis vão mantê-lo preso e alimentado.

— Que arranjos são esses?

Gemendo, ele balançou a cabeça.

— Não consigo pensar direito agora, Catherine.

Ela envolveu a mão no braço dele, como se quisesse ajudá-lo a se equilibrar.

— Você está com muita dor.

— Nunca doeu tanto assim.

Luke mal conseguia colocar um pé na frente do outro. Ele ainda estava perplexo por saber da passagem, mas pensar nisso só piorava sua dor de cabeça, e se sentisse mais dor era capaz de acabar desmaiando. Em vez disso, concentrou-se na mão de Catherine em seu braço. Imaginá-la embaixo de seu corpo foi o suficiente para sentir um pouco de alívio. Pensar em como era maravilhoso estar dentro dela também, mas então ele começou a sentir dores em outros lugares.

Era melhor apenas se concentrar em caminhar.

Eles chegaram à mansão eventualmente. A casa parecia intacta até darem a volta para a ala onde a biblioteca ficava. Parte tinha desabado e havia pouco mais que restos carbonizados.

— Milorde! — exclamou o mordomo, correndo até ele. — Temíamos o pior!

Claybourne derrubou Avendale no chão.

— Qual é o prejuízo?

— Tivemos sorte. Apenas esta ala sofreu danos significativos. A outra ala e a parte principal da casa estão ilesas e habitáveis.

— Ótimo.

Luke pisou sobre o que restava da parede perto da chaminé que havia resistido ao fogo. A porta secreta havia desaparecido, mas um buraco revelava a escada que levava até a passagem.

— Você sabia da existência dessa passagem?

— Não, milorde — disse o mordomo. — Perdão, mas para onde ela leva?

— Para a praia. Pergunte aos outros criados.

— Perdão?

Luke apertou os dedos contra a testa.

— Pergunte aos outros criados se alguém sabia dessa passagem. Preciso saber quem me falou sobre ela.

— Sim, milorde — respondeu o homem, e se apressou para longe.

Luke olhou em volta. O velhote amava tanto seus livros, e todos haviam virado pó depois do incêndio. Sentiu uma raiva irracional pela destruição. O mau cheiro de carbonização no ar era nauseante.

Um som chamou sua atenção e ele se virou bem a tempo de ver Catherine tropeçar. Ele estendeu a mão e a agarrou para que não caísse.

— Tanta coisa perdida... — murmurou ela, e ele sentiu a tristeza na voz dela.

— Poderia ter sido pior. Vou garantir que Marcus Langdon tenha os fundos necessários para reconstruir tudo isso.

— Você pode não ser o verdadeiro conde de Claybourne, mas é óbvio que se importa com este lugar.

Ele não podia negar que tinha se apegado à casa. Renunciar a tudo seria mais difícil do que imaginava, mas era exatamente por se importar que estava determinado a devolver tudo ao legítimo dono. Muitas coisas mudariam com sua decisão — incluindo o fato de que Frannie não teria mais uma desculpa para não aceitar seu pedido de casamento.

Alguém tinha colocado tochas altas no chão. As chamas ardentes iluminaram Catherine, e Luke viu a fuligem e a sujeira que cobriam seu lindo rosto. Não, nem tudo era sujeira. Um hematoma estava se formando onde Avendale a havia atingido. Luke desejou matá-lo só por isso. Com ternura, tocou a bochecha dela. Estranhamente, ele acabou pensando no homem que teria a honra de tocar naquela bochecha quando ela fosse mais velha. Ele esperava que esse homem apreciasse o fato de que a força e a beleza de Catherine nunca envelheceriam.

— Nossos quartos supostamente estão habitáveis. Eu adoraria um banho quente.

Catherine sorriu para ele, e Luke ficou impressionado por ela ainda conseguir sorrir depois de tudo que haviam passado.

— Eu também adoraria — disse ela.

E ele percebeu que Catherine estava concedendo permissão para que Luke tivesse mais uma noite com ela.

Enquanto a água ondeava ao seu redor, Catherine pensou que nunca mais tomaria um banho tão gostoso. Era delicioso mergulhar na água morna e se aconchegar contra um homem, especialmente quando esse homem era Claybourne. Por sorte, a banheira era grande. Os boatos diziam que ela fora feita de maneira exclusiva para os homens da família Claybourne, que tendiam a ser altos e gostavam de espaço para se mexer. Catherine também desconfiava que eles não gostavam de tomar banho sozinhos.

Eles trancaram Avendale na adega e deixaram dois criados de vigia. Partes da biblioteca continuavam a arder, mas os poucos empregados que o conde não havia pedido para voltar ao povoado também estavam vigiando a sala, apagando quaisquer pequenos incêndios que aparecessem. Era estranho ter tão poucas preocupações de repente, mas Catherine estava adorando a sensação de paz. Ela só queria que a cabeça de Claybourne parasse de doer.

Ele não estava reclamando, mas sua testa franzida e a mandíbula tensa eram indícios visíveis de seu desconforto. Não conseguira encontrar nenhum criado que soubesse da passagem secreta e estava incomodado com o fato de saber da existência daquele caminho. Catherine estava convencida de que o antigo conde tinha mostrado a ele em algum momento e Claybourne simplesmente esquecera. Era a única explicação que fazia sentido.

Ele acariciou o braço dela preguiçosamente enquanto ela passava os dedos sobre o peito dele. Catherine desejava poder sumir com as cicatrizes dele, as evidências de uma vida difícil, mas essa mesma vida o fizera um homem que protegia os outros com sua força. Mesmo que não fosse um lorde, ele ainda era um homem admirável.

De forma egoísta, Catherine desejava que os dois pudessem adiar a volta a Londres, porque tudo entre eles mudaria quando partissem para a cidade. Tudo acabaria. De forma altruísta, ela estava ansiosa para ver Winnie e seu pai. Sabia que eles estavam sendo bem cuidados, mas ainda sentia falta deles, ainda queria dar-lhes conforto.

— No que está pensando? — perguntou ela.

— Estou tentando não pensar.

Catherine se mexeu e espirrou água para fora da banheira, então se acomodou no colo dele. O corpo de Claybourne reagiu imediatamente, e ele abriu os olhos após gemer e sorrir.

— Acho que você encontrou a cura para as minhas dores de cabeça. É só fazer a dor ir para outro lugar.

— A dor não pode ter sarado tão rápido assim.

— Não completamente, mas não vou deixar que a dor me impeça de ter o que desejo.

Ela deu o que esperava ser um sorriso sedutor.

— E o que você deseja?

Os olhos prateados escureceram.

— Você.

Claybourne entrelaçou os dedos em seu cabelo úmido e a puxou para mais perto, e Catherine se ajeitou para receber o beijo dele. A avidez da boca sobre a dela enviou uma onda de desejo por seu corpo. Ele a soltou, pegou o sabonete, passou-o nas mãos e começou a esfregar todo o corpo dela, dando uma atenção especial aos seios. Era como se eles fossem o centro de seu ser, a cidade de onde todos os caminhos iam e vinham.

Ela viu admiração e prazer nos olhos do conde.

Pegando o sabonete, Catherine imitou as ações dele, deliciando-se com a maciez da pele. Pendendo a cabeça para trás, ela gemeu pelas sensações incríveis que estava experimentando ao ser tocada, pela alegria ao tocá-lo.

Claybourne a segurou pela cintura e a levantou.

— Se essa água não estivesse tão suja, eu a possuiria aqui mesmo — disse ele.

Em vez disso, ele se levantou e a ajudou a ficar de pé. Jarras de água estavam no chão, e ele pegou uma para derramar a água sobre ela e tirar o sabão e qualquer sujeira remanescente. Com outra jarra, ele fez o mesmo em si mesmo.

— Fique — ordenou ele ao sair da banheira.

— Não sou um cachorro para receber comandos.

Rindo baixinho, o conde pegou uma toalha e se secou vigorosamente.

— Você precisa ser sempre tão difícil?

— Você não está agindo como se realmente me achasse difícil.

Ele enrolou a toalha nela e a pegou nos braços.

— Eu acho você adorável.

Claybourne a carregou até a cama e a secou delicadamente, jogando a toalha para o lado ao finalizar a tarefa. Então, com um só movimento suave, ele a penetrou e ficou imóvel.

— Quando eu vi Avendale bater em você, quando você caiu... — falou ele com uma voz rouca de emoção.

— Não pense nisso — pediu Catherine.

— Por que você precisa ser tão irritantemente corajosa? — perguntou ele, enquanto beijava seu pescoço, sua orelha, sua clavícula, seu queixo.

Será que ele a desejaria mais se ela não fosse? Mas Catherine não era corajosa o suficiente para perguntar isso, então talvez não fosse tão corajosa, afinal.

— Não fale — murmurou enquanto beijava a testa dele.

O conde a tomou devagar, como se percebesse que aquela seria a última vez, saboreando cada movimento, criando lembranças a cada toque. Não havia nada de frenético na união. Era apenas uma contemplação de que haviam escapado de um incêndio, a celebração de sua sobrevivência e, talvez, de certa forma, uma despedida.

Quando Catherine atingiu o êxtase, ela tremeu nos braços dele, e Claybourne estremeceu nos dela. Ofegante, ele a beijou na testa antes de rolar para o lado e puxá-la para um abraço. Aninhada nele, ela caiu em um sono profundo.

— M*amãe!*

— *Shh, querido, temos que fazer silêncio. Estamos em uma brincadeira. Vamos nos esconder do papai.*

— *Tô com medo.*

— *Não tenha, querido. A mamãe nunca vai deixar nada de ruim acontecer. Vamos nos divertir. Está vendo a alavanca mágica? É nosso segredinho.*

Catherine acordou ao ouvir um gemido agonizado. No começo, achou que fosse um trovão, mas depois percebeu que estava sozinha na cama e que alguém ofegava no quarto. Estendendo a mão, ela aumentou a chama da lamparina na mesinha de cabeceira.

A luz afastou as sombras e revelou Claybourne, nu, ajoelhado no chão e com os braços ao redor do corpo, sacudindo-se como se estivesse sofrendo dores intensas. Ela saiu da cama e se agachou diante dele.

— Luke? Luke? O que foi?

Ele levantou o rosto, e ela viu lágrimas escorrendo por suas bochechas.

— Eu me lembrei — ofegou ele. — Por Deus... Eu me lembrei.

Sentindo-se impotente para acabar com a agonia dele, ela tocou seus ombros e seu rosto.

— Do que você se lembrou?

Ela o ouviu engolir, sentiu-o estremecer sob seu toque.

— Dos meus pais. Como dói!

— Sua cabeça?

— Não, meu coração. Foi meu tio.

— Luke, querido, não estou entendendo.

— Me levaram ao zoológico. Tantos animais. Um leão. E uma girafa. E um cavalo listrado. Eu não queria ir embora, mas estava escurecendo e a multidão estava diminuindo. Tinha tanta gente que a carruagem estava longe. Cansei de andar. Meu pai me levantou sobre os ombros. E aí o menino...

Ele parou de falar, mas ela ainda estava confusa. Do que ele estava falando?

— Que menino? — perguntou ela.

— Um menino de rua. Disse que a mãe dele estava morrendo no beco, que precisava de ajuda. Meu pai me tirou dos ombros e correu atrás do menino. Minha mãe pegou minha mão e correu atrás deles. Mas as pernas do meu pai eram muito longas e as minhas muito curtas, nós não conseguíamos acompanhar. Quando viramos a esquina, vimos meu pai sendo atacado por homens. Pareciam animais selvagens. Tacos e facas. E meu tio parado ao lado, rindo, como se fosse sua brincadeira favorita. Minha mãe gritou para eu correr, e eu corri. Mas eu ainda estava perto o suficiente para ouvir os gritos dela quando a atacaram também.

Catherine segurou o rosto de Luke nas mãos.

— Sinto muito, Luke, mas não entendo o que você está tentando me dizer, não entendo o que isso significa.

Seu coração doía ao ver a tristeza nos olhos prateados.

— Significa que eu sou um Claybourne. Eu sabia da passagem secreta porque minha mãe e eu a usávamos para brincar, para nos esconder do meu pai, mas ele sempre estava esperando na entrada da praia. — Luke abriu um sorriso de partir o coração. — Ele me levantava nos braços e todos ríamos. Depois, brincávamos no mar como se nada mais importasse.

Luke respirou fundo e enxugou as lágrimas.

— Por que seu tio os mataria?

— Pelo que mais? Pelo título e tudo que o acompanha.

Catherine sentou-se sobre os calcanhares.

— E você se lembrou de tudo agora?

— Só de algumas partes. Eu me lembro da passagem secreta, do zoológico, do beco. Do meu tio e de sua cara horrível. E me lembro de correr como um covarde.

— Você era uma criança.

Ele esfregou as mãos no rosto.

— Não consegui salvá-los.

— Seus pais não esperavam que você o fizesse. Salvar a si mesmo foi seu maior presente para eles.

— Por que eu não me lembrava de nada disso?

— E por que você gostaria de se lembrar dessa cena? Parece horrível.

Ele a encarou.

— Eu ansiava descobrir a verdade sobre o meu passado, mas agora só desejo esquecer tudo.

Luke uniu sua boca à dela, como se Catherine tivesse o poder de devolver-lhe a inocência que perdera. Pois, apesar de ter crescido nas ruas, de ter visto o pior dos homens, era claro para Catherine que, até aquela noite, ele não sabia verdadeiramente o pior sobre sua própria família. Ele tinha matado o tio, o tio tinha matado os pais. Mentiras, ódio, traição, ganância... todos os elementos para um escândalo e a destruição de uma família eram parte principal da história dos Claybourne. Apesar dos crimes cometidos, sua vida nas ruas tinha sido mais honesta, e aqueles com quem convivia, mais confiáveis.

De alguma forma, os dois conseguiram voltar para a cama, bocas grudadas, braços e pernas entrelaçados. Luke queria esquecer o que ela achava que era crucial ser lembrado. No entanto, Catherine não podia lhe negar alguns momentos de consolo. Se pudesse, daria a ele uma vida inteira de aconchego em seus braços.

A boca dele estava quente, desesperada, ávida. Catherine estava mais que pronta quando ele a penetrou, como um homem possuído — um homem fugindo de seu passado, um homem incapaz de ver seu futuro. Ele deu investidas rápidas e furiosas, e ela acompanhou o ritmo dele com a mesma intensidade, fincando os dedos nas nádegas firmes.

Os movimentos frenéticos fizeram a cabeceira bater na parede, o prazer dominá-la em ondas violentas. Eles pareciam alucinados, e Catherine não se importava. Importava-se apenas com Luke se perdendo nela, e ela se perdendo nele.

Catherine esperava que cada encontro de seus corpos fosse o último — cada vez que se entrelaçavam era um presente: uma dádiva, uma união, o ato de dar e receber ao mesmo tempo. Eles eram iguais. Se ela pudesse dar mais, daria. Em vez disso, navegou nas ondas até afundar, gritando o nome dele. Ele gemeu o nome de Catherine enquanto estremecia, e enfiou o rosto no pescoço dela.

Segurando-o apertado contra si enquanto sua respiração voltava ao ritmo normal, ela deliciou-se com o peso do corpo dele. Quisera saber como era ir para a cama com ele, e naquele momento precisava encontrar forças para deixá-lo, para entregá-lo a outra. Para entregá-lo a Frannie.

Sentiu os olhos lacrimejarem, triste por não ser a pessoa com quem Luke compartilharia suas alegrias ou seus problemas. Não teria os filhos dele. Não estaria ao lado dele enquanto ele deixava sua marca no mundo. E ela não tinha dúvidas de que Luke deixaria um legado magnífico. Ele havia sido forjado no fogo do inferno, e logo toda Londres saberia que era um homem a ser levado a sério.

Estava escuro quando a carruagem finalmente chegou a Londres. Catherine ainda vestia as roupas de empregada, e Luke não estava muito melhor. Ele sabia que deveria ir para casa primeiro e ficar apresentável, mas tinha um assunto que precisava tratar — com urgência. Havia dito ao cocheiro para onde ir e, ao reconhecer os prédios sinalizando que estavam se aproximando do destino, sentiu a fúria crescer dentro de si.

— Não vamos para casa? — perguntou Catherine.

A carruagem parou.

— Fique aqui — ordenou Luke.

Ele abriu a porta e pulou da carruagem antes que o valete pudesse ajudá-lo. Entrou no Dodger com um propósito e avistou Jack de imediato.

O homem conhecido como Dodger se afastou de uma mesa de jogos e sorriu brilhantemente.

— Ora, olha só quem chegou. Conseguiu resolver as coi...

Luke deu um soco na cara de Jack, derrubando-o no chão junto com a mesa. Os cavalheiros que jogavam ofegaram, e as damas que estavam ali tentando levá-los para o quarto deram gritinhos.

— Levante-se! — exigiu Luke.

Jack limpou o sangue da boca e olhou para a mão antes de encarar Luke.

— Não sei se...

— Levanta!

Jack ficou de pé, e Luke lhe deu um soco na barriga. Jack cambaleou para trás, e Luke aproveitou para lhe dar um soco no queixo, fazendo a cabeça dele virar e derrubando-o no chão de novo.

— Luke! — gritou Frannie de algum lugar atrás dele. — O que você está fazendo?

Ela se ajoelhou ao lado de Jack e olhou horrorizada para Luke.

— Está tudo bem, Frannie — disse Jack. — Tenho certeza de que ele tem um bom motivo para socar o homem que salvou o traseiro dele em mais de uma ocasião.

Luke deu um passo à frente, ficando satisfeito ao ver Jack estremecer.

— Você me encontrou escondido atrás daquele lixo no beco porque você me seguiu. Você me seguiu desde o lugar onde meus pais foram atacados. Você sabia a verdade todo esse tempo. Sabia que eu era neto do velhote, mas ficou calado, porque fazer o contrário revelaria sua participação no assassinato dos meus pais. Você sabia do meu tormento e, mesmo assim, me deixou sofrer com minhas dúvidas. Eu deveria matar você!

Era como se um véu tivesse saído dos olhos de Jack e Luke viu a verdade. Soube que tinha lembrado exatamente o que havia acontecido.

— Por favor, me mate — rosnou Jack. — Fique à vontade. Eu rezo pela minha morte desde a noite que passamos na prisão, quando me ofereci para aqueles desgraçados para pouparem você. Então me mate. Você matou seu tio, então mate seu amigo! Eu te desafio!

Luke de repente percebeu a bengala em sua mão, a espada desembainhada. Não se lembrava de tê-la levado com ele, mas seria muito útil naquela situação. Dando mais um passo à frente, ele sentiu uma mão apertar-lhe o braço e olhou para trás.

Catherine. Com os olhos azuis cheios de lágrimas.

— Você não é um assassino.

— Eu matei meu tio. Que não haja dúvidas disso.

— Ele tirou a inocência de uma menina, mas você não é um assassino.

Ele apontou para Jack.

— Ele nos levou ao beco. Ele era o menino de rua que falou que a mãe estava morrendo. Foi ele que…

— Não vou deixar você abrir mão do último pedaço da sua alma. Eu entrarei na frente se for preciso.

Mas era o suficiente que ela estivesse ao seu lado.

Luke olhou para Jack.

— Quanto ele pagou?

Jack apenas o encarou.

— Me responda, seu desgraçado!

Para sua surpresa, Jack não desviou o olhar de vergonha.

— Seis centavos.

Luke fechou os olhos.

— Eu não sabia o que ele tinha planejado — respondeu Jack baixinho. — Você precisa acreditar em mim, Luke, eu não sabia.

Luke abriu os olhos. Ele estava cego de raiva, e só então conseguiu prestar atenção ao seu redor. Chesney e Milner o encaravam embasbacados. Havia outros lordes e cavalheiros comuns, mas o vício os tornava iguais.

Frannie olhava para ele como se não o reconhecesse.

— Você sabia o que ele tinha feito? — perguntou Luke baixinho.

Ela negou com a cabeça lentamente.

Catherine estava agarrada ao braço dele, como se só ela tivesse o poder de impedi-lo de fazer algo precipitado e irreversível. Catherine, vestida com a roupa de uma criada e toda despenteada. Catherine, que não tinha ficado na carruagem como ele tinha ordenado. Catherine no meio de um clube de jogos.

O que Luke tinha na cabeça para passar no clube antes de tudo? O que ela tinha na cabeça para segui-lo? Será que havia alguma chance de ninguém a reconhecer?

O conde sentiu a necessidade de fazer algo, de dizer algo, de terminar aquela história. Mas não havia nada dentro dele, nada além de tristeza e luto. Os últimos vinte e cinco anos de sua vida haviam sido repletos de mentiras, e a verdade não oferecia conforto algum.

Catherine estava assustada com a tranquilidade de Luke na carruagem. Ele havia saído do Dodger sem dizer uma única palavra. Ela sentara-se ao lado dele e estava segurando sua mão — uma mão tão fria que era como se ele tivesse morrido.

— Você não deveria ficar sozinho esta noite — disse ela.

— Sou quem eu deveria ser, mas, de repente, de forma inexplicável, não me sinto merecedor. Fui um impostor todos esses anos, mas não da maneira que eu pensava.

— Você não foi um impostor.

— Pensei que era um canalha disfarçado de lorde. E, em vez disso, eu era um lorde disfarçado de canalha. Pensei que era um deles, pensei que era uma das crianças do Feagan. Achava que tínhamos a vida nas ruas em comum.

O coração de Catherine estava partido.

— Vocês tinham isso em comum, pelo menos por um tempo.

Luke a olhou com uma gentileza que ela temera ter se perdido para sempre.

— Você acha que tem alguma chance dos nobres que estavam no Dodger não terem reconhecido você?

Ela suspirou.

— Uma pequena chance, talvez.

— Você não deveria ter tentado me impedir, Catherine. Sua reputação não vale o escândalo que vai explodir.

— Vamos analisar minha situação: meu pai está em seu leito de morte e meu irmão está zanzando pelo mundo. Não tenho marido, não tenho filhos. Minha reputação só importa a mim, e você importa muito mais.

Ele embalou o rosto de Catherine e roçou os lábios nos dela. A paixão entre eles havia esfriado, como deveria. Quando tudo aquilo ficasse para trás, ele voltaria para o lado de Frannie. Catherine não tinha dúvidas.

— Precisamos levá-la para casa — falou ele. — E preciso decidir o que fazer com Avendale.

O duque continuaria preso na casa de Luke até que tudo fosse resolvido. Luke suspirou profundamente.

— Eu nunca pensei que me lembrar de tudo seria muito mais problemático que esquecer.

Catherine se sentia esgotada enquanto subia lentamente a escada para seu quarto.

Ela estava desesperada para ver o pai, mas não queria que ele a visse vestida como uma criada e com uma cara de quem havia sido tomada por um homem nos últimos dias. O que era verdade, mas seu pai não precisava saber disso.

Jenny preparou um banho e Catherine imergiu na água fumegante. Ela estava dolorida e arrasada. E essa era a parte boa. Sua reputação estava destruída, mas ela lidaria com esse problema depois. No momento, sua principal preocupação era Claybourne. Não queria que ele passasse a noite sozinho.

Mas ela estava tão exausta que estava usando todas as suas forças só para continuar respirando.

Quando terminou o banho, Jenny começou a secá-la.

— Devo ajudá-la a se preparar para a cama?

— Não, quero ver meu pai um pouquinho e, como ele não me vê há alguns dias, acho que um vestido simples seria apropriado.

Ela se sentiu melhor enquanto caminhava pelo corredor até o quarto do pai. A enfermeira dele se levantou quando Catherine entrou.

— Como ele está? — perguntou Catherine.

— Indo bem, milady.

Ele não conseguia falar de forma coerente nem se movimentar sozinho. Precisava ser alimentado e banhado — como poderia estar "indo bem"?

Mas ele levantou a mão enrugada e trêmula, e Catherine jurou que viu uma centelha de reconhecimento nos olhos azuis pálidos. Sentando-se na cadeira ao lado da cama, ela pegou a mão dele e deu um beijo em seus dedos. Em seguida, acariciou o cabelo prateado e ralo.

— Sentiu minha falta?

Ele deu um breve aceno com a cabeça.

— Amanhã, se fizer sol, vamos para o jardim. Eu tenho certeza de que isso não vai prejudicar a sua saúde. Na verdade, pode até melhorá-la — falou ela, sentindo os olhos lacrimejarem. — Ai, papai, eu fiz uma coisa incrivelmente tola. Eu me apaixonei por alguém, e ele ama outra. O estranho é que, por mais que doa, eu só quero que ele seja feliz. E se ela vai fazê-lo feliz, eu quero que ele fique com ela.

O pai apertou a mão de Catherine. Ela se mexeu e deitou a cabeça no peito dele, sentiu a mão repousar em seu cabelo.

— Acho que você ia gostar dele.

Ela ouviu um barulho baixinho ecoar no peito dele.

— Eu sei que você não acha que ele é bom o suficiente para mim, mas você pensaria isso de qualquer homem. — Catherine se sentou. — Avendale andou batendo na Winnie, papai. Alguns amigos e eu a escondemos para que ele não a encontre, mas queria ir vê-la esta noite. Não quero que você se preocupe. Acho que tem um inspetor da Scotland Yard me vigiando para cuidar de mim, então eu vou ficar bem. E amanhã vamos para o jardim, e não vou parar de ler para você até terminarmos a história do Oliver.

Inclinando-se, ela beijou a testa do pai e sussurrou palavras que nunca conseguiria dizer a Claybourne: "Eu te amo, com todo o meu coração".

O retrato do pai não tinha mudado, mas parecia que tinha. Ou talvez fosse ele que tivesse mudado. Ou talvez fosse porque ele estava bêbado, já na segunda garrafa de uísque. Luke teria que encontrar uma nova garrafa.

Era curioso como *tudo* parecia diferente. Coisas que antes pareciam estranhas já não eram mais. Depois que voltou para casa, ele andou por todos os cômodos, vendo as coisas com outros olhos — com os olhos do conde de Claybourne. Lembrou-se de como a cabeça do leão acima da lareira o assustava quando criança, de brincar com um cavalo de balanço de madeira num dos quartos.

Normalmente, quando olhava para o retrato por muito tempo, catalogando todas as feições, sua cabeça começava a doer. Mas não naquela noite. Naquela noite, não havia nada além do álcool calmante correndo por seu sangue. Até aquilo era incomum. No geral, ele buscava esquecer tudo. Mas, naquela noite, só queria paz.

Sua mão doía por ter batido em Jack. Seu coração doía por Frannie ter defendido Jack. Por que Luke pensou que ela ficaria do lado dele sem questionar? A reação de Frannie, porém, era natural. Luke tinha entrado no clube como um louco e, ao contrário de Catherine, Frannie não sabia do que Luke havia se lembrado. Ela não tinha presenciado a dor que as lembranças trouxeram.

Luke havia morado na imundície e na miséria de um quartinho com Feagan e seu bando de crianças ladras e se sentira seguro. Eles dividiam roupas, comida, camas. Ensinaram a ele como não apanhar e como se esconder. No início, ele só queria se esconder. Esconder-se do tio, dos gritos do pai morrendo, dos gritos da mãe implorando por misericórdia. Quando entrou pela porta de Feagan, o fez de boa vontade, querendo — precisando — deixar sua outra vida aterrorizante para trás.

Nada era mais assustador do que saber que alguém para quem ele havia desenhado uma lagoa, alguém que lhe dera um cavalinho esculpido em madeira, alguém que o havia colocado na cama uma vez ao visitá-lo, beijado o topo de sua cabeça, rido com seu pai, dançado com sua mãe... poderia ficar rindo enquanto outros assassinavam sua família. Mas seu tio estava gravado permanentemente em todas aquelas lembranças.

Luke ouviu a porta abrir e o som de passos leves. Ele se virou na cadeira, olhando na direção da porta. Odiou a alegria que o preencheu ao ver Catherine. Desprezou o alívio que sentiu por ela estar ali. Aquela mulher o fazia se sentir fraco pelo quanto a desejava. Ele precisava que ela saísse de sua vida e, para isso, precisava dar cabo de Avendale.

Luke tomou mais uísque e se acomodou na cadeira.

— Você não deveria estar aqui.

Ela se ajoelhou no chão ao lado dele e colocou as mãos em seus joelhos.

— Eu disse ao meu pai que ia visitar a Winnie, mas não o fiz. Eu dei essa desculpa sabendo muito bem que viria para cá. Não queria que você ficasse sozinho esta noite.

— Catherine...

— Estou aqui apenas como amiga — afirmou ela, olhando para o retrato e apoiando a bochecha na coxa dele. — Consigo ver as semelhanças tão facilmente agora.

— Lembro-me tão pouco dele...

— Acho que ele teria orgulho do homem que você se tornou.

Luke riu baixinho.

— Por que tem tanta fé em mim, Catherine?

— Por conhecê-lo.

Ela ficou com ele, conforme prometera. Em sua cama, mas apenas abraçando-o — e sendo abraçada. Algo mais do que amigos, algo menos do que amantes. Mas foi reconfortante. E embora Luke não tivesse conseguido dormir, também não adentrou o reino das lembranças. Em vez disso, concentrou-se em como era tê-la em sua cama: no calor de seu corpo, no aroma de seu cabelo, no som de sua respiração.

Antes do amanhecer, ele a acompanhou até sua casa com a promessa de cuidar do problema dela com urgência. Então voltou à sua residência para tomar café da manhã e ler o *Times*, e ficou grato por descobrir que a primeira página não anunciava que lady Catherine Mabry havia sido vista em um clube de jogos, e ainda mais grato por não ter notícia alguma sobre o que acontecera na noite anterior. Mas a história se espalharia. Sem dúvida.

Já era fim da manhã quando chegou à residência de Marcus Langdon. Luke estava vestido da melhor maneira possível e sabia, sem dúvidas, que parecia o lorde que realmente era.

O mordomo informou que o mestre e sua mãe estavam na sala de estar, e Luke os encontrou lá. Marcus estava lendo um livro, enquanto a mãe estava concentrada em seus bordados. Que vida difícil aqueles dois tinham...

A sra. Langdon largou sua agulha, obviamente revoltada por Luke ter aparecido em seu santuário. Marcus fechou o livro.

Luke pigarreou. Aquilo seria mais difícil do que ele imaginara.

— Eu queria que você soubesse que me lembrei de tudo. Se continuar seu processo nos tribunais, estará apenas desperdiçando seu dinheiro, pois eu sou o verdadeiro conde de Claybourne.

— Muito conveniente que você tenha se lembrado de tudo agora, quando sua posição está ameaçada — disse a sra. Langdon. — Mas isso não vai nos impedir. Meu filho é o herdeiro legítimo.

— Não, senhora, ele não é. Meus pais foram assassinados pelo seu marido.

A mulher ofegou e empalideceu.

— Isso é mentira!

— Eu gostaria que fosse. Tenho uma testemunha — afirmou ele, pensando em Jack. Arrastaria Jack para o tribunal, se necessário, para que testemunhasse sobre o que havia feito. — Mas não quero trazer mais vergonha para essa família do que ela já viveu nesses últimos anos. Já basta um assassino na família e, como nunca neguei meu ato, não vejo motivo para causar mais constrangimento ao revelar o que seu marido, o meu tio e irmão do meu pai, fez.

— Você foi criado para mentir, trapacear, assassinar e roubar, para tomar o que não lhe pertence...

— Você perdeu um colar de prata que tinha três pedras vermelhas.

Ela ficou paralisada.

— O que você sabe das minhas joias? Foi um presente de Geoffrey, no dia em que nos casamos.

Luke olhou para Marcus, que estava de boca aberta e com um olhar atordoado que sinalizava que ele se lembrava das joias. Ele sabia o que estava por vir. Eles eram os culpados, afinal.

— Você leu *Ivanhoé* para nós, tia Clara — disse Luke, apressando-se para continuar antes que ela reclamasse pelo uso do nome íntimo. — Marcus e eu pegamos o colar...

— Isso não é verdade! — interrompeu Marcus, levantando-se. — Só eu peguei. Você tinha apenas 6 anos, eu tinha 8. — Ele olhou para a mãe. — Colocamos as pedras em nossas espadas de madeira, mas depois que o papai ficou furioso e saiu interrogando os criados pelo colar sumido, jogamos fora as provas do que tínhamos feito. Eu já havia apanhado da bengala dele algumas vezes e não queria apanhar de novo, ficar com bolhas.

— E o que isso prova? — perguntou a mãe.

Marcus olhou para Luke.

— Prova que ele é meu primo. Nunca contei a ninguém o que fizemos.

— Nem eu — disse Luke. Na verdade, ele não se lembrava até o dia anterior. Então voltou sua atenção para a sra. Langdon. Ela parecia estar em choque, e ele não podia culpá-la. — Não tenho a intenção de revelar a verdade sobre seu marido, mas, se insistir em tentar tirar de mim o que é meu por direito, contarei tudo. Não vou desistir facilmente do que meu pai lutou para ter e do que meu avô confiou aos meus cuidados.

Marcus pigarreou.

— Falarei com o meu advogado esta tarde para solicitar que retire o processo dos tribunais.

Luke assentiu.

— Ótimo.

O conde virou-se para ir, mas o primo o chamou:

— Claybourne?

Ele olhou para trás.

— Podemos ter uma conversa privada?

— Claro.

— Você não pode acreditar nele — falou a sra. Langdon.

— Conversaremos quando eu voltar, mãe.

Marcus seguiu Luke até o corredor e o estudou como se o olhasse de verdade pela primeira vez.

— É você mesmo. Acho que eu já sabia. Acho que sempre soube.

— Eu não — admitiu Luke.

— Falarei com a minha mãe. Ela vai aceitar, eventualmente.

— Agradeço. Passei por anos difíceis e gostaria de deixar todas essas dificuldades no passado.

Marcus lambeu os lábios e olhou pelo corredor, como se esperasse que o perigo estivesse à espreita.

— Era sobre isso que eu queria falar com você. Você disse que foi atacado uma noite dessas.

— Sim, fui.

— Foi coisa do Avendale.

Luke sabia disso, mas como Marcus sabia?

Ele olhou para o primo com desconfiança.

— Avendale? Por que acha isso?

— Aparentemente, ele perdeu muito dinheiro para você e está passando por dificuldades financeiras. Parece que está bastante irritado.

— E como você sabe de tudo isso?

— Porque ele se aproximou de mim e disse que me ajudaria a recuperar meu título se eu prometesse pagar a ele o que você roubou quando eu herdasse o título.

— Ajudá-lo a recuperar o dinheiro encomendando minha morte?

— Eu não sabia que isso fazia parte do plano dele. Falei que queria fazer tudo legalmente, nos tribunais. Achei que ele tinha entendido, mas percebi tarde demais que o duque é louco.

— E você não achou que eu precisava saber disso da última vez que estive aqui?

— Fiquei envergonhado por ter me envolvido com ele. E, sendo sincero, apavorado. O sujeito insinuou que já tinha matado antes, e não tenho dúvidas de que falou a verdade.

— Agradeço a sua honestidade.

— Apesar de tudo, sempre achei que você era um homem decente. Bom, exceto por matar meu pai, é claro.

— Ele estuprou brutalmente uma menina de 12 anos. Foi por isso que eu o matei. E, embora até dias atrás eu não tivesse lembrança do assassinato dos meus pais, talvez parte de mim soubesse disso, bem no fundo, pois não hesitei em fazer justiça com minhas próprias mãos.

— Nem sempre conseguimos saber como uma pessoa é de verdade só pela aparência, não é?

Luke colocou a mão no ombro de Marcus.

— Não acho que você seja como seu pai.

— Obrigado por isso. É melhor eu voltar para conversar com minha mãe. Embora não aparente, suspeito que ela esteja arrasada pelas notícias.

Depois de observar o retorno do primo à sala de estar, Luke voltou a pensar sobre o que fazer com Avendale. Ele teria muito prazer em sumir com o duque...

Meia-noite.
Minha biblioteca.
— L

O bilhete foi entregue a três deles. No passado, teria sido entregue a quatro.

Eles entraram na biblioteca de Luke silenciosamente, cada um ingressando na residência por seus modos preferidos. Bill entrou pela cozinha. Jim subiu em uma árvore e entrou pela janela de um quarto. Frannie preferiu entrar pela porta que dava para o terraço.

Catherine também estava lá. Ela havia entrado pela porta da frente, como se não tivesse mais necessidade de esconder sua relação. Mas Luke sabia que cada um ali precisaria levar o que estavam prestes a fazer para o túmulo.

Todos se sentaram em cadeiras em círculo.

— Vamos lá — disse Luke.

— Não vamos esperar o Jack? — perguntou Bill.

— Ele não foi convidado.

Bill olhou para os outros, como se esperasse que alguém se opusesse e defendesse Jack, mas pareceu desistir quando ninguém o fez. Ele era o médico do grupo e sempre queria consertar tudo, acertar as coisas. Mas algumas coisas, uma vez quebradas, nunca mais eram as mesmas.

— Como sabem, criei uma armadilha para atrair Avendale para Heatherwood. Atualmente, ele está preso na adega da casa. Ele é um homem perigoso, tanto para sua esposa e filho quanto para Catherine e eu. Se só eu estivesse em risco, eu o soltaria e lidaria com ele cara a cara, mas não quero colocar os outros em risco — explicou, pensando especialmente em não arriscar Catherine.

— Então, qual é o plano? — perguntou Jim.

— Se algum de vocês estiver com o pé atrás, é melhor sair agora.

Todos continuaram sentados.

Luke sentiu um aperto no peito e pigarreou diante da demonstração de fé nele. Aparentemente, Jim não era o único que o seguiria até o inferno sem perguntar o motivo.

— Obrigado por isso.

Respirando fundo, ele falou para Bill:

— Precisamos de um corpo. Um homem recém-enterrado seria o melhor. Ele precisa estar vestindo as roupas de Avendale, incluindo os dois anéis. Eu deixei uma nota que diz qual anel vai em qual dedo de cada mão.

Luke pegou um pacote de perto da cadeira e o estendeu para Bill. Ele havia retirado as roupas e as joias de Avendale antes de partirem de Heatherwood.

Bill pegou o pacote sem hesitar.

— Faz muito tempo que não roubo nenhum túmulo, mas uma habilidade aprendida nunca é esquecida.

— Depois que ele estiver vestido, queremos que ele seja carbonizado até não ser possível reconhecê-lo.

Bill assentiu.

• 341 •

— Pode deixar.

— Conforte-se com o fato de que esse corpo descansará em um lugar grandioso — comentou Luke, antes de virar-se para Jim. — Procuro alguém sendo enviado para uma colônia penal para o resto da vida. A idade não importa, desde que os documentos possam ser alterados para os de um homem de 34 anos.

Jim também assentiu.

— Um menino de 14 anos foi recentemente condenado a ser enviado para a Tasmânia. Acredito que seja uma pena perpétua por furto de bolsos.

— Cacete, isso podia ter acontecido com qualquer um de nós — disse Bill. — Ele roubou os bolsos do príncipe Alberto, por acaso?

— Foi o que pensei, mas graças aos ensinamentos de Feagan, não foi nosso caso... — Jim olhou para Frannie. — Consegue fazer um 14 parecer um 34?

Ela sorriu com arrogância.

— De olhos fechados.

— Vou enviar os documentos para você.

— Também queremos que o rapazinho encontre um emprego decente — falou Luke.

Ela lhe deu um olhar estranho antes de assentir. Provavelmente porque garantir um lugar seguro para o rapaz fosse o trabalho de Jack.

— Vou cuidar disso — garantiu Frannie.

Luke olhou para Catherine, sentada ao seu lado.

Ele queria segurar a mão dela, mas parecia errado com Frannie ali.

— Bom, agora vem a parte difícil.

Respirando fundo, ela assentiu.

— Seja o que for, eu farei.

— Nunca duvidei disso — falou ele. Ainda assim, sabia que seria difícil para ela. Luke suspirou. — Você precisa informar a duquesa de Avendale que seu marido morreu no incêndio em Heatherwood, um incêndio que foi iniciado quando uma brasa pulou da lareira sem ninguém perceber, até ter sido tarde demais.

— Mas não foi isso o que aconteceu.

— Por isso eu disse que a sua parte é a mais difícil. Você vai ter que mentir para ela, Catherine, e para todo mundo. Depois que cumprirmos nossa parte, todos acharão que a verdade foi o que você contou. Vamos entregar um corpo queimado e irreconhecível usando as roupas e os anéis de Avendale. E ela nunca mais o verá.

— Não entendo por que não posso dizer a verdade.

— Porque quanto menos pessoas souberem, melhor. Estamos infringindo a lei, Catherine. Estamos todos correndo riscos. E, embora seja possível que a duquesa fique de boca fechada, ele era seu marido. Com a distância e o tempo, ela pode se esquecer de como era estar casada com ele ou decidir que prefere um casamento com um monstro do que ser viúva. Ela pode tentar encontrar uma maneira de trazê-lo de volta. Teria sido muito mais fácil se eu tivesse deixado ele morrer queimado, mas não o fiz, então precisamos tirar o melhor da situação e não deixar dúvidas de que o duque de Avendale morreu para que seu filho possa herdar o título.

— Mas não deveríamos ao menos dizer como o fogo começou de verdade? As coisas que ele disse e fez...

— O filho de Avendale viverá com o legado das ações do pai, Catherine. Será mais fácil não saber o tipo de homem que ele era. Se duvida de mim, pergunte ao meu primo.

Assentindo, ela levantou o queixo, mostrando sua determinação.

— Farei melhor do que apenas falar com Winnie e Whit. Vou ajudá-los a organizar o funeral. — Ela olhou para Bill. — E será grandioso.

— Ótimo — Luke olhou ao redor do círculo. — Alguma dúvida?

— Eu tenho uma — disse Catherine. Luke arqueou a sobrancelha. — Qual será a sua parte?

— A melhor de todas. Terei a honra de colocar Avendale no navio de transporte para sua nova vida no outro lado do mundo.

Catherine insistiu em acompanhá-lo. Luke sabia que isso aconteceria.

O nevoeiro estava espesso e pesado, congelando os ossos. O grande navio rangeu contra suas amarrações, como se estivesse ansioso para partir, mas precisava esperar que seus convidados terminassem de arrumar tudo a bordo, ecoando barulhos na quietude da madrugada.

— Como a duquesa recebeu a notícia do falecimento do marido? — perguntou Luke.

— Ela chorou de verdade. Eu não esperava por isso. — Catherine olhou para ele. — Você não parece surpreso.

Ele negou com a cabeça.

— As pessoas temem a solidão. Preferem viver com uma pessoa desagradável a ficar sozinhas.

— Não sei se isso é o suficiente. Sinto que ele não está recebendo a punição que merece por tudo o que fez.

— Ele é um homem acostumado a ser vestido por alguém, mas que agora vai precisar ficar de joelhos para esfregar o convés. Suas mãos vão criar bolhas, seus pés vão endurecer e suspeito que vá ser açoitado mais de uma vez até o fim da viagem. Não sei se há inferno depois da morte, mas sei que há um inferno na Terra. Dei uma olhada na antecâmara e não é um lugar agradável. Avendale amaldiçoará o dia em que nasceu. Ele será punido, Catherine. Todos os dias, enquanto viver. Pelo menos fez algo de bom com sua vida, trocando de lugar com Thomas Lark e dando ao garoto uma oportunidade de um futuro melhor.

— Um único rapaz. Parece tão pouco quando há tantos na mesma situação.

— Não podemos salvar todos, Catherine, por isso temos que ficar felizes pelos que conseguimos salvar.

Eles viram os duzentos e trinta prisioneiros marcharem da prancha para o convés do navio.

— Lá está ele — disse Luke baixinho. — O de casaco cinza, com o ombro rasgado.

— Achei que ele estaria resistindo mais.

— Bill me deu algo para derramar na goela dele e deixá-lo bonzinho como um cordeiro.

— Ainda assim, estou surpresa por ele não estar gritando seu nome e seu título.

— É um pouco difícil de fazer isso quando sua mandíbula está quebrada.

Catherine o encarou, e Luke deu de ombros.

— Ele não estava cooperando.

Os dois observaram até que o último prisioneiro embarcasse e o navio zarpasse.

Luke ouviu Catherine suspirar aliviada.

— Não consigo acreditar que tudo isso acabou.
— Pode acreditar.

O amanhecer estava quase iluminando o horizonte quando a carruagem de Claybourne parou no beco atrás da residência de Catherine.

Claybourne. Ela não achava que ele já tinha se acostumado com quem realmente era, mas não tinha dúvidas de que o faria com tempo. Ele era o conde de verdade. Catherine desejava poder ajudá-lo, tranquilizá-lo, ficar ao seu lado enquanto ele ocupava seu lugar de direito entre a aristocracia, mas Luke desejava outra pessoa ao seu lado. Ela sabia disso. Aceitara essa verdade antes mesmo de entrar no quarto dele em Heatherwood.

Os dois não conversavam sobre nada pessoal desde a noite em que ele havia recuperado a memória. E era assim que deveria ser.

A porta da carruagem se abriu. Claybourne saiu, depois estendeu a mão para ela.

Pela última vez, Catherine colocou a mão na dele, sentiu os dedos fortes se fecharem sobre os dela. Pela última vez, ela saiu, inalando o perfume masculino que era só dele. Pela última vez, caminharam lado a lado até o portão, mas sem falar uma palavra, como se ainda houvesse muito a ser dito, mas pouco tempo.

Catherine pigarreou.

— Vou organizar um chá para a Frannie, para começar a apresentá-la à sociedade.

Ele assentiu. Ela engoliu em seco.

— Então estamos de acordo que não haverá mais aulas noturnas?

O conde assentiu novamente. Ela estendeu a mão.

— Então, obrigado, milorde. Nosso acordo foi muito... gratificante...

Luke a puxou para seus braços e a beijou, quase com selvageria, como se aquele momento fosse tão doloroso para ele quanto para ela. Agindo sem pensar, ela enrolou os braços no pescoço dele. Catherine não queria abrir mão daquele homem. Não queria outra mulher na cama dele, na vida dele, no coração dele.

Catherine quase disse que faria qualquer coisa que ele quisesse se ele a escolhesse, mas ela o amava demais para não o deixar realizar seus sonhos — e era Frannie que fazia parte desses sonhos.

Luke se afastou, deu um passo para trás, ofegando na quietude da madrugada.

— Nosso acordo terminou. Você não precisa fazer mais nada.

Ele deu meia-volta e partiu para a carruagem.

Ela ficou parada enquanto o cocheiro estalava o chicote, pondo os cavalos em movimento, e a carruagem sacolejava. Quando não conseguia mais ver o veículo, abriu o portão e entrou.

Depois de fechar o portão atrás de si, a dor de perder um amor a dominou e ela desabou na grama fria em pranto.

Você não precisa fazer mais nada.

Ele estava errado. Catherine precisava, sim, fazer mais uma coisa: sobreviver a um coração partido.

22

Era um dia adorável para ficar no jardim, e Catherine não perdeu tempo em pedir para que o pai fosse levado para fora e acomodado em um *chaise longue*, enquanto ela se sentou em uma cadeira ao lado dele.

Fazia quase um mês desde que Catherine se despedira de Claybourne na madrugada e testemunhara Avendale embarcar no que seria uma jornada com destino ao inferno. Ela deveria estar dormindo tranquila por saber que Winnie e Whit estavam seguros para sempre, mas andava sofrendo de insônia. O motivo, no entanto, não era a culpa por ter mentido para a amiga, e sim a preocupação com o pai, cuja saúde piorava rapidamente.

E a saudade que sentia de Claybourne, que com certeza ajudaria a diminuir seu fardo se estivesse ali.

Catherine vasculhava os jornais todas as manhãs em busca do anúncio do noivado de Claybourne com a srta. Frannie Darling, mas nada fora anunciado. Não importava. O anúncio aconteceria, e seria como uma facada em seu coração.

Certa manhã, ela contou ao pai a história do conde de Claybourne. Ele parecia tão entretido com a história quanto com a de *Oliver Twist*. Por mais fraco que estivesse, Catherine suspeitava que o pai sabia que Claybourne era o homem por quem ela tinha sido tola o bastante para se apaixonar. Entretanto, não recebeu um único olhar de condenação.

O foco de sua vida havia se tornado o pai, e ela estava desfrutando da companhia dele o máximo possível durante o que ela tinha certeza de que eram seus últimos dias. Havia escrito para o irmão, suplicando para que ele voltasse para casa. Só Deus sabia se a carta o encontraria a tempo.

Catherine leu em voz alta as palavras finais de *Oliver Twist* e fechou o livro. Ela sorriu para o pai.

— Então Oliver encontrou um lar. Fico feliz por isso. — Ele piscou lentamente, e ela passou os dedos pelo cabelo dele. — Mas fiquei com pena do Matreiro. Fiquei triste por ele ter sido enviado para a Austrália. Ouvi dizer que é uma vida muito dura, embora desconfie que há quem mereça.

Seu pai olhou para trás dela, e seus olhos azuis cintilaram de alegria. Catherine olhou por cima do ombro, esperando encontrar Sterling, o irmão, parado ali. Em vez disso, ela viu um lindo lírio branco.

— De onde veio isso? Eu não sabia que o jardineiro tinha plantado lírios, e já é bem tarde na primavera para ele florescer — comentou ela. — Quer que eu pegue para você? Posso trazê-lo aqui para você vê-lo mais de perto. Sei que os lírios brancos são os seus favoritos. — Ele assentiu, e Catherine lhe deu um beijo na bochecha. — Te amo, papai. Volto rapidinho.

Catherine caminhou até a mesa onde deixava as tesouras de poda. Ela tinha o costume de cortar flores para presentear o pai. Se fosse sincera, odiava a ideia de podar o lírio, pois isso faria a flor murchar muito mais rápido, mas estava disposta a fazer qualquer coisa para alegrá-lo.

— Acho que esse é o lírio mais perfeito que já vi — disse ela, voltando-se para o pai.

Então seu coração parou e lágrimas jorraram de seus olhos. Mesmo a distância, Catherine sabia. Será que o pai havia visto apenas o lírio ou algo mais divino?

Ela voltou para onde ele estava, beijou sua bochecha novamente e se ajoelhou ao lado dele.

— Se eu soubesse que estava prestes a partir, não teria deixado você dar esse último passo sozinho. Durma em paz, papai. Sua jornada terminou, e tenho a sensação de que a minha está apenas começando.

Luke pensou que sempre soubera de tudo o que acontecia em Londres, mas, desde a noite em que fora ao Dodger para confrontar Jack, parecia que ele estava a par de muito mais. Fitzsimmons precisou comprar uma tigela maior para a mesinha no corredor de entrada — uma grande o suficiente para caber todos os convites que Luke estava recebendo de repente: para bailes, jantares e recitais, como se ele se importasse se a filha de alguém tocava bem o pianoforte. As pessoas passaram a reconhecê-lo na rua. As mulheres pediam sua opinião sobre o que comprar se ele estivesse na loja, escolhendo algum presente para Frannie.

E elas fofocavam.

Foi assim que ele soube que lady Catherine Mabry havia passado o último mês em reclusão com o pai doente. Ele também ficou sabendo quando o duque faleceu, passando o título para o filho.

Não visitar Catherine tinha sido uma das coisas mais difíceis que ele já havia feito, mas não arriscaria ainda mais a reputação dela. Havia rumores de que lady Catherine Mabry fora vista no Dodger. Outros boatos diziam que, na verdade, a mulher era apenas uma amante de Claybourne vestida de empregada, o que mostrava o quão pouco ele se importava com ela. Luke não comentou sobre nenhuma das histórias, esperando que elas sumissem com o tempo.

Marcus garantiu que essa era a melhor abordagem. Deus sabia que sua família havia sofrido escândalos o suficiente para que seu primo tivesse virado um especialista em contenção de danos.

Mas, ainda assim, Luke não podia ignorar a morte do pai dela.

As cortinas da casa estavam fechadas quando ele chegou à residência dos Mabry no final daquela noite. O mordomo o levou até uma sala, onde estava o caixão. Catherine estava em uma cadeira próxima, e várias pessoas estavam lá prestando suas homenagens. Ele reconheceu alguns dos lordes, e os outros deveriam ser familiares. Catherine estava vestida de preto e tinha uma expressão arrasada. Ela também parecia ter perdido peso.

Luke percebeu o quão difícil o último mês deveria ter sido para ela, e se amaldiçoou por se importar mais com as expectativas da sociedade do que com as de Catherine. Ao tentar protegê-la, Luke acabara falhando com ela. Nunca sentiu um arrependimento tão profundo.

Ela ficou de pé quando ele se aproximou, e ele segurou as duas mãos enluvadas dela.

— Lorde Claybourne, é muito gentil da sua parte vir até aqui.

— Minhas condolências pela sua perda. Sei que seu pai era muito importante para você.

Lágrimas brotaram nos olhos dela.

— Ele morreu no jardim, rodeado das flores que tanto amava.

— Suspeito que você era a flor que ele mais amava.

Ela soltou uma risadinha, mas rapidamente cobriu a boca, enquanto as pessoas ao redor a encaravam com olhos arregalados.

— Não sabia que você era um poeta, milorde.

— Quando a situação pede, dou para o gasto.

Luke a encarou por mais tempo do que era apropriado. Não queria ir embora, mas sabia que a etiqueta ditava que ele partisse.

— Obrigada por ter vindo, lorde Claybourne. De verdade. Sua presença aqui significa mais para mim do que você jamais saberá.

— Gostaria de poder fazer mais.

Ela deu um sorriso fraco. Então, algo chamou a atenção dela, porque olhou para a porta. De repente, Catherine arregalou os olhos e empalideceu, como se tivesse visto o fantasma do pai. Ela soltou as mãos de Luke e se afastou dele.

— Sterling?

Luke virou-se e viu um homem impecavelmente vestido e com olhos azuis tão duros quanto pedras.

Seu cabelo e barba cerrada eram de um loiro escuro, e a pele bronzeada indicava que era um homem acostumado ao ar livre.

· 352 ·

Pelo canto do olho, Luke viu a cabeça de Catherine pender, os olhos dela revirarem...

Quando o corpo dela desabou, ele a pegou e a levantou nos braços.

O homem deu um passo à frente.

— Sou o irmão dela. Vou levá-la.

— Acho que não. Basta me guiar até o quarto de lady Catherine.

— Isso seria inapropriado, senhor.

— Eu não dou a mínima.

Luke passou por ele. No corredor, encontrou um criado, a quem mandou buscar Bill, e outro a quem mandou levá-lo ao quarto de Catherine. Suas pernas estavam tão fracas que ele não sabia se conseguiria subir a escada.

Todas aquelas semanas de esforço para preservar a reputação dela, e ele conseguira estragar tudo em questão de segundos.

Mas não importava. Só Catherine importava.

Catherine achou que deveria se sentir envergonhada por ser examinada por um conhecido, mas o dr. Graves tinha a estranha habilidade de deixá-la à vontade.

Em um segundo, estava andando na direção de Sterling, e no outro estava em sua cama, olhando para o teto. Naquele momento ela descansava na cama, usando o vestido que Jenny a ajudara a colocar.

— Lorde Claybourne insiste para que você seja examinada — explicou Jenny.

Como se Claybourne tivesse autoridade para exigir alguma coisa. Pobre Frannie. A mulher certamente teria dificuldades de conviver com alguém tão teimoso.

Enquanto Catherine estava tendo dificuldades em viver sem ele.

— E então? — perguntou Catherine, observando o dr. Graves guardar os instrumentos médicos em sua bolsa.

— Você desmaiou, o que não é incomum quando se está vivendo um luto.

— E a chegada inesperada do meu irmão depois de tantos anos certamente não ajudou — acrescentou ela.

— De fato, mas suspeito que seu desmaio tenha mais a ver com sua condição.

Catherine engoliu em seco.

— Que condição?

— Você está grávida.

Catherine fechou os olhos e inconscientemente colocou a mão na barriga. Então, abriu os olhos e viu o olhar preocupado do médico.

— Eu temia que isso acontecesse — disse ela. — Não, isso não é verdade. De fato, eu esperava que acontecesse.

Com os braços cruzados, ele se apoiou em uma das colunas da cama, não mais como um médico, e sim como um amigo.

— Vai contar para ele?

— Você diz isso como se soubesse quem é o pai.

— Tenho minhas suspeitas. Ele vai querer saber.

— Não há necessidade de ele saber.

— Você acha que ele não vai descobrir?

Ah, ele descobriria. Claybourne sabia de tudo que envolvia a aristocracia.

— Não até ele se casar. Farei o que puder para esconder minha condição até ele se casar.

O dr. Graves assentiu e se endireitou.

— Está bem, então.

— Prometa que não contará para ele.

— Não contarei. Embora ele provavelmente vá me dar um soco quando descobrir. Como Jack aprendeu, Luke não aceita bem quando descobre que esconderam algo dele.

— O sr. Dodger guardava um segredo bem grave.

— E você não acha que esse é?

— Não impedirei que ele seja feliz com a Frannie.

— Como preferir.

Alguns momentos após a saída do médico, ela desejou poder chamá-lo de volta. Aparentemente, Sterling insistira para que Claybourne acreditasse no dr. Graves — que ela tinha desmaiado de tristeza — e o impediu de entrar no quarto da irmã. Ela sempre soube que a ausência de Sterling lhe permitira ter uma liberdade que ela não teria de outra forma, só não tinha percebido o tamanho dessa liberdade.

— Que cena, hein? — falou Sterling, caminhando ao lado da cama de Catherine.

O dr. Graves insistira que ela ficasse em repouso pelo menos até a manhã seguinte.

— Depois de todos esses anos, suas primeiras palavras para mim são uma bronca? — perguntou ela, insultada, magoada e enfurecida.

— Temo que seja uma bronca merecida, Catherine. Ouvi dizer que você foi vista no Dodger. Que você dançou com Claybourne e passeou no jardim com ele. E agora isso? Ele a carregou até seu quarto como se estivesse acostumado a pegá-la no colo a qualquer hora. Sua reputação está arruinada.

— Quer dizer que você foi um santo enquanto estava zanzando pelo mundo?

— Nenhum homem vai querer se casar com você.

— O que é ótimo, pois não tenho intenção de me casar com ninguém.

— Você vai se casar, sim. Cuidarei disso. Meu primeiro ato como duque de Greystone será garantir um marido adequado para você.

— Não quero um marido adequado.

Ela queria um marido inadequado: Claybourne. E se não podia tê-lo, então não teria nenhum.

— Não me importa o que você quer. Eu sou senhor e mestre desta casa.

— Você não é mais o jovem que era quando foi viajar. O que aconteceu com você?

— Não estamos aqui para discutir minha pessoa. Estamos aqui para discutir você e seu comportamento abominável.

Se não tivesse sentido uma tontura repentina, ela teria se levantado da cama para bater no irmão. Em vez disso, forçou-se a ficar calma e se acomodou melhor nos travesseiros.

— O papai morreu.

— Estou bem ciente disso.

— Não deveríamos estar consolando um ao outro?

— Cada um sofre à sua maneira.

— Você está triste, Sterling?

Ele apenas tensionou a mandíbula.

— Onde você esteve todos esses anos? — perguntou ela.

— Isso não é da sua conta.

— Como soube de todos esses rumores se acabou de chegar? Há quanto tempo você está em Londres?

De repente, ele parecia muito desconfortável.

— Faz um tempo.

— E você não veio ver o papai?

— Nossa relação era complicada, Catherine. Você não entenderia nem tinha nada a ver com isso.

— Mas você é meu irmão.

— Por isso vou arranjar um casamento para você.

Ela jogou um travesseiro nele.

— Não vou me casar com um homem que você escolher.

— Então você tem seis meses para escolher um, antes que eu faça isso por você.

Ele saiu da sala sem olhar para trás.

Catherine deitou na cama e o amaldiçoou. Quem era aquele homem horrível?

Parecia inconcebível que ele fosse a mesma pessoa que seu irmão gentil e generoso.

— Não estamos fúnebres em nossas roupas de luto? — comentou Winnie.

Winnie e Catherine estavam sentadas no jardim da duquesa, ambas vestidas de preto, como era apropriado por suas perdas recentes. Uma viúva, a outra lamentando a morte do pai.

— Mesmo de luto, você parece bastante alegre — disse Catherine.

Winnie sorriu travessamente.

— Ando conversando com o dr. Graves de vez em quando e estou pensando em tentar arrecadar fundos para construir um hospital.

— Isso seria ótimo! E lhe daria algo para ocupar seu tempo.

— Foi o que pensei. Ele é um homem muito gentil, mesmo que não seja nobre. E acho que nunca mais vou me casar. Você está certa. A melhor coisa é ser independente e fazer o que quiser, e não sofrer com um marido.

A ideia parecia ótima na teoria, mas, na prática, Catherine passava muito tempo pensando em Claybourne.

Como se soubesse para onde os pensamentos de Catherine haviam se desviado, Winnie comentou:

— Ouvi dizer que o sr. Marcus Langdon retirou dos tribunais o pedido de recuperação do título e propriedades de Claybourne.

— Ele não teria vencido. Claybourne é o herdeiro legítimo.

— É o que todos estão dizendo. Parece que ele está recebendo convites para vários eventos. E há rumores de que o sr. Langdon foi visto na companhia de Claybourne em diversas ocasiões, rindo como se fossem amigos próximos. Não é uma reviravolta estranha?

— Claybourne consegue ser bastante charmoso quando quer. E eles são primos, afinal.

— Também ouvi dizer que o sr. Langdon está cuidando de alguns negócios de Claybourne e que a renda por seus serviços é de mais de cinco mil por ano.

Sim, Catherine conseguia imaginar Claybourne sendo tão generoso.

— Para uma viúva que não deveria estar saindo por aí, você está atualizada nas fofocas, não? — comentou ela com ironia.

— Recebo visitas de vez em quando. Lady Charlotte veio ontem. Ela acredita que estará noiva até o fim da temporada.

— Achei que ela queria um marido com um título.

— Acho que ela vai se contentar com um marido rico.

Catherine riu levemente, apreciando a companhia de Winnie. A amiga estava quase tão animada quanto quando ainda era mais jovem e solteira, na época em que ela e Catherine foram apresentadas à sociedade.

— Seu irmão já assumiu o papel de duque? — perguntou Winnie.

— Ah, sim. Eu tinha me esquecido do quão sério ele pode ser. Ainda não me perdoou por todas as coisas escandalosas que fiz e que viraram fofoca, então a convivência está bastante difícil.

— Consigo imaginar...

— Consegue? — indagou Catherine, e se inclinou sobre a mesa para segurar a mão de Winnie que repousava ao lado da xícara de chá. — Então você vai entender o motivo para eu não poder ficar aqui.

— Como assim?

— Decidi ir para a América.

— Para passear?

— Não, para o resto da minha vida.

Winnie parecia horrorizada.

— Não, você não pode! O que farei sem você aqui?

— Você é mais forte do que imagina, Winnie, e saberá disso muito mais rapidamente se eu não estiver aqui.

— Mas a América... é tão longe. O que vai fazer lá?

— Não tenho certeza. Provavelmente encontrar um emprego. Embora o papai tenha me deixado um pouco de dinheiro que não faz parte do título de duque, então, se eu investir corretamente e tiver uma vida simples, acho que consigo viver bem.

— Fique aqui. Você pode morar comigo. Duas mulheres solteiras...

— Não posso, Winnie.

— E por que não?

Havia muitos motivos, mas só um realmente importava. Ela apertou a mão da amiga.

— Estou grávida.

Winnie arregalou os olhos e ficou boquiaberta.

— Meu Deus! Mas, Catherine, você não é casada!

— Acredite, sei bem disso.

Ainda assim, ela sorriu, incapaz de conter sua alegria e animação.

— Quem é o pai? Ai, Jesus! É o Claybourne, não é? É sim!

Winnie estava fazendo perguntas e respondendo-as sem dar a Catherine a chance de falar.

— E o desgraçado não vai se casar com você?

— Ele não sabe e, mesmo que soubesse, ele ama outra pessoa.

— Não importa quem ele ama. Ele a desonrou e...

— Não me sinto desonrada, Winnie. Eu quero essa criança. Quero muito.

— Mas ela será uma bastarda.

Catherine balançou a cabeça rapidamente.

— Ninguém precisa saber. Vou usar a aliança de casamento da minha mãe e dizer às pessoas que sou viúva. Que meu marido morreu em um trágico acidente ferroviário. Deus sabe que eles andam acontecendo com frequência.

— Parece que você já pensou em tudo.

Todas as noites, sozinha em sua cama, enquanto ansiava pela companhia de Claybourne, Catherine fazia planos de como faria para proteger o filho e lhe dar uma vida melhor do que a que o pai dele tivera. Não tinha dúvidas de que estava grávida de um menino.

Catherine havia aprendido muito naquela noite na biblioteca de Claybourne, quando fizera parte de um círculo íntimo de canalhas para planejar a morte falsa de Avendale. Ela já sabia a quem recorrer se precisasse falsificar um documento. Tinha certeza de que conseguiria uma certidão falsa de casamento, bem como uma de óbito. Então, assentiu para a amiga.

— Sim, pensei bastante nisso e não serei dissuadida.

— Eu nunca teria a sua coragem.

— Ah, Winnie, não sei bem se é coragem. Acho que é mais amor.

Amor por seu filho e amor pelo pai dele.

Luke não via Frannie desde a noite em que combinaram o destino de Avendale. Era estranho como raramente havia pensado em Frannie durante o tempo em que ficaram afastados e quantas vezes pensara em Catherine. Bill havia garantido que Catherine estava bem, mas Luke ainda estava preocupado pelo que tinha acontecido. Depois de tudo o que ela passou, por que desmaiaria ao ver o irmão?

O retorno dele parecia insignificante quando comparado às vezes em que ela correra o risco de morrer.

O desmaio de Catherine o deixava confuso e ocupava seus pensamentos enquanto ele esperava a chegada de Frannie perto do orfanato. A obra do edifício havia terminado, e ela pedira que ele a encontrasse lá para que pudesse mostrar tudo. Luke supunha que aquela seria a oportunidade perfeita para pedi-la em casamento de novo: um orfanato era a realização de um sonho para Frannie, e casar-se com ela sempre fora o maior sonho dele. Parecia apropriado que ele fizesse o pedido naquele dia, naquele lugar.

Luke avistou o cabriolé e o observou se aproximar da casa. O cocheiro ajudou Frannie a sair e Luke pagou o homem. Nem ele nem ela falaram até o veículo partir.

— Você está linda — disse Luke. E ela estava.

Frannie parecia radiar felicidade. As aulas com Catherine haviam lhe dado mais confiança, confiança para que ela se tornasse sua esposa.

— Obrigada. Você não apareceu mais no Dodger.

— Estive ocupado.

Ela o olhou como se soubesse que ele estava mentindo.

— Quem somos nós para julgar o que qualquer um de nós faria para se proteger? — perguntou ela. — Jack sabia que perderia sua amizade se você descobrisse a verdade, e sua amizade era mais importante que qualquer coisa para ele. Você não tem ideia de como ele está sofrendo.

— Você o ama, Frannie?

Ela pareceu surpresa.

— Eu amo todos os meninos de Feagan.

Luke não duvidava. Frannie tinha sido a mãe de todos eles, mesmo sendo mais nova do que a maioria.

— Você sabe o que é viver como vivemos, como é ter tão pouco — disse ela. — Todos nós temos segredos, ninguém é completamente honesto com os outros.

— Nem você?

— Principalmente eu. Mas Jack...

Ele estava cansado de falar sobre Jack, de ouvi-la defendê-lo.

— Eu vou perdoá-lo com o tempo, Frannie. Mas ainda não.

Ela assentiu.

— Tudo bem, então. Quer ver a casa das crianças?

— Quero muito.

Segurando o braço dele, Frannie o levou para dentro do edifício. A porta da frente dava para uma grande sala com escadarias que levavam a outros andares.

— As crianças vão dormir em quartos lá em cima. Temos três andares de quartos — explicou ela, apertando o braço dele. — Sabe quantas crianças vamos conseguir ajudar?

— Desconfio que muitas.

Havia salas de aula, um refeitório, uma sala de leitura. Tudo da melhor qualidade. Resistente. Bem-feito. Frannie não sabia, mas Luke havia pagado aos construtores muito mais do que ela planejava investir para que o orfanato fosse o melhor possível.

Ela o levou pela cozinha até o jardim, onde uma cerca circundava a grande área.

— As crianças vão brincar aqui — disse ela. — Elas estarão seguras.

— Quando pretende começar a trazer crianças para cá?

— Assim que eu tiver os móveis.

— Compre o que quiser. Pagarei por tudo.

— Você já fez demais...

— Frannie, por favor. Apenas aceite.

— Você é muito gentil comigo, Luke. Você sempre me dá tudo. — Estendendo a mão, ela passou os dedos pelo queixo dele. — Você sempre foi o melhor de nós.

— Não é verdade. Eu só era muito diferente. Meus pais me ensinaram a diferença entre certo e errado, então nunca foi um jogo para mim.

Ela passou os dedos no cabelo dele.

— Você sempre foi especial para mim. Desde o início, eu sempre soube que me protegeria. Você tinha alguma coisa de diferente.

Ele segurou a mão dela entre os dois.

— Eu te adoro, Frannie. Você sabe disso. Desde sempre.

Frannie abriu o sorriso que sempre o aquecia, mas não o que deixava seus joelhos fracos. Ele mataria para manter aquele sorriso no rosto dela. Mas morreria para manter Catherine sorrindo.

— Mas você *ama* Catherine — afirmou Frannie.

Parecia que Luke tinha levado um tapa, mas, ao mesmo tempo, sentiu o maior alívio do mundo. Sim, aquele era o cenário perfeito para pedir Frannie em casamento, mas ele sabia que não o faria.

— Como descobriu?

— Se pudesse ver o jeito que você olha para ela... Você sempre disfarçou muito bem suas emoções, mas não consegue conter o amor que sente por ela. Se um homem olhasse para mim como você a olha, ouso dizer que, mesmo que se tratasse de um rei, eu me casaria com ele.

Ele beijou os dedos de Frannie.

— Desculpe, Frannie. Eu pedi para que aprendesse o necessário para ser minha esposa, mas não posso me casar com você.

— Nunca pensei que pudesse. Ou que deveria. Eu também te adoro, mas como uma irmã adora um irmão.

— Eu não queria me apaixonar por Catherine, mas você tem razão. Eu me apaixonei, e a intensidade do meu amor por ela me apavora.

— Suspeito que ela também esteja apavorada. Catherine sabe como você se sente?

— Não, nem imagina. E se ela me rejeitar? Não sei como sobreviveria.

— Você é um covarde.

Rindo baixinho, ele apertou a mão da amiga. Quantas vezes Catherine apontara nele essa mesma falha?

— Quando se trata de assuntos do coração, sou mesmo.

— Ela não vai esperar para sempre, Luke.

— Eu sei, mas temo não ser digno dela.

— Se eu fosse uma mulher mesquinha, me sentiria insultada agora. Quer dizer que você se considerava digno para mim, mas não se considera digno para ela?

Ele sorriu envergonhado.

— Eu não quis dizer isso. Você sabe que eu demorei um ano para pedi-la em casamento?

— Não espere tanto tempo para se declarar a lady Catherine. Se realmente a deseja, não espere nem mais um dia.

Catherine entrou pela porta da frente sentindo um misto de emoções. Ela estava animada para viajar para a América, mas triste por deixar a Inglaterra. Havia comprado sua passagem naquela manhã; partiria de Liverpool e chegaria a Nova York em questão de semanas. Uma vez lá, encontraria um lugar para se hospedar. Muitos ingleses estavam começando a migrar para a América, então ela não estaria sozinha. Teria ajuda.

Tirou o chapéu e as luvas e colocou sua bolsa — com sua preciosa passagem dentro, junto com os documentos que Frannie havia preparado para ela — sobre a mesinha no corredor de entrada.

— Ah, aí está você — disse Sterling, aparecendo no corredor. — Você tem uma visita. Ele está esperando na biblioteca.

— Quem é?

— Claybourne.

O coração de Catherine deu um salto.

— O que ele está fazendo aqui?

— Aparentemente, deseja vê-la. Está esperando faz duas horas. O que você estava fazendo por aí?

— Não lhe devo explicações sobre o que faço. — Catherine começou a andar pelo corredor, e Sterling a acompanhou. Ela parou e o encarou. — E nem preciso que você me acompanhe em minha conversa com Claybourne.

— Uma dama não deve ficar sozinha com um cavalheiro.

— Sterling, enquanto você estava aproveitando suas viagens, passei um bom tempo sozinha com Claybourne. Não preciso de você supervisionando nossa conversa. Garanto que não há motivo para preocupação. Ele será um perfeito cavalheiro.

Ele olhou para a porta onde o valete esperava, depois olhou para a irmã.

— Catherine, sei que não fui o melhor dos irmãos, mas estou determinado a levar minhas responsabilidades mais a sério agora.

Se ele as levasse mais a sério, ela acabaria trancada em uma torre.

— Não há necessidade. Sei cuidar de mim mesma. Então, por favor, não nos perturbe.

Ela o deixou no corredor e entrou pela porta que o valete abriu. Lembrou-se daquela primeira noite na biblioteca de Claybourne, no entanto, naquele momento era *ele* que estava perto da janela, e a sala estava quente pelo sol da tarde, em vez de fria pelas sombras da noite.

— Lorde Claybourne, que gentil da sua parte vir me visitar.

— Que formalidade é essa, Catherine? Depois de tudo o que compartilhamos?

Não havia deboche no tom dele, apenas sensualidade. Seu corpo esquentou só de pensar em tudo o que eles haviam *compartilhado*, e Catherine achou que poderia acabar desmaiando de novo. Claybourne estava maravilhoso, vestido de modo tão formal. Lindo. O coração dela palpitava pela proximidade do conde, e queria estender as mãos para segurá-lo. Ela sentiria muita falta dele, mas guardaria para sempre a preciosa lembrança do tempo que passaram juntos e que ele, sem saber, lhe dera.

— Como está Frannie? — perguntou, falando rapidamente, esperando que ele fosse embora antes que ela desabasse.

Embora tivesse visto Frannie naquela manhã, ela não queria levantar as suspeitas de Claybourne.

— Ela está bem. Nos encontramos hoje mais cedo.

— E você finalmente pediu a mão dela em casamento?

Ele negou com a cabeça.

— Na verdade, pedi desculpas a ela.

— Por quê? Você contou a ela o que se passou entre nós?

— Não.

Andando da forma predatória que era característica dele, Claybourne cruzou a sala até ela.

— Pedi desculpas porque fiz tudo o que estava ao meu alcance para convencê-la a se tornar minha esposa, porque estava disposto a fazer *qualquer coisa* para tê-la como minha esposa, mas de repente percebi que não poderia me casar com ela. Que eu tinha que me casar com você.

O coração de Catherine parou por um segundo.

— Por quê? — Antes que ele pudesse responder, ela entendeu. — Inferno! Eles contaram, não é? Eu pedi para não contarem. Eu...

— O quê? Quem? Do que você está falando?

— Do dr. Graves e da Winnie. Eles se opuseram ao meu plano desde o início. Mas não é justo com você, só porque eu estou grávida...

— O quê?!

Claybourne a segurou pelo braço e a puxou para perto, claramente furioso. Talvez fora assim que Davi se sentira ao enfrentar Golias.

— Ah, Deus, eles não contaram.

— Você está grávida?! — perguntou Claybourne, como se só naquele instante tivesse entendido o que ela havia dito.

Então, olhou para a barriga dela. Seu estado ainda não era evidente, mas isso não o impediu de passar os dedos sobre a abdômen de Catherine com reverência. Ele a encarou.

— Por que não me contou? Foi por causa daquela primeira noite na biblioteca? Quando falei que não assumiria a criança se você engravidasse?

— Não, não foi por isso — garantiu ela, com lágrimas nos olhos, e segurou o rosto dele com as mãos para que ele só a visse, para que soubesse que ela falava a verdade. — Eu não contei porque sabia que você *faria* a coisa certa e, ao fazê--la, sacrificaria seu próprio sonho. Você se casaria comigo e desistiria de Frannie, a mulher que ama mais que a própria vida. E eu te amo demais...

De repente, Catherine se viu apertada contra ele, sendo devorada em um beijo de tirar o fôlego, enquanto Claybourne enfiava as mãos em seu cabelo e soltava os fios dourados do penteado.

Ele interrompeu o beijo.

— Eu amo você. Eu adoro Frannie, mas te amo desesperadamente, Catherine. Você é corajosa, ousada e me desafia a todo momento. Está disposta a arriscar tudo por aqueles que ama. Seu altruísmo não conhece limites. Não sou digno de você, mas, se aceitar se casar comigo, prometo que nunca vou deixar que se arrependa.

A declaração sincera de Claybourne a deixou em prantos.

— Você é o homem mais digno que conheço. Você tem um pouco de diabo e um pouco de santo, mas é tudo o que eu poderia desejar em um homem, em um marido. A resposta é sim. Com prazer.

Ele a beijou de novo, e Catherine sentiu o fogo aumentando entre os dois. Será que conseguiriam se esgueirar até o quarto dela para que ela pudesse lhe dar uma resposta adequada?

A porta se abriu de supetão. Catherine olhou por cima do ombro e viu Sterling parado, com os braços cruzados e uma expressão ameaçadora.

— Catherine, você me garantiu que o desgraçado não iria se aproveitar de você. Garanto-lhe, senhor, que você vai se casar com a minha irmã.

Catherine olhou para Claybourne, que sorriu para ela.

— Assim que possível — prometeu o conde.

24

Era tarde, muito depois da meia-noite, quando Luke caminhou pelo conhecido corredor dos fundos do Dodger. Ele e seus amigos tinham jogado, bebido e trocado lamúrias naquele lugar. De certa forma, era como a casa de Feagan, só que mais chique, mais limpa e mais cheirosa.

Luke parou na porta aberta que levava ao santuário de Jack e não ficou surpreso ao encontrá-lo sentado na escrivaninha conferindo seus livros-caixa — não exatamente verificando as contas de Frannie, mas sim deliciando-se com o quanto havia lucrado. Jack amava o dinheiro mais que qualquer um.

Luke pigarreou. Jack olhou para cima e, por um segundo, Luke pensou ter visto um brilho de alegria nos olhos dele antes de o homem disfarçar suas emoções.

— Faz tempo que você não aparece por aqui — comentou Jack, inclinando-se insolentemente na cadeira.

— Eu não estava com vontade de vir aqui.

— Creio que não posso culpá-lo por isso. O que o traz aqui esta noite?

— Pedi lady Catherine Mabry em casamento e ela me concedeu a honra de ser seu marido.

Jack arregalou os olhos antes de mais uma vez retomar o controle de seus pensamentos. Não era de seu feitio revelar tanto do que estava pensando, mas o tinha feito duas vezes em questão de minutos.

— Achei que você amava a Frannie.

— E eu amo. Mas eu amo Catherine de um jeito mais profundo.

E diferente. Ele percebera que o que sentia por Frannie era o amor de um menino por uma menina, e o que sentia por Catherine era o amor de um homem por uma mulher. Quando pensou em levar Frannie para a cama, não sentira nenhum calor dentro de si, provavelmente porque nunca havia contemplado nada além de dormir juntos, abraçados, como quando crianças. Mas quando pensava em Catherine, mal conseguia passar quinze minutos sem imaginar levando-a para a cama — e não para dormir.

No entanto, aqueles eram pensamentos que ele não podia mais discutir com Jack. Talvez nunca mais pudesse compartilhar uma parte de seu coração e de sua alma com seu amigo mais antigo.

— Droga — resmungou Jack.

Luke arqueou uma sobrancelha.

— Uma reação estranha, até para você.

— Vou ter que construir um hospital pro Bill. Apostamos… — Ele balançou a cabeça. — Bem, não importa. Parabéns. Que tal um brinde?

Ele se levantou, pegou a garrafa…

— Não.

Jack olhou para ele.

— Não tenho bebido muito nos últimos tempos.

— Eu tenho — respondeu Jack, servindo uísque no copo e o levantando para o alto. — À sua saúde e felicidade, assim como a de Catherine.

Ele virou tudo em um gole só.

Luke lembrou-se de que fora Jack quem lhe apresentara uísque, rum e gim. Fora Jack quem o ensinara a trapacear no carteado, a furtar bolsos sem ser pego. Jack lhe garantira, quando Luke era um garoto pequeno e assustado encolhido num beco, que ia ficar tudo bem, que não deixaria ninguém machucá-lo. Apesar de seus defeitos, que eram muitos, Jack nunca havia abandonado Luke. Nunca.

— Vim pedir que esteja ao meu lado — disse Luke baixinho —, quando Catherine e eu nos casarmos daqui a duas semanas.

Jack riu.

— Você é um lorde. Deveria pedir ao Chesney ou ao Milner.

— Não sou amigo do Chesney ou do Milner. Eu não daria minha vida por eles, nem eles por mim.

Jack desviou o olhar, e sua voz estava rouca de emoção quando finalmente falou:

— Estar ao seu lado será a maior honra da minha vida.

— Você sempre esteve ao meu lado, Jack.

Jack olhou para ele e assentiu bruscamente.

— Éramos uma dupla e tanto, não é?

— Arrogantes demais às vezes, eu acho.

— Só porque éramos muito bons e muito inteligentes — falou ele, rindo baixinho. — Bem, tirando a vez em que fomos pegos, é claro.

Luke entrou na sala.

— Acho que vou aceitar esse drinque.

Jack serviu um copo para cada. Quando Luke pegou o dele, bateu contra o de Jack.

— A Feagan, que nos ensinou a sobreviver nas ruas.

— E ao seu avô — falou Jack, sério —, por tentar transformar todos nós em cavalheiros, e falhar miseravelmente com quase todos, creio eu.

Luke sentiu um nó familiar e doloroso em seu peito, perto de seu coração, ao pensar no velhote. Ele levantou o copo mais alto em saudação.

— Ao meu avô.

Choveu no dia em que se casaram, mas Catherine não se importou. Ela tinha felicidade e alegria suficientes dentro de si para que sempre vivessem dias ensolarados, mesmo se chovesse pelo resto de suas vidas. Como ela e Sterling ainda estavam de luto pela morte do pai, e Winnie estava de luto pela morte de Avendale, e a etiqueta proibia que viúvas participassem de casamentos, Catherine insistiu para que a cerimônia fosse pequena e íntima, realizada em uma capela.

Claybourne não permitiu que o pedido dela fosse negado. Ela sempre gostara de sua independência e ficava feliz em saber que ele nunca tentaria sufocá-la. Pelo contrário, ela suspeitava que ele também gostava disso.

Apesar do clima, alguns membros da nobreza compareceram — mais por curiosidade do que qualquer outra coisa. Marcus Langdon estava presente, mas a ausência de sua mãe foi notada. Frannie ficou ao lado de Catherine, já que Winnie não podia sair do luto. Jack ficou ao lado de Luke. Ela estava feliz por eles terem se reconciliado, mesmo que Luke ainda estivesse um pouco reticente com o amigo.

Mas o que mais surpreendeu Catherine foi quando o bispo perguntou a Luke:

— Você, Lucian Oliver Langdon, o quinto conde de Claybourne...

Oliver.

Encarando os olhos prateados enquanto ele fazia seus votos, ela se perguntou o quanto da juventude dele estava contida na história que ela havia lido recentemente para o pai. Parecia improvável, mas não impossível. No entanto, este era um enigma para outro dia.

Naquele dia, ela estava apenas aproveitando o amor que via refletido nos olhos de Luke. Eles eram a janela para uma alma que Catherine podia ver com clareza, uma alma que antes era sombria e, naquele momento, brilhava intensamente com a promessa de um futuro juntos. Ela ainda ficava espantada com o quanto o amava, e com o quanto ele a amava.

Os dois haviam percorrido o inferno juntos. Ela sabia que não importava o que a vida jogasse em seu caminho, eles abraçariam ou superariam o desafio, mas nunca seriam derrotados por ele.

Mais tarde naquela noite, Catherine sentou-se em sua penteadeira, usando um vestido branco de caxemira, todo bordado com flores cor-de-rosa. Penteava o cabelo, ouvindo atentamente os sons do marido no quarto ao lado se preparando para a cama. O marido. Ela quase riu alto. A única coisa que pensou que nunca teria, que nunca desejara. A única coisa sem a qual sabia que nunca poderia viver.

Ela nunca deixaria de valorizá-lo. Sempre o manteria por perto.

A porta que conectava os aposentos se abriu e ele entrou no quarto; os olhos prateados reluzindo de antecipação, tão brilhantes quanto as joias da Coroa. Ela se levantou e o encarou. Ele foi até ela desta vez, e Catherine sentiu um prazer imensurável por isso.

Luke ainda caminhava na direção dela quando estendeu a mão e embalou o rosto de sua esposa entre as mãos grandes, levantando-o e parando apenas quando suas bocas se encontraram. Os dois não ficavam juntos havia semanas, e o corpo dela já estava derretendo de desejo por ele.

Luke deslizou as mãos pelo pescoço de Catherine e se afastou para começar a abrir os botões do vestido dela.

— Ainda estou pensando em lhe dar uma lição por não ter me contado que estava grávida assim que soube.

Ela lhe deu um sorriso travesso.

— Eu estava torcendo para você me dar uma lição.

A risada alegre de Luke ecoou pelo quarto, e ele abriu o sorriso mais largo que ela já vira. Catherine só podia esperar que fosse o primeiro de muitos.

— Eu te amo, Catherine Langdon, condessa de Claybourne, com todo o meu coração e o que resta da minha alma.

Ele deslizou o vestido dela dos ombros até o chão. Erguendo-a nos braços, carregou-a até a cama e a deitou.

— Fique de barriga para baixo.

Franzindo a testa, Catherine o encarou.

— Por quê?

— Não vou arriscar te dar uma lição no seu estado atual, mas pretendo beijar sua bunda.

E ele cumpriu sua palavra. A língua massageou a pele dela, e os beijos passaram para a parte de trás de seus joelhos, para as coxas, por suas costas... Celestial. Simplesmente celestial. E injusto, pois Catherine não podia tocá-lo naquela posição.

Virando-se, ela o segurou pelo pescoço e o puxou para baixo. Achava que nunca se cansaria daquilo — de tocá-lo, de ser tocada. Era como se soubessem tudo um do outro, mas ao mesmo tempo estivessem sempre descobrindo algo novo.

Luke sentia cócegas debaixo dos braços, e sempre se afastava quando os dedos dela chegavam muito perto dos lugares sensíveis. Ela sentia cócegas nos quadris, e ria quando ele a acariciava ali.

Eles provocaram um ao outro, chegando cada vez mais perto do momento em que o mundo desaparecia e não haveria nada além dos dois. Só para recuar e recomeçar a dança da sedução.

Catherine achava que ia enlouquecer de tanto desejo, e começou a apressá-lo.

— Agora — ofegou ela. — Agora. Eu preciso de você agora.

Ele se levantou acima dela e a penetrou de uma vez só. Os dois estavam tão prontos um para o outro que não demoraram muito para pular no precipício do prazer.

Para um lugar onde não havia nada além um do outro.

Epílogo

Do diário de Lucian Langdon,
o conde de Claybourne

Dizem que meus pais foram assassinados nas ruas de Londres por uma gangue de bandidos.

Hoje sei que isso não é verdade.

Eles foram mortos a mando do irmão do meu pai, meu tio. E o destino, em seus caminhos misteriosos, entregou-o à minha mão para que pagasse pelo que fez.

Minhas lembranças começaram lentamente a sair dos cantos escuros para onde eu as bani por tanto tempo.

Eu me lembro de estar ao lado do meu pai na lagoa. Ele era muito mais alto que eu. Para mim, ele parecia um gigante. No entanto, sempre fazia eu me sentir seguro, e hoje em dia me esforço para passar a mesma sensação de segurança aos meus próprios filhos.

E o velhote, bem... Agora o reconheço como meu avô e penso nele com cada vez mais carinho. Lamento não ter tido a mesma certeza do meu lugar ao lado dele enquanto ele estava vivo, e lamento ainda mais que ele soubesse das minhas dúvidas. No entanto, sei que ele nunca duvidou de que eu era seu neto, e farei tudo o que estiver ao meu alcance para garantir que a fé dele em mim não tenha sido em vão.

Quando eu era pequeno, ele me pegava no colo e contava histórias de meus antepassados. E nas manhãs ensolaradas, com a minha mãozinha aninhada na dele, caminhávamos no bosque, onde ele me ensinou a colher flores para dar à minha mãe.

Minha mãe. Eu consigo vê-la tão claramente agora... Ela tinha o sorriso mais gentil de todos. Lembro-me dela me aconchegando na cama à noite e sussurrando que eu me tornaria um conde excepcional.

Minha esposa garante que essa é a verdade, que eu cumpri a previsão da minha mãe, mas a opinião dela não é nada imparcial. Ela me ama apesar dos meus defeitos. Ou talvez por causa deles.

Minha amizade com o Jack continua tensa. Quero acreditar que ele foi enganado, mas ele sempre foi esperto demais para cair nas artimanhas de outro homem. Assim, acrescentamos mais uma coisa à nossa relação sobre a qual nunca falamos. Às vezes, acho que vamos quebrar sob o peso do que não é dito, mas, quando isso acontece, basta eu olhar para a minha esposa para encontrar forças para continuar. Estou determinado a ser digno dela, e isso requer que eu seja um homem muito mais forte e melhor do que jamais planejei ser.

Vemos Frannie de vez em quando, e não com a frequência que gostaríamos, infelizmente. Ela acabou se casando, mas é ela quem deve contar essa história.

Minha linda e querida Frannie.

Ela sempre será o amor da minha juventude, aquela por quem vendi a minha alma ao diabo. Mas Catherine, minha amada Catherine, será sempre o centro do meu coração, aquela que, quando mais importou, não deixou que o diabo me tivesse.

LORRAINE HEATH é filha de mãe inglesa e pai americano. Nasceu em Hertfordshire, na Inglaterra, e se mudou ainda criança para o Texas, nos Estados Unidos, onde se graduou em Psicologia, formação que a ajudaria na construção de seus aclamados personagens. Autora best-seller do *New York Times* e do *USA Today*, ela também é vencedora do RITA Award de melhor romance histórico.

Este livro foi impresso pela Santa Marta, em 2024,
para a Harlequin. O papel do miolo
é snowbright 70g/m², e o da capa é couche 150 g/m².